战斗 ②

阿里铁军销售主管养成笔记

张永钢 ◎ 著

当代世界出版社
THE CONTEMPORARY WORLD PRESS

图书在版编目(CIP)数据

战斗.2,阿里铁军销售主管养成笔记/张永钢著.—北京:当代世界出版社,2019.6
ISBN 978-7-5090-1502-5

Ⅰ.①战… Ⅱ.①张… Ⅲ.①长篇小说—中国—当代 Ⅳ.①I247.5

中国版本图书馆CIP数据核字（2019）第095576号

书　　名	战斗2：阿里铁军销售主管养成笔记
出版发行	当代世界出版社
地　　址	北京市东城区地安门东大街70-9
网　　址	http://www.worldpress.org.cn
编务电话	（010）83907528
发行电话	（010）83908410（传真）
	13601274970
	18611107149
	13521909533
经　　销	全国新华书店
印　　刷	三河市天润建兴印务有限公司
开　　本	710毫米×1000毫米 1/16
印　　张	15.5
字　　数	250千字
版　　次	2019年8月第1版
印　　次	2019年8月第1次
书　　号	ISBN 978-7-5090-1502-5
定　　价	49.80元

如发现印装质量问题，请与承印厂联系调换。
版权所有，翻印必究，未经许可，不得转载！

推荐序
PREFACE

特别高兴能够为永钢的新书《战斗2》作序。

提到阿里铁军，大家马上会想到O2O、地推、激情、PK、勇气、战无不胜这些激荡人心的字眼。

提到阿里铁军，大家同样会想到滴滴出行、运满满、同程旅游、挖财、贝贝集团这些由曾经的阿里铁军成员创办的杰出企业。

提到阿里铁军，我会想到王刚、程维、陈国环、甘嘉伟、吕广瑜、吴志祥、张卫华、李治国这些阿里铁军的杰出代表。

在我看来，阿里铁军是一种文化，是一种精神。特定的土壤培育出特定的种子，特定的种子结出特定的果实。在阿里，有这样的特定土壤，所以结出了铁军这种特定的果实。

本书的场景我们并不陌生，讲述的是一位销冠在晋升销售管理岗位后，盲目模仿成熟销售团队的管理制度和方法，导致团队成员逆反、对抗、不配合，团队氛围一落千丈。经过自我反思和上级悉心点拨，这位主管终于顿悟，找到了问题所在。他经过和团队伙伴的耐心交流，逐个沟通，成功化解了冲突和误解。之后，这位主管开始以"人"为中心，加强团队建设，确立团队梦想，明确团队文化，强化团队协作，使整个团队士气高涨，战斗力持续提升，销售成绩斐然，战果累累。

书中提到的高效团队的7个特征、低效团队的7个特征、团队建设中的6大问题、发展人才的6个层次等都极具实战指导意义。

我听永钢说，大约十几年前，马云在一次内部会议上说："终有一天，阿里系的交易额会超过沃尔玛，未来中国500强的企业中，会有100个CEO来自阿里巴巴。"

当时，很多人听后哈哈大笑，甚是不屑。但是现在，第一个目标已经实现了，第二个目标正在变为现实。

据说从阿里出来的人已经超过10万，他们进入互联网的各个领域，影响着中国互联网的半壁江山。

如今在大大小小的企业家论坛上，都能看到阿里人的身影，很多阿里人已成为中国互联网领域的领军人物，创造了一大批大家耳熟能详的企业，为我们提供了从工作到生活的各种服务。我一直在想，为什么阿里巴巴能够做到呢？我觉得可能有以下三个原因：

一、明确的愿景和使命感

《基业长青》的作者指出："让你与众不同的不是你的信仰，而是你相信的程度。"

两家不同的公司可能具有一样的价值观、使命和愿景，信念的坚定比信念的内容更加重要。从永钢的这本书里，我强烈地感受到了阿里人对愿景、使命和价值观的认可和坚守，一句"让天下没有难做的生意"，鼓舞了无数阿里人。

二、简单、明确、有效的"三板斧"

永钢在书里说，阿里巴巴销售团队有"三板斧"——定目标、追过程、拿结果。

其实，阿里巴巴在很多管理模块中都有相应的三板斧。

中层管理三板斧："揪头发"、"照镜子"、"闻味道"；

组织三板斧：招聘、培训、考核；

腿部三板斧——招聘和解雇、团队建设、拿结果；

腰部三板斧——懂战略、搭班子、做导演；

头部三板斧——定战略、造土壤、断事用人。

三、追逐梦想

三流的人才善于卖产品，二流的人才善于卖服务，一流的人才善于卖文化。阿里人不仅善于造梦，也勇于追梦！在我与永钢接触的这几年，从他身上我能感受到阿里人的特质——有情怀、有使命、有激情、有勤奋、懂感恩、要追梦……

我相信阿里巴巴会越来越成功，会为这个世界做出更大贡献。同时我也相信，必将会有越来越多的阿里人为互联网生态、为商业、为社会做出更多更大的贡献。

最后，真诚地希望读者朋友们能够吸收这本书的精髓，练就深厚的管理功底，功力的深度将决定事业的高度！

姚丹骞

当当网前高级副总裁 / 嗨购科技董事、COO

2019 年 4 月

自序
PREFACE

首先,我想说两个感谢。第一个感谢送给《战斗1:一位阿里巴巴销售菜鸟的逆袭》的读者,自《战斗1》在2015年年底出版以来,前后有数以万计的读者通过邮件、微信与我交流,表达了自己阅读《战斗1》的感受,并给我提出不少建议,我也得到了数不清的感谢和认可,在这里,我向这些读者朋友们说声"谢谢"!

第二个感谢,送给阿里巴巴B2B公司前CEO、百安居中国区前总裁、维新力特资本董事长&创始合伙人卫哲老师,还有当当网前高级副总裁姚丹骞老师。两位企业家对《战斗1》的认可,并作序推荐,使《战斗1》得到了更多人的关注,拥有了更大的影响力。谢谢卫哲老师,谢谢姚丹骞老师。另外,还要感谢数十位阿里巴巴铁军的校友。《战斗1》出版后,你们以各种方式将这本书推荐给正在阿里巴巴激情战斗的同学们、阿里巴巴中国供应商和诚信通的客户们,真心地感谢你们!

《战斗1》出版后,有几百位读者通过邮件和微信,持续关注《战斗2》的出版事宜。对于读者的关注我很惭愧,前前后后花了三年多的时间,才完成《战斗2》的写作。

期间,我非常荣幸地结识了一家移动互联网房地产经纪平台的创始人,经过几次深入交流,我深深地被这位创始人"成就精品中介"和"让家更美好"的使命感和情怀感动,最终决定加盟。

这两年,我想用"千变万化、千疮百孔、千方百计、千辛万苦"来表达我的感受。"千变万化"指的是房地产政策的调整,无论是区域维度还是频率维度,都达到了让人瞠目结舌的程度。"千疮百孔"指的是房地产交易的冰冻期,给房地产中介行业带来的严重影响。无论是二三线城市,还是一线城市,在主要的商业地段,都有房地产中介门店整年空置,这种现象、这种危机,更让我们每日战战兢兢,如履薄冰。"千方百计"指的是基于移动互联网房地产经纪平台持续不断的创新,我们每日绞尽脑汁思考如何通过创新提高活跃客户的数量、提高客户的黏度、提高各级合伙人的满意度、提高公司的收入和利润。"千辛万苦"指的是这两年来付出的努力和辛劳。这"4个千",也是导致《战斗2》迟迟未能出版的原因之一。

在《战斗1》中,我重点强调的两个关键词是理念和工具,我分享的3个理念是销售流程拆解是基础、系统化提升是关键、个人成长永远比业绩增长更重要。我分享的6个工具是:九星提问模型、挖掘需求四步法、包装四要素、价值编码三要素、铺垫三部曲、索要承诺三步法等。在《战斗2》中，我强调3个关键词，即角色、定位和技能。销售主管必须清楚作为管理者的3个类别和10个角色，在管理团队时，必须使团队有非常明确的定位。管理即是管人理事，优秀的管理者应该是管人在先，理事在后。不少主管只是埋头理事，而忽略了管人，所以团队管理一团乱麻，剪不断，理还乱。

作为管理者，要有系统的管理技能，包括但不限于沟通、辅导、授权、激励、绩效考核、化解冲突、计划、组织、控制、协调等。其中重点强调3个心态、示弱的3个关键动作、销售团队的3个日、团队信任的3个层次、管理者的10个角色、员工辅导的5个基本原则、销售辅导的16字方针、情境管理4象限、会议营销的3个层次、创造主管价值的4个角色、激励教导员工的4个层次、主管必须具备的4个核心技能、优秀主管以身作则之"5到"、目标管理之PDCA、目标设定之SMART原则、主管授权的6个层次、团队沟通的"3不"现象、高效团队的7个特征、低效团队的7个特征、团队建设中应避免的6个问题、企业发展人才的6个层次等。

我真诚地期望《战斗2》这本书与《战斗1》一样，能够给广大从事和爱好销售及管理的读者们带来智慧层面的帮助，谢谢大家。

张永钢于上海
2019年4月

目录
CONTENT

第一章	升任东方明珠主管	001
第二章	赴青岛分享	012
第三章	新官上任三把火	020
第四章	因人施策	033
第五章	新东方明珠诞生	049
第六章	新成员孙森森	061
第七章	杨九江的会议辅导	068
第八章	那远志的小插曲	084
第九章	穆易春事件	093
第十章	喜忧参半的杨五力	104
第十一章	新经理赵智伟	121
第十二章	彭蕾《做一名合格的阿里人》	130
第十三章	李旭辉《新任主管的角色和职责》	138
第十四章	关明生《阿里巴巴六脉神剑》	154
第十五章	贺海友《我是如何成为销售冠军的》	169
第十六章	杨五力与赵智伟的冲突	185
第十七章	《卡特教练》引发的思考	207
第十八章	赵智伟的"独孤九剑"	219
后　记		229

[第一章]

升任东方明珠主管

2005年6月的上海，天气比往年显得更热，在大街上、公园里，穿单件衬衫的男士比比皆是，爱美的女士们几乎是清一色的短裙和高跟鞋。颜色鲜艳的短裙穿梭于大街小巷，散布于高楼大厦，漫步于休闲社区。

阿里巴巴上海公司区域经理杨九江这个月异常忙碌，透过他满面春风的脸庞，可以感受到阿里巴巴上海的生意是多么红火。阿里巴巴上海的业绩已经由一年前每月不足100万猛增到300万，每一位同仁都感觉到接下来的业绩会继续井喷。客户听到"阿里巴巴"这4个字已经很少有人再哑然失笑，更多的是尊重和倾听。阿里巴巴公司在全国的营销推广和市场的巨大需求更增加了大家的信心。

1号晚上7点是6月份启动会议的时间，上海公司的50余位同学都已经准时在会议室集合，激情高昂的暖场音乐《热情的沙漠》惹得不少同学摇头晃脑，十分陶醉。区域经理杨九江意气风发地介绍了阿里巴巴上海公司大幅增长的业绩以及各位同学扎实的工作和成绩。在几位销售精英分享完心得后，杨九江环视一下大家，说道："各位，我有两个好消息跟大家分享，大家想听吗？"杨九江特意拉高了声音制造悬念。

"想。"同学们异口同声地道。

"好的，接下来我就跟大家分享这两个好消息。第一个是咱们大上海东方明珠团队的主管周秀兰同学，自带领东方明珠团队以来，业绩一直处于全国第一梯队，东方明珠团队在她的带领下业绩稳定、人才辈出。经过公司360度综合考评，决定晋升周秀兰为杭州区域经理，由于时间紧急，周秀兰已经赴杭州上任，让我们用最热烈的掌声恭喜周秀兰。"

杨九江话音刚落，下面掌声雷动，经久不息。

"好的，接下来我要公布第二个好消息，我相信部分同学已经猜到了。有一位同学，他虽然加入我们公司只有1年的时间，刚开始也经历了差一点被淘汰的痛苦和煎熬，但是他努力学习不放弃，在走出迷茫和困惑后，一路高歌，数次进入公司前3名，而且始终保持着激情和乐观，基于这位同学出色的表现，公司决定晋升这位同学为我们大上海东方明珠团队的主管，让我们用最热烈的掌声请杨五力讲话！"最后一句话，杨九江拉得又长又高，好像是拳击赛的解说员。

杨五力不紧不慢地从座位上站起来，从容、镇定，向杨九江点头微笑后转向大家，左右各90度深深鞠躬一次。

"首先我想说三个感谢。第一个感谢给把我招进来的陈星探经理，虽然他不在现场，但我想借助大家的掌声感谢他。"

掌声再一次响起，大家非常配合。

"其实现在我还心有余悸，一年前，我是那么莽撞，那么无知，直接通过电话向陈经理毛遂自荐。如果换了其他经理，我是不是就与阿里巴巴擦肩而过了？我当时挺矛盾的，首先以某公司代表的身份问阿里巴巴是否需要融资，被陈经理婉言谢绝；又问阿里巴巴是否有计划进入南京，我们可以考虑合作，陈经理说暂时没有这样的计划；最后才问，我是否有机会来上海加入阿里巴巴。陈经理当时问我，为什么想来上海？我的回答是：一直以来，我都梦想到大上海闯一闯，只是苦于没有合适的机会；另外我老婆在上海工作，总是两地分居，也不是长久之计。之后，陈经理又问了我几个问题，当场表示可以安排我面试，并了解了我可以去杭州报到的时间。感谢陈星探经理，感谢他的眼光和胸怀，要不是他，我很可能加入不了阿里巴巴，更不会站在这里。"此刻杨五力泪光闪闪，台下又一次报以热烈的掌声。

"第二个感谢给我的老大周秀兰和东方明珠团队，一路走来，无限感恩。在我最迷茫、最困惑的时期，我的老大周秀兰时刻鼓励我，为我加油打气，还利用周末休息时间单独为我辅导。感谢老大带出了一支全国最优秀的团队，东方明珠团队充满正气、充满锐气、充满和气、充满霸气，感谢单大鹏，感谢高东红，感谢马正芳等各位师兄、师姐对我的辅导，谢谢！"杨五力又是90度深鞠一躬。

"第三个感谢我要给杨九江经理和在座的所有同学，谢谢大家这一年以来给我的鼓励和帮助，否则我也不会有这样的成长，更不会有这样的机会，更要感谢杨九江经理对我的信任，我一定不辱使命！"杨五力转身面向杨九江，深深地鞠了一躬。

"接下来我想用三个心来表达此刻的感受。第一个心是开心，因何而开心？首先是因为有缘加入阿里巴巴，有机会改变自己的命运；其次是因为加入了大上海东方明珠这个卓越的团队，在老大周秀兰和几位师兄师姐的帮助下实现了快速成长；再次是能够得到杨九江经理的信任和认可，能够在加入阿里巴巴一年后就升为主管，我非常开心。"杨五力语速不快，字字珠玑，句句铿锵。

"第二个心是信心，原因有以下几点：首先是我们阿里巴巴的知名度和影响力越来越大，越来越多的客户从刚开始听到'阿里巴巴'噗嗤大笑，转变为现在的洗耳恭听，当然这也得益于阿里巴巴在国内外的有力推广。其次是我们阿里巴巴的客户越来越多，推广效果越来越好。有一点我想大家一定是达成共识的，那就是市场上有太多的外贸企业需要阿里巴巴，现在我拜访10个客户就可以签约3个，这个数字就可以证明这一点。对于阿里巴巴的推广效果，我们都是信心百倍的。这一年来，我的客户有做文具生意的、有做服装生意的、有做发电机生意的、还有做五金生意的……他们都通过阿里巴巴接到了订单，有的一单就有几十万美元，这就是我信心爆棚的原因。再次是我们阿里巴巴良好的团队氛围和企业文化。我们是一个特别有爱的团队，大家都互相关爱互相帮助。我们的核心文化——六脉神剑是能够保证我们成功的关键，我绝对相信，我们阿里巴巴的文化是最好的中国企业文化之一，因为没有哪一家企业绩效考核时价值观占一半的比重。"杨五力越说越来劲，右拳上下挥舞了几次，脸涨得通红。台下同学也为之动容，掌声雷动。

杨五力继续说："第三个心是决心。我的老大周秀兰把东方明珠团队带成了全国一流的团队，所以，我的第一个决心就是带领东方明珠团队保持全国一流团队的位置。我的第二个决心是我一定会以身作则，身先士卒，做一个最负责任、最勤奋的主管。我的第三个决心是我一定会关注东方明珠每一位同学的成长，帮大家赚到钱，打造一支开心工作、品质生活的团队。最后，我真诚地期望大家能够支持我，支持东方明珠团队，谢谢大家，谢谢！"杨五力说完，再次90度深深鞠躬。

在场的所有同学无不为杨五力热烈鼓掌。区域经理杨九江让杨五力回到座位后说道："大家一定想知道公司为什么提升杨五力为东方明珠团队的新主管，而不是其他人，杨五力是目前东方明珠团队加入最晚的成员。在这里，我想说说我本人对杨五力的三点感受。第一点感受是杨五力的激情，我想这一点大家是有目共睹的，在杨五力加入公司的一年时间里，大家没有见过他情绪低落、萎靡不振的时候吧？"

"没有。"同学们摇头,异口同声地回答道。

"是的,我也没有见到过,我每次见到杨五力,他的眼睛都在放光,而且他似乎任何时候都是活力四射。说实在的,连我自己都做不到。偶尔有点小困难、小挑战,只要你听到他在洗手间里激情澎湃地喊三声'战斗',等你见到他的时候他就已经恢复常态了,杨五力的抗压能力和情绪控制能力超强,这是我对杨五力的激情的感受。"杨九江停顿了一下,顺便喝了几口水。

"我的第二点感受是杨五力的格局,我记得他前后3次碰到了客户归属的问题,我都把客户判给了别人,杨五力自始至终毫无怨言。而且其中一个客户按照我们的客户冲突管理制度应该判给杨五力,但杨五力主动提出把这个客户让给新人。这件事情给我留下了深刻的印象,这与有些同学遇到客户归属冲突绞尽脑汁誓死力争形成了鲜明的对比。"杨九江说到这里,台下的同学不约而同地鼓起了掌。

"我们阿里巴巴中国供应商销售团队是铁军团队,我们有六脉神剑,也就是我们的六大价值观——客户第一、团队协作、拥抱变化、诚信、激情、敬业。在团队协作这个价值观上,我个人的感受是'帮、让、给',就是说业务中帮助,冲突中退让,资源上给予。我们很多老员工主动帮助新人辅导、谈单,我们的师徒行、传帮带都是业务中的帮助。冲突中退让,指遇到客户归属问题时,如果双方都主动退让,那就没有解决不了的问题,杨五力就是这样做的。资源上给予,指如果有好苗子,但其短时间内没有找到窍门和规律,我们就可以在资源上给予倾斜,帮他们渡过难关,一旦他们找到了突破口便会一路高歌,我们中供铁军不少明星销售都有这样的经历。"杨九江放缓语速,同学们都会心一笑。

"我对杨五力的第三点感受是勤奋,我想从时间和数量这两个维度聊聊杨五力的勤奋。从时间上说,我早上到公司的时候,杨五力已经到了,我晚上离开公司的时候,杨五力还没有走。"

"哈哈哈……"台下哄堂大笑。

"确实是这样，我觉得我来公司够早了，有时候早上8点钟就到公司了，但还是没有杨五力早，有时候我也搞到晚上10点多才下班，但还是没有杨五力晚。我知道杨五力住在锦江乐园，来公司得半个小时左右，所以，从他在时间上的投入我能强烈感受到他的勤奋。从数量上来说，杨五力在跟我打乒乓球的时候跟我分享过，他每天必须约到2家第二天能够拜访的客户，如果晚上8点约不到，就打电话到晚上9点，9点约不到，就到10点、11点，最恐怖的一次，他打到夜里12点，客户迷糊中接受了第二天的约见。"台下一阵大笑之后是蕴含敬畏的掌声。

"杨五力每天的电话量绝对不少于50个，他每天把老客户、跟进中客户和新客户的资料都打印出来，在拜访客户的途中也见缝插针地打电话，从每天2个约见客户和至少50个电话中，我同样感受到了他的勤奋。所以，基于我对杨五力激情、格局、勤奋的认可，再加上360度综合考评，我决定提升杨五力为东方明珠团队的主管，我们一起祝福杨五力在新的岗位上再创佳绩，延续辉煌，把东方明珠团队带到一个新高度。祝福五力！祝福东方明珠！"同学们自发站起来热烈地鼓掌，同时用崇拜的眼神望着杨五力。

阿里巴巴上海公司6月份的启动大会在欢快的掌声和热情奔放的音乐中顺利结束，杨五力也正式结束销售员生涯，走上了充满挑战、需要时刻拥抱变化的管理之路。

考虑到东方明珠团队老员工过多，为了适当降低杨五力的管理难度，经理杨九江果断提升另外一个优秀团队钦帮战队的骨干张巧颖为主管，将东方明珠团队的单大鹏、施真金、马正芳、李稳平、高希希等划至张巧颖团队。那远志、夏灵玉、高东红、韩冬梅留在东方明珠团队，加上从杭州总部以销售助理身份转过来的穆易春，从嘉定团队调岗过来的雷厉风行的李金凤，这6位便是杨五力带领的东方明珠团队最初的队员。

新官上任三把火，当天晚上杨五力便把6位战友集中在一起，开了一次激情澎湃的启动会议。会议上大家达成共识，东方明珠团队第一个月的业绩一定要超过100万,锁定上海团队的第一名,保证进入沪苏大区前三名。当时上海的几个团队,平均每个团队10人,最高业绩不到80万,沪苏大区能够超过100万的也只有江苏的悍马战队,其主管是说一不二的张丽薇。如果东方明珠团队能够在6月份业绩突破100万,那么锁定上海团队第一名,进入沪苏大区前三名的目标就可以实现。

新的团队、新的起点、新的征程,6位队员加上杨五力一共7位战士,开始了战斗。随着一单一单的捷报传来,到6月15日的时候东方明珠团队的业绩已经达到了50万,大家更加有信心了。

为了开足马力、继续冲刺,杨五力在6月15日晚上安排了一次AA制聚餐,给大家鼓劲儿。

"我们这个月一定可以超过100万,大家有没有信心?"酒过三巡,杨五力大声呐喊着,他紧握右拳,上下挥舞,目光灼人。

"有!"几个同学异口同声地喊道,他们深深地被杨五力的激情感染了。

杨五力进一步做了部署:一是要求所有同学把CRM库里的客户严格按照ABC分类,重点盘点A类和B类客户;二是练习促销话术,多做角色演练,直到游刃有余;三是6位同学两两结成对子,A类客户务必做到2人配合一起上门拜访,特别重要的A+客户杨五力亲自陪访,一定要拿下。部署完后,同学们也酒足饭饱了,在杨五力的倡议下,大家齐声呐喊东方明珠的口号"东方明珠,阿里明珠;东方明珠,璀璨夺目!"6月份二次启动的聚餐会结束。

这个时候,杨五力之前积累的几个潜在客户突然联系他寻求合作,他马上跟进,一鼓作气签了3个客户,取得20多万的业绩。再加上穆易春和李金凤都有大客户签单,各有10多万的业绩,到了6月29日,东方明珠的业绩已经达到了97万,100万的目标近在咫尺。大家又高兴又恐惧,高兴的是离100万的目标是如此之近,感觉就在眼前,触手可及,只要再往前跨一步,哪怕是一小步,就可以首战大捷。这对于刚成立,而且只有6位战士的团队来说,是多么来之不易。其他两支满员10人的老团队的月度业绩也还没有达到

100万，这着实让人兴奋。恐惧的是这个月只剩下最后一天了，如果最后一天没有签单，或签单了钱没有到账，那岂不是功亏一篑吗？

6月29日晚上，东方明珠的同学们坐在会议室里，心情复杂。因为大家都知道，A类B类客户已经过了几遍了，明天没有任何迹象能签单收款。杨五力也很清楚，但是他不动声色，他要稳住阵脚。

"既然我们已经把A类B类客户过了几遍了，那会后大家开始盘点C类客户，把C类客户中具备条件但是短期内不考虑签单的全部理一遍，如果能约到明天可以拜访的客户我陪访，不过邀约话术我们要重新优化一下，这个大师兄那远志负责，大家觉得怎么样？"杨五力将大家的思路转移到C类客户上，做本月的最后一搏。

"C类客户都是一年内不考虑做阿里巴巴的，现在跟进有用吗？"韩冬梅置疑道。

"这个问题我只想讲两点，一是每个人对C类客户的界定是有差异的，你把一年之内不做阿里巴巴的归为C类客户，其他人可能是6个月，甚至是3个月。穆易春，你的客户多久不做阿里巴巴，你会把他归为C类客户？"杨五力看着聚精会神的穆易春问道。

"我的客户今年没有计划做阿里巴巴的我都会归为C类客户。"穆易春的回答直截了当。

"李金凤，你呢？"

"凡是符合条件的客户我至少会归为B类客户，我的C类客户一般是做内贸的，或者想做外贸，还没有外贸人员的。"李金凤干脆直爽地回答道。

"好的，不管大家如何划分C类客户，除了这个月反复跟进的重点客户，在剩下的客户中，大家逐一盘点，这是第一个问题。"

"第二个问题，等一下会议结束后，电话要疯狂地打起来，每人至少30个电话，否则不要下班。每人争取都邀约到一家明天可以拜访的客户，有感觉的客户我要一同去拜访，大家能否做到？"

"没问题。"

"第三个问题，我们要把资源充分利用起来，同时注意话术，当然邀约电话里不要提具体资源，但是要强调重大的利好消息，以得到上门拜访的机会，然后见机行事，逐步抛出资源，注意铺垫、包装和团队的配合，还有及时索要承诺，这个环节大家有时候还把握不好，那远志，你马上组织话术和资源利用的讨论，杨九江经理找我有事，我先撤了。"

杨五力交代完毕去找区域经理杨九江，他们俩在楼下进行了5个回合的乒乓球大战，21分制一局，结束时两个人都汗流浃背，气喘吁吁。这边那远志组织大家讨论完话术和资源利用，同学们疯狂地打起了电话，很快李金凤和穆易春各约到一个第二天上午可以拜访的客户，因为没有明确的意向，所以并没有申请让杨五力陪同拜访。其他同学虽然非常努力地打电话，但是都没有约到客户。

杨九江与杨五力从15楼公共运动室出来，爬楼梯往29楼的公司走。

"杨五力，这个月是你的处女秀，目前已经有97万的业绩了，说实话，大大超出了我的预料，我已经很满意了。当然，如果东方明珠团队这个月能够超常发挥，突破100万，那你就一战成名喽！"杨九江停下了脚步，扶着楼梯看着杨五力，欣赏的眼神中流露出浓浓的期望。

"你放心，杨老大，虽然这个月只剩下最后一天，我们打乒乓球之前我已经又开了一次启动会议，大家都很兴奋。第一个月就让人眼前一亮，连我们自己都意外，所以，明天拼了，不留遗憾，战斗！战斗！战斗！"杨五力喊完3次战斗，脸涨得通红。

"好，我相信你们。你们目前只有6个人，能够超过满员10人的老团队，这对整个上海来说有莫大的价值，好好刺激一下这些老人，我明天去深圳出差，只能远程为你们呐喊助威了。"

"好的，谢谢杨老大，我们一定努力。"两人握手后回到公司各自安排自己的事情。

杨五力通过短信给团队下了一道死命令，明天不管是否已经约到客户，不允许在公司出现，如果不在客户那里，就必须在去拜访客户的路上。哪怕以"正好路过，顺便分享一个好消息"为理由也要上门拜访客户，原因很简单，不与客户见面是不可能有机会的，特殊时期，不能等待，必须主动创造机会。

第二天上午，东方明珠团队非常冷清，约好客户的李金凤和穆易春没有传来任何消息，其他主动上门拜访客户的同学也无声无息。杨五力一时间心急火燎，到了中午12点半，他实在忍不住了，给每位同学一一去了电话，询问最新的进展，得到的结果都是暂时没有能够签约收款的，这令他更加烦躁不安。

到了下午3点，穆易春突然打电话给杨五力说："老大，好消息来了，刚才公司信息部给我来电，说浦东一家做轴承出口的久神轴承进出口公司有做阿里巴巴的想法，客户已经分配到我CRM库里了，我刚才也去了电话，约好今天下午4点钟见面谈，这个客户你一定要帮我呀，你去了一定能搞定！"

"好，我一定去，你把地址发给我，我马上出发。"杨五力感觉曙光突现，惊喜万分。

两人在下午4点准时来到了客户位于浦东的办公室，准确地说，客户的办公室是商住两用。开门的是位男士，戴着眼镜，略显瘦弱，但很儒雅。他们进门后看到屋里还有一位35岁左右、体型较胖的妇女坐在一个婴儿车旁边拿着奶瓶给孩子喂奶，虎头虎脑的宝宝津津有味地吸吮着奶嘴，两只大耳朵格外惹眼，看起来活像个小弥勒佛。

杨五力有着天生自来熟的本领。

"呦！小弥勒佛，让叔叔抱抱好不好？"杨五力二话不说，抱起虎头虎脑的宝宝左颠颠，右看看，夸个不停，引得那位妇女笑个不停。

深入沟通后他们得知，开门的男士与那位妇女是夫妻，从江苏盐城来上海打拼，短短3年已经在上海买了3套房，都在浦东。这个宝宝是他们的第二个孩子，11个月了，男孩，大的是女儿，9岁，在浦东上学，已经3年级了。杨五力对这对夫妻所取得的成绩赞赏有加，眼神自始至终充满了羡慕和钦佩。杨五力很巧妙地把话题转移至阿里巴巴的合作上，再加上穆易春在旁边的默契配合，这对夫妻非常爽快地签了金额4万的初级阿里巴巴中国供应商服务合同，并且立马给开了支票，看得出，夫妻俩今天特别开心，满脸都是幸福。

杨五力小心翼翼地把支票插在支票夹里，与夫妻俩告别后，和穆易春一起奔向公司。

杨五力在回公司的路上编辑好信息发送给东方明珠的所有同学，消息很快传开。杨五力和穆易春刚迈进公司的大门，就收到上海同事们送上的掌声和祝贺声。

这时，区域经理杨九江不知从哪里也得到了消息，给杨五力打来了电话。

"杨五力，你真的太牛了！真的过百万了，我还在飞机上，就迫不及待地给你打电话，恭喜你！"

"啊，杨老大，在飞机上打电话危险，你快关机吧。"

"好的，好的，等我回来请你吃饭啊！"

"哈哈哈哈……"旁边的同学们都哈哈大笑起来。

"你们笑什么？"杨五力不解地问道。

"老大，飞机上没有信号，打不了电话，杨老大跟你开玩笑呢。"夏灵玉提醒道。

杨五力也反应过来，笑了起来。

[第二章]

赴青岛分享

首战旗开得胜，这一战让杨五力的知名度在阿里铁军迅速提升，不少城市的区域经理纷纷邀请杨五力去分享管理心得和打法策略，其中态度最诚恳、最坚定的是青岛区域经理罗大友。本来杨九江已经以杨五力刚刚上任一个月还不成熟为由拒绝了，但是罗大友一天给杨九江打了3个电话，杨九江实在拗不过他，只得勉强答应。杨五力去青岛之前，杨九江少不了左叮咛右嘱咐，一切交代完毕，确认杨五力领悟了精神，杨九江这才舒了一口气。

杨五力乘坐7月2日周六的班机到达青岛，参加7月3日周日举行的青岛区域启动大会。杨五力了解到，沪苏区域冠军团队悍马战队的主管张丽薇也被邀请到青岛参加这次会议，这个张丽薇可是位铁娘子，以标准化管理著称，说一不二，下面的队员也很服气，业绩沪苏第一，在全国名列前茅。杨五力觉得如果利用这次机会跟张丽薇交流一下，那对自己一定大有裨益，于是决定第二天分享结束后找张丽薇请教。

第二天早上，杨五力按照约定时间来到启动会议现场，会场已经座无虚席。所有人都穿着统一定制的区服，衣服后背上印着青岛区域的口号，每一位同学的头上都扎了橙色的头巾，成为一道靓丽的风景线。不少同学举着旗帜全场奔跑，旗帜上面印有自己战队的名字。这些举旗的同学时而呐喊，时而高呼自己团队的口号，呼喊声震耳欲聋。

启动会议在早上9点正式开始，主持人是青岛的优秀主管王秀丽，她用铿锵有力的声音问候全场："亲爱的大青岛的同学们，大家早上好！"

"好，很好，非常好，Yeah！"在场的同学异口同声地应道，同时高举右手，做出胜利状。

"欢迎各位出席咱们大青岛7月份的启动大会，本次会议我们非常荣幸地邀请到两位全国冠军团队的主管给我们做分享，他们是来自江苏悍马战队的张丽薇和来自大上海东方明珠战队的杨五力，让我们用最热烈的掌声欢迎他们。"

现场爆发出雷鸣般的掌声，经久不息，张丽薇和杨五力站起来转身向大家鞠躬致意。

"今天上午我们一共有4个环节，首先是20分钟的破冰互动环节；第二个环节是我们区域经理罗大友的致辞和对上个月业绩的总结；第三个环节10点开始，由悍马战队的主管张丽薇为大家带来《冠军销售团队标准化管理的思路》；上午的最后一个环节11点开始，由大上海东方明珠战队的主管杨五力给我们带来《卓越销售的三个心态》。"主持人王秀丽一气呵成，把上午的4个会议环节介绍完毕。

破冰互动和罗大友的致辞总结很快结束，张丽薇的《冠军销售团队标准化管理的思路》杨五力听得特别认真。张丽薇主要从思想、形象、话术、工具、计划等几个方面阐述了她对销售团队标准化管理的思路。其中有几个点震撼人心，杨五力很受触动：一是张丽薇的一句话"一直被追赶，从未被超越"显示了悍马战队王者之师的态度和决心；二是张丽薇在管理上的一个细节，15人的团队，每个人都有同样的100页的销售活页夹，用于向客户展示公司简介、企业文化、产品优势、成功案例、方案报价等内容，每一个人的活页夹的内容和顺序都是一致的，如果张丽薇发现某位同学自作主张更换了活页夹的内容或顺序，那他的活页夹将被张丽薇甩到一公里以外；三是张丽薇不允许任何人跟她讨价还价，如果累计3次执行不到位，那么这位同学将被驱逐出悍马战队。杨五力觉得张丽薇就是一位如假包换的铁娘子，让人敬畏，让人佩服，也让人思考。

张丽薇分享道："按照我们的标准化管理，就是一位毫无经验的应届大学毕业生，在磨炼3个月后，每个月也能做到至少30万元的业绩。

"在我们悍马战队，强调的是标准化。第一，所有的员工必须配车，但不允许买车，而是雇用面包车，这样有司机，可以在车上打电话。第二，没有预约好客户不许出门，晚上不许睡觉。拜访客户回来之后，吃饭的时间是有规定的，吃完饭之后，就像在监狱里放风一样，只有半个小时休息时间。

"我们所有的工作内容会在团队会议上讨论，决策后大家一起执行。为了打更多电话，我们团队每个人都有车载转换器，这样方便给手机充电。因为电话实在太多，两块电池替换有时候也是不够用的。我们很多队员60%的客户是打电话开发出来的。每天所有队员都必须把客户资料发给我，而且是日事日清，我会检查，日复一日，时间长了就成为了大家的习惯。

"我们所有老队员都必须带新人，俗称师徒行。我们的每一位师傅，都恨不得把自己的看家本领和拿手好戏都教给徒弟。久而久之，我们团队的关系就非常融洽，而且互相学得也特别快，成长也迅速。"

在听张丽薇分享的间隙，杨五力去了一趟洗手间，洗手间的情形让他大吃一惊。他刚推开男洗手间的门，一股浓浓的烟味就迎面扑来，把他熏得够呛。杨五力不由得后退了一步，这让不吸烟的他频频蹙眉。迈进洗手间，他看见 10 多位男同学每人叼着一支烟，三三两两地聚在一起，边吞云吐雾，边窃窃私语，好一番悠闲自在的景象。杨五力的内心顿时火冒三丈，但又不好意思发作，毕竟自己是客人。他心想，这些人真不知好歹，我和张丽薇千里迢迢飞过来做分享，牺牲自己的休息时间，他们却是这样的学习态度，真让人心寒。

杨五力憋着闷气从洗手间往会场走，当他走到会议现场最后面，远望整个会场时，就更寒心了，一共有 8 位同学趴在桌子上睡觉。天哪！之前对青岛销售团队积累的好感和敬畏刹那之间荡然无存。怎么会这样呢？这些睡觉的同学难道昨晚夜游去了？或者是打麻将到凌晨？再或者是喝酒唱歌一条龙？杨五力对此百思不得其解。

"看样子，我的开场白要改了。"杨五力自己嘀咕道。

很快，悍马战队主管张丽薇的分享结束了，在主持人王秀丽介绍后，杨五力快跑登场。

"各位同学，大家好，我今天开场的内容一定会让大家大吃一惊！"杨五力表情严肃，眼神流露出不满，台下立刻鸦雀无声，很多同学直起腰、抬起头，把好奇的眼光抛向杨五力。

"我为什么这么说呢？我只想说一个关键词，那就是'尊重'。我在听张丽薇主管分享的间隙去了一趟洗手间，里面的烟雾差点把我熏倒，洗手间里有 10 多位男同学在吸烟，悠闲自得，好不自在。从洗手间出来，我又发现会场有 8 位同学趴在桌子上睡觉。"说到这里，杨五力停顿了一下，深呼了一口气，把头往上抬了一下。这时，杨五力发现青岛区域经理罗大友满脸通红，正在安排人去洗手间把吸烟的同学叫回来，又让政委把趴在桌子上睡觉的同学推醒，愧疚与歉意写满罗大友通红的脸。

"不瞒大家说，我来青岛之前，对青岛团队是充满敬畏的，原因有三：一是青岛团队的业绩位列全国前 3 名；二是平常邮件里看到大家的精气神特别足，有激情，很团结，也很有情怀；三是大家都善于分享，上海的很多培训材料都出自青岛团队几位优秀的主管。所以，我才克服困难飞到这里，想与大家聊聊我的心得和感受。"杨五力喝了一口水，把麦克风从左手传到右手。

"我想表达的是，想成为销售冠军，懂得尊重别人是最基础的，不尊重客户，我想客户是一定不会与我们签约的。你想成为全国销售冠军团队的一员，但你的所作所为是与全国销售冠军团队的定位背道而驰的，这怎么可能呢？在我看来，这是你对团队的不尊重，也是对自己的不尊重。张丽薇主管和我千里迢迢飞过来与大家分享心得感悟，我看到部分同学的表现后，心里很不是滋味。从现在开始，我们相互尊重，相互学习，一起成长，好不好？"

台下的同学不约而同地回答道："好！"回答得干脆，回答得肯定，回答得很有力量，同时爆发出响亮的掌声，这掌声蕴含着认同，蕴含着信心，也蕴含着梦想。

"我今天与大家分享的主题是《成为卓越销售冠军的三个心态》。"杨五力心情好了许多，脸上带着笑容，眼神也变得柔和起来。

"我与大家分享的第一个心态是老板心态，为什么是老板心态？大家先看一下大屏幕。"杨五力在PPT上放了一张照片，上面是一套上下两层公寓的客厅，看得出这套公寓装修得比较时尚，楼梯的夸张弧线和材质透露出设计师的标新立异。

"这是我6个月之前在南京买的一套上下两层的公寓，单层面积85平方米。"

"WOW！"杨五力刚说完，台下惊叹声一片。

"我为什么会提我在南京买公寓的事情呢？因为是这件事情让我领悟到了老板心态。因为公寓装修，我有好几个周末去南京装饰大卖场购买各种材料，为了节约成本，难免与卖材料的老板套近乎，讨价还价。"说到这儿，杨五力与台下的同学们都会心地笑了。

"聊天当中，我发现有不少老板的日子其实并不好过，有些老板一年亏几十万，有些老板一年只能保持盈亏平衡，赚钱的老板也是感觉危机四伏、忧心忡忡，觉得生意越来越不好做。于是我静下心来把我们的工作与这些卖材料的老板们做了对比，颇有些心得。首先，从收入方面来说，我们有好多同学一个月的收入是两三万，也有超过5万的，可以说是净收入，比那些亏损的门店老板强多了，而且这些收入我们敢花出去，那些门店老板敢吗？"

"不敢。"台下同学们默契地回答道。

"对的，他们不敢花，因为还要进货，还要对外付款，下个月的生意也没准。我们就不一样，我们敢花出去，因为我们是净收入，而且下个月还可以赚到，所以，从赚钱速度的角度来看我们是快的，大家说是不是？"最后一句话，杨五力喊得声嘶力竭，很有激励性，台下的人也全部回答"是"，力量十足。

"第二个方面，从成本上来说，我们几乎是无本经营，但那些门店老板要负责各种成本，包括门店租金、人员工资、水电杂费等，对比一下，我们不仅是无本经营，而且公司还提供给我们基本的生活保障，让我们轻装上阵，无后顾之忧，爽不爽？"

"爽。"台下的声音铿锵有力。

"第三个方面，我们还可以免费得到各种资源，包括培训、市场、人才、福利等，这些资源对于那些门店老板来说，每一项都是要花银子的，而我们却是免费的，好不好？"

"好。"同学们越发激情高涨。

"所以，通过对收入、成本、资源这三个问题的思考，我有了老板心态，也就是说，我并没有把自己当成阿里巴巴的普通销售员，而是把自己定位为阿里巴巴中国供应商产品的代理商，可以免费使用公司品牌，免费使用办公场地，免费使用办公电话，还有免费的饮用水。"

"哈哈。"台下传来一阵爽朗的笑声。

"有些同学可能会说，这与真正的老板、真正的创业不能相提并论，我的答案是：当然。不过，我对创业的感受是：创业并不一定要投很多钱，并不一定要拥有一家公司的大部分股份,并不一定要独创一个项目。只要身处一个健康的组织,只要有明确的愿景和目标,只要一心一意,脚踏实地去战斗,这就是创业。"杨五力有些激动,泪光闪烁在眼帘,台下掌声四起。

"谢谢大家!有了老板心态,我们就会把眼前的工作当作事业,而不是职业,更不是公司给我们布置的作业。有了老板心态,就会更加关注创业、创新和创造。创业是与公司形成荣誉共同体、利益共同体、命运共同体,即'企兴我荣,企衰我耻'。创新是改变和优化,是持续成长。创造是主动和担当,是与时俱进,是智慧激荡。有了老板心态,我们会把所有的客户当作自己的衣食父母,会把所有的员工看成是自己的兄弟姐妹,我们会自始至终开源节流,有最强的主人翁精神。"杨五力一口气说完,同学们掌声雷动,经久不息。

"接下来,我想谈谈感恩心态。感恩平台,感恩客户,感恩同事!有时候我会想,我们现在的收入真的是我们能力的体现吗?这个问题值得商榷,如果我们换一个平台,还能保持这样的收入吗?所以,我想说,我们要感恩平台给我们客户,感恩平台给我们支持,感恩平台给我们收入,唯有每日兢兢业业、勤勤恳恳,唯有每日给自己打100分,唯有每日三省吾身,才是对平台最实在的感恩。因为结果是每日的乘积,而不是相加。"杨五力还没有说完,台下已经响起欢快的掌声。

"感恩客户。客户是公司的衣食父母,也是我们的衣食父母,我们的每一分收入都来自于客户,我们唯有通过真诚,通过专业,通过热情去感恩客户。"杨五力接着分享道。

"感恩同事。我们要感恩把我们招进来的老大,是他们给了我们在阿里巴巴这个伟大的公司战斗的机会,我们只有通过优秀的业绩去感恩老大们。我们要感恩所有的师兄、师姐,他们无私的指导和帮助让我们快速成长,我们只有通过优秀的业绩去感恩他们。我们要感恩所有后台的同学们,是他们的支持和协助,使我们的业务更加稳定,使我们的客户更加满意,我们只有通过优秀的业绩去感恩他们。

"最后是空杯心态：归零、好学、谦卑。不管你之前在哪个行业、哪家公司、什么职位、取得过什么骄人的成绩，都要把身段放下来，从零开始，这就是归零。如果带着以前的光环和骄傲做现在的工作，你就无法落地。有句话说把自己的海绵挤干才能吸收更多的水分，就是这个意思。好学，我的心得是主动、主动、再主动。三人行必有我师，不管是我们的师兄、师姐还是师弟、师妹都有闪光点，我们应该主动去请教，去学习，借力使力不费力嘛。满招损，谦受益，这个大家都知道，大家都愿意帮助谦虚谨慎的同学，所以，谦卑也是我们要做到的。"

杨五力接下来又分享了关于目标和计划的心得感悟，最后环节给了十个名额，让台下的同学自告奋勇上台宣誓今年和三年内的目标，一时间，整个会场热血沸腾，斗志昂扬，杨五力富有激情和煽动性的分享真真切切地激励到一大批青岛的同学。

杨五力分享完后，原计划要向悍马战队的主管张丽薇好好请教一番，但张丽薇分享完就急匆匆赶回江苏了，杨五力觉得很遗憾。此外，杨五力对杨九江经理在分享内容方面的策划心悦诚服，佩服得五体投地，心中暗下决心，回去之后要更好地配合杨九江经理的工作，以表感谢。

[第三章]

新官上任三把火

杨五力在青岛的分享好评如潮，消息很快传遍全国分公司，来自各个渠道的赞美之声不绝于耳，这使得杨五力洋洋得意，有些自命不凡起来，对东方明珠团队的管理也变得极为强势，像张丽薇一样，说一不二，没有商量的余地。杨五力要求东方明珠的六位同学每天必须完成有效拜访数量、电话资料收集、第二天的预约拜访数量，否则就不能下班，哪怕是到晚上12点，当然，他自己也会留下来陪着。杨五力管理风格的转变在东方明珠团队内部引起极度不适，团队氛围一下子变得紧张起来，团队内部的配合和执行也变得越来越差，同学们对杨五力强势管理的逆反心理写在脸上，但又不敢多提意见，只好小心翼翼，谨言慎行。穆易春和李金凤由于刚到东方明珠团队，配合度相对比较高。夏灵玉是东方明珠团队的老员工，她是典型的外向型性格，每天像喜鹊一样叽叽喳喳、活蹦乱跳，一直都是团队的开心果。夏灵玉没有生活压力，她老公是一家知名药厂的接班人，她在阿里巴巴工作完全是为了充实生活，每天开着宝马车上下班，所以她与杨五力的沟通比较顺畅，还算支持杨五力。而东方明珠团队其他几位老员工可就没有那么配合了，韩冬梅与杨五力一起加入阿里巴巴，而且是同一届阿里巴巴百年大计的同学，能力与杨五力不相上下，甚至在客户谈判方面超过杨五力，杨五力能够明显感觉到韩冬梅对自己管理东方明珠团队的抗拒，表面上配合，但与团队的新同学没有交流，对新同学的问题和成长也漠不关心，只与东方明珠的几位老同学保持交流。那远志，上海人，学历很高，知识渊博，能说一口流利的英语，不过缺乏雄心壮志，没有成为销售冠军的野心，平常对自己的要求是"二足"——满足期望和知足常乐，上海小资的心态让他对杨五力的强势管理无所适从，私下里牢骚满腹，多有怨言。最让杨五力头疼的是高东红，她是典型心直口快的人，经常在公开场合让人下不了台。高东红家境富裕，公公婆婆在无锡开木材外贸工厂，生意做得很大，每年给高东红夫妇的奖金丰厚，这也使高东红有能力在上海购买三套住房。优越的家庭环境加上耿直的性格，让高东红在为人处世方面有时候会显得傲慢无礼。

团队工作氛围的紧张，大家内心的抗拒和不配合让杨五力疲惫不堪，一下子没了精气神。这一切，杨九江经理都看在眼里，他必须帮助杨五力改变现状。

7月中旬一个周三的晚上，杨五力晚餐后独自在公司附近转圈，期望通过散步减压，但思绪凌乱的他不但没有感觉到压力减轻，反而觉得脚步越来越重，犹如千斤重担在肩。杨五力回公司后，碰见杨九江经理时没有像往常那样满怀激情地打招呼，只是淡淡地问了一声好，杨九江知道他心情不好。

"杨五力，走，咱们下去切磋两局。"杨九江向杨五力发出打乒乓球的邀请，杨五力爽快地答应了。

两人以单局21分制很快打了五局，都挥汗如雨，上气不接下气。杨五力在打球的时候全身心投入，脸色好了很多。他们买了两瓶矿泉水，在乒乓球室旁边的休息区坐了下来。

"杨五力，你知道我为什么喜欢跟你打乒乓球吗？"杨九江突然问道。

"杨老大，这个我还真不知道。"杨五力一脸茫然。

"因为能出汗。"杨九江爽朗地回答道。

"哈哈……"两个人同时大笑起来。

"杨五力，我特别喜欢你在打球时的全身心投入状态，时而呐喊，时而高呼，时而振臂，时而握拳，搞得我特别紧张，必须全神贯注应战，我非常喜欢这种感觉。"杨九江开诚布公地与杨五力交流。

"谢谢杨老大，我性格比较外向，喜欢愉悦的氛围。"

"这个我知道，通过打球，我可以看出你是一个怎样的人，我看到了激情，看到了简单，也看到了认真，其实，在工作上这些都能体现出来。"杨九江继续推心置腹地说道。

"谢谢，在工作上我是非常认真的，但可能还缺少团队管理的经验和方法。"杨五力惆怅地望着杨九江。

"你在工作上是不是遇到了困难？"杨九江问道。

"是的，现在团队工作氛围比较紧张，大家对我的管理不愿意配合。"

"主要是什么原因呢？"

"我在青岛分享的时候了解到江苏悍马战队主管张丽薇的管理特别强势，业绩在沪苏大区排名第一，所以我也想采用强势的管理，但没想到大家极度不适，都有情绪。"杨五力面露难色。

"能不能说一些细节？"杨九江追问道。

"我现在要求大家每天必须完成两个有效拜访再回公司，每天晚上回家之前必须准备好第二天的50个电话客户资料，而且要在客户管理系统里确认与其他同学没有冲突，另外必须预约到一家第二天能够拜访的客户，否则晚上12点之前不许回家。"

"大家执行的情况如何呢？"杨九江接着问。

"团队的两位新同学穆易春和李金凤执行得不错，夏灵玉执行得一般，不过态度很好，好沟通，但其他三位老员工不但执行得不好，而且不服从管理，任务没有完成，晚上10点就无影无踪了，问他们为什么不打招呼就离开公司，回答都是'你管这么严干嘛？我给你业绩不就行了吗？你这么苛刻，我没法做了！'对于他们我是束手无策，说得太重，怕伤了和气，说轻了又不管用，这正是我苦恼的地方。"杨五力一筹莫展，把近期的困惑和盘托出。

"好，我知道了，那你接下来有什么计划呢？"杨九江关心地问道。

"我现在思绪很乱，确实不知道接下来该怎么做，杨老大，你有什么好建议吗？"杨五力流露出期盼的眼神。

"建议谈不上，我只想跟你聊聊我的感受。我知道你想学张丽薇的强势管理，但是你忽略了两个细节，一是团队的人员结构，二是团队所处的发展阶段。张丽薇团队的十几杆枪都是她自己一手培养起来的，双方知根知底，而且张丽薇带团队的时间也比较长，她和悍马战队已经树立了品牌，具备威慑力和影响力，团队的每一个人对张丽薇都很尊重和敬畏。另外，悍马战队成立已经两年了，早过了初创期，现在处于快速发展阶段，团队成员深度磨合，非常团结，团队文化做得也很棒。所以，我觉得现在的东方明珠团队和悍马战队还是有很大区别的。"杨九江发自肺腑地谈着自己的感受，杨五力一声不吭，若有所思。

"现在的东方明珠，严格来说，是一个新团队，属于初创期。穆易春和李金凤刚加入东方明珠，算是新人，所以她们比较听话，执行力强，配合度高。夏灵玉性格外向，格局较大，所以容易沟通。其他三位老人，那远志、高东红、韩冬梅，各有棱角，需要做一些工作。另外，特别重要的是，你要关注他们心态的变化，你想想，本来你们是同事，是平级关系，谁也不是谁的老大，但是现在你突然变成主管了，成了他们的老大，他们要向你汇报工作。再者，他们都比你早加入公司，换了谁，都需要时间调整自己的心态。尤其是韩冬梅，她是与你一起加入公司的，又是同一届百年大计的同学，能力和业绩都不比你差，你说她可能心态上没变化吗？"

杨九江说完看着杨五力。

"这些问题我是一点儿都没有想到，看来，主要的问题还是出在我自己身上，杨老大，我该怎么做呢？"杨五力急切地问道。

"其实，我刚做主管的时候，情况跟你差不多，我就给你分享三点：第一点是示弱，第二点是文化，第三点是以身作则。示弱有三个关键动作，第一个动作是'抬'，第二个动作是'压'，第三个动作是'拉'。"杨九江稍停顿了一下，顺便喝了一口水，杨五力则耐心地等待下面的内容。

"第一个动作'抬'，意思是抬高对方，就是赞美对方的优点，赞美对方的能力，赞美对方的成绩，目的是让对方有优越感，打开心扉，放松警惕，解除戒备心。"

"嘿嘿，有意思，那'压'呢？"杨五力被杨九江分享的内容深深吸引了，追问道。

"第二个动作'压'，意思是压低自己，说自己的不足，说自己的缺点，说自己的劣势，目的是让对方觉得咱不是高高在上，而是谦虚好学、恭敬谦逊的，提升对方对自己的好感。至于第三个动作'拉'，意思是邀请对方帮助团队，帮助战友，帮助咱自己，目的是激发对方成为英雄的欲望和情怀，让双方成为荣誉共同体和利益共同体。"杨九江说完身子往后退了一下，把头靠在椅背上，深呼了两口气。

"杨老大，你刚才说的这三个动作我基本上听懂了，但具体怎么用我得好好想想，那文化我该怎么做呢？"杨五力兴趣正浓，紧接着问。

"你看，悍马战队的文化就做得很好，无论是团队的名字还是口号，都让人感觉到霸气和王者风范，东方明珠团队可以好好借鉴一下。你可以从两个方面入手，第一个方面是团队核心文化，第二个方面是团队主要文化。核心文化就是团队的定位、口号、目标等，你明白吗？"杨九江问道。

"杨老大，定位具体的含义我不清楚，您能举个例子吗？"杨五力回答。

"就是说，咱们东方明珠团队今年在上海，或者是沪苏，全国业绩、客户数、续签率要排第几名，也就是说咱们东方明珠团队今年到底要成为怎样的团队？我拿我之前的做法给你举例：我在深圳带领的团队叫世界之窗，我们的口号是'世界之窗，个个兵王；世界之窗，王中之王'。我们给这个口号赋予了三个内涵：第一是世界之窗团队所有的战友都是能够独当一面的旗帜；第二是世界之窗是深圳区域最团结、最有凝聚力的团队；第三是世界之窗的战斗力在深圳区域要始终保持第一。我们的定位是团队年度总业绩在深圳区域一定要排第一，在华南大区要进入前三，在全国要排前十。"杨九江解释道。

"噢，我明白了，也就是团队几个相关纬度的交集，是吧？"

"对，是这样的。杨五力，你能否说出咱们东方明珠的口号呢？"

"那太能了，我们都喊了一年多了，'东方明珠，阿里明珠；东方明珠，璀璨夺目'。"

"不错，口号的内涵你能说说吗？"杨九江继续问道。

"这个我还真不知道，这是周秀兰老大传下来的，也没听说过什么内涵。"杨五力如实回答。

"杨五力，只有口号没有内涵是不够的，就好像一个人只有形没有神，就会让别人觉得没有灵魂，所以你要赋予东方明珠团队口号丰富的内涵，让这个口号有血有肉，具有生命力。"

"好的，这个问题我认真想想。"

"也不用一个人折腾，让团队成员都参与进来，让同学们觉得自己是团队的主人，这样他们工作的积极性会更高。"

"好的，我一定会的。"

"关于目标，你可以制定长远目标和短期目标，长远目标可以是 2～3 年的目标，短期目标可以是月目标，也可以是季度目标，或者是年度目标。这也要让大家参与进来，不要让队员觉得是在为了你的目标而战斗，这样是无法引起共鸣的。这就叫同声最响，共振最强，你明白吗，杨五力？"杨九江问道。

"我明白，杨老大，您的意思就是让大家都把自己当成团队的主人，有强烈的主人翁精神，组成一个荣誉共同体，是这样吧？"

"哎哟，可以哦，有点小悟性。"杨九江点头赞许道。

"谢谢，那主要文化有哪些呢？"

"团队的主要文化我个人的心得是三个模块，有英雄人物、文化仪式、员工关怀。我在深圳的时候，给世界之窗团队设置了几个月度英雄人物奖项：一是月度最肥奶牛奖；二是月度最佳师徒奖；三是月度最佳服务奖。最肥奶牛奖其实就是奖励每个月业绩最高的那位同学，我个人或者用团队建设基金奖励这位同学500元；最佳师徒奖是这样的，我们团队有5组师徒，5位老员工分别一对一辅导5位新员工，这五位老员工就是新员工的师傅，每个月哪组师徒的业绩最高，我个人或者用团队建设基金奖励这组师徒500元。"

"师徒的业绩是否是师傅的业绩加上徒弟的业绩？"杨五力要确认一下。

"对，是这样的。"杨九江回答。

"这个做法真好，不仅可以加深新老员工的融合，而且对提升新员工的技能和业绩也是立竿见影的，那最佳服务奖是怎样的奖项？"杨五力兴致勃勃地问道。

"这个也很简单，就是续签率，每个月续签率最高的同学会获得这个奖项，同样是500元。因为服务好，续签率才会高，我是这么想的。"杨九江解释道。

"很有道理，不过，奖励这么多钱，都是您自己出吗？"杨五力有点疑惑。

"那不会的，基本都是从团队建设基金里出，只有极特殊的情况我才自己出。"杨九江回答。

"那团队建设基金的钱又是从哪里来的呢？"杨五力打破砂锅问到底。

"我们有目标忠诚奖的制度，每个月每位同学会定一个业绩目标，但要提前缴纳 500 元保证金给团队的财政部长。如果到月底业绩目标达到了，这位同学不但可以领回之前缴纳的 500 元保证金，还可以另外获得 500 元奖励，就是 1∶1 的对赌。当然，如果到月底业绩目标没有兑现，这位同学缴纳的 500 元保证金就充公了，要划到团队建设基金里。"杨九江耐心地解释道。

"WOW，这个做法太好了，没有资源，创造资源，我真是佩服得五体投地啊，杨老大！"杨五力赞叹不已。

"这都是团队的智慧，不是我个人的功劳。所以，要让团队成员充分参与进来，发挥团队的主观能动性，多搞几次头脑风暴，对团队的管理是很有益处的。"杨九江略显谦虚，也越发兴致勃勃起来。

"是的，杨老大，我真是学到了，那您说的文化仪式和员工关怀有哪些内容呢？"杨五力继续问下一个问题。

"文化仪式方面，比如团队的早会、晚会就属于文化仪式；有新员工加入，在会议上做自我介绍，这个也是文化仪式；另外区域的月度总结会议、迎新年晚会都属于文化仪式。杨五力，团队的早会和晚会你一定要重视！我们要每天启动，不是每月，也不是每周，我之前经常给团队讲'3 个日'，就是日启动、日目标、日检核，这些内容就是通过团队的早会和晚会完成的。"杨九江语重心长地说，杨五力在旁边不住地点头。

"还有员工关怀方面，这是最能够凝聚人心的文化内容，我有几个做法，你好好听听。首先，我给团队的每一位队员都设了独立的爱心小档案，里面的信息还是比较全的，包括工号、哪届百年大计的、上岗日期、生日、兴趣爱好、特长等，甚至包括其父母和爱人的联系方式。到了队员的生日，我会单独发祝福的短信给这位队员，另外会再编辑一条祝福信息在团队 QQ 群发送，这样大家看到就都会积极送出祝福，互动之中同学们的感情就加深了。我会给过生日的队员买一束鲜花，在晚上聚餐的时候献上并加上拥抱。

"另外，因为在爱心小档案里有队员父母和爱人的联系方式，每年春节，我都会一一给队员的家人打电话，除了拜年，也会表示感谢和祝福，这样的做法是发自内心的、真诚的，这对增强团队的归属感起到了重要的作用。"杨九江言语之间渗透着自信和骄傲。

"杨老大，您太牛了，我敢说，这世上99%的管理者都做不到您这一点。"杨五力竖起大拇指赞美道。

"都是兄弟，你少来这一套，关键是你要领悟。第二，要多策划一些团队活动，形式不限，目的是把大家的心聚在一起。为什么很多企业死气沉沉，员工之间形同陌路？关键就是心没有在一起，人与人之间坐得很近，但心与心离得很远。"杨九江继续说。

"有句话叫什么来着？'人在一起叫团伙，心在一起才叫团队'，是这样的吧？"杨五力不太确定。

"你小子还行呀！这句话是这么说的，而且说得很精辟。"杨九江肯定了杨五力的话，同时给了杨五力适当的鼓励。

"团队活动您一般采用哪些形式呢？能不能举一些例子？"杨五力关切地问道。

"我们世界之窗团队的活动都是由团建部长负责的，每个月都换花样，比如卡拉OK、炸金花、游泳、保龄球、滑雪、郊游等。有时候也轮流到队员家里搞家庭聚会，每人带一个菜的原料去，现场烹饪，也蛮有意思的。杨五力，你要搞清楚团队活动的目的，成功的团队一定是志同道合的，志同道合才能目标一致，攻无不克，但前提是队员的心必须在一起，必须有超强的凝聚力。要实现这一点，队员之间仅仅认识是不够的，很多企业的员工真的就仅仅是认识，这只是团队凝聚力最初级的层次。除了认识，还要熟悉，接下来才是信任，这就是团队信任的三个层次。有了信任，再加上团队共同的定位、共同的目标、共同的计划，这就是团队的文化，一个神形兼备的团队就形成了。这前前后后、里里外外，团队活动其实是不可或缺、无法替代的。"杨九江说。

"这个我还真没意识到，看来想要带出一支优秀的团队真的很不容易呀！"杨五力略带自责地感慨道。

"废话，当然不容易，容易的话都成冠军了，可能吗？第三点是要学会关心，主要是在生活和心情方面。生活方面，比如，不定期买一些水果与大家分享。同学们经常在外面作业，很少有时间买水果，尤其是男同学，这样做不仅可以补充同学们的营养，还可以体现以人为本的关怀。再比如，可以在团队内安排一位有耐心、细心的同学做生活部长，帮助大家订午餐或晚餐，有些同学在外面谈客户回来晚了，如果一回来就有热腾腾、香喷喷的饭菜吃，他们的内心是否会暖流涌动呢？你想想你老婆中午过来给你送爱心便当，你是否感觉特别幸福呢？就是这样的感觉。"杨九江不厌其烦地解释着。

"你还可以在团队里备一个小药箱，专人管理，买一些常用药放在里面，比如感冒药、胃痛药、创可贴、酒精、棉球、碘酒、眼药水等，同学们急需的时候马上就可以拿到。这些都是花小钱办大事。

"至于心情，那就得多用心去察言观色了。关注三个点，一是留意大家的喜怒哀乐，一大早过来，脸色特别难看的，可能昨天与家里人吵架了，或者感冒、发烧、不舒服，再或者昨晚熬夜打游戏、打牌、打麻将，这时要及时关心，过问一下。男同学脸上或脖子上有明显伤痕的，铁定是吵架了，更要及时关心，必要的话，要深入家庭内部，做一定的调解和沟通工作。如果发现有些同学眉开眼笑、神采奕奕，可能是中大奖了！当然，这是开玩笑，嘿嘿，有可能是这两天有签单的客户，或者开发了特别优质的客户。这种情况可以引导他们主动分享一下快乐的心情，把正能量传递到团队，让团队的氛围活跃起来。

"二是关注团队的心思。有的同学，人在公司，心未必在公司。搞清楚他们是否有三个相信：相信行业、相信公司、相信自己。有些人偷偷地投简历，说去拜访客户，其实是去其他公司面试，突然有一天，来向你辞职，这时候为时已晚。所以，要时刻警惕，尤其是业绩比较差，连续两个月没有开单的同学。还有一些同学，因为家里逼婚、父母生病、经济窘迫等，不能把所有的心思都放在工作上，如果不及时发现，进行恰当的疏导和激励，就会出现不可挽回的遗憾。

"经常问队员三个问题：'你是一定要成功，还是尽力去成功，还是成功与否无所谓？''你当下面临的最大困难是什么？''你现在最需要的帮助是什么？'这些问题的答案可以反映他们的心态和心思，你了解后就可以及时对症下药，防患于未然。

"最后，你知道的，女同学每个月都有那么几天不舒服，你如果发现女同学有下面的几种情况，可以主动要求她们早些回家，她们会感激涕零的：一是脸色变化明显，看上去有气无力的；二是总按摩小肚子、走路比平常慢，频繁去洗手间；三是平常绝对不会发火的事情，突然计较、认真起来，甚至发飙、不耐烦。这些情况需要你自己把握。"杨九江倾心相授，恨不得把自己知道的全部倒出来。

"杨老大，您的工作都做到这份儿上了，我敢说，您是整个阿里铁军最卓越的领导人，佩服，实在是佩服！"杨五力赞叹不已，双手高举着大拇指。

"别扯淡，不要给我戴高帽子，抬得越高，摔得越重啊！你有时候低调一些好不好，不要那么夸张，否则人家会觉得你很虚伪。你只有以身作则，团队的人才会服你，才会从内心接受你，否则团队表面上一团和气，相安无事，实则一盘散沙，就像没根的树苗一样，风一吹便倒。"杨九江回应。

"怎样才能真正做到以身作则呢？"杨五力有些不得要领。

杨九江解释道："以身作则必须是由内而外的，不仅仅在行动上。至少有三个方面，一是相信，二是心态，三是大爱。关于相信，我之前已经说过了，你必须相信这个行业，必须相信阿里巴巴这家公司，必须相信自己。还有，你也必须相信市场，相信团队，这个三也不是特指三个，只是泛指，孔子说'三人行必有我师'也不是说三个人。你是否真的拥有相信，通过你的一言一行、举手投足，你的队员会感受到，所以，你必须拥有三个相信。心态也有三个，我已经与你分享过了，而且你在青岛的分享也特别好，我在这里再点一下：一是老板心态，二是感恩心态，三是空杯心态。大爱同样有三个，一是关心，二是成长，三是梦想。关心，我今天已经提到了，成长是你要关注队员知识、技能的提升，要让他们具备独当一面的能力，即便他们哪天离开阿里巴巴，没有了阿里巴巴这个品牌作为保护伞照样可以活得很好，这才是成长。梦想，是去了解团队的野心和企图心，帮助他们把梦想放大并视觉化。梦想是取之不尽用之不竭的原动力，是可以让人始终激情四射，永不言败的灵丹妙药。

"关于以身作则的'外'，我分享几点，一是形象，二是激情，三是勤奋，四是习惯。形象是指职业不求个性，专业不求华丽。有些男主管染发，留怪异发型，或者身上戴的'法器'过于夸张，这都是不可取的。衣贵洁，不贵华，衣服不一定是名牌，干净整洁就好。激情是时时刻刻微笑，分分秒秒乐观，这样你就可以感染和影响别人，同时也能激励自己。勤奋是指只比第一努力，不比第一功力。有些人比你早加入公司好几年，他们的经验和资源你比不了，能比拼的，就是勤奋。习惯是指准备、准时、准确，这都是优秀的职业素养，我对以身作则的理解就这么多。我今天跟你分享的内容不少，主要是想告诉你如何带一支新团队，你有何感想，可以说说吗？"杨九江说完问杨五力。

"我最大的感想就是，带团队要围绕'心'这个字展开工作，要让团队志同道合、众志成城，才能攻无不克、战无不胜，否则，只能算是团伙，是这样吧？"杨五力回答。

"你是知道了，至于是否真的理解和领悟，还要看你以后的行动啊！杨五力，今天就这样了，我得回去处理工作了，以后再聊。"杨九江边起身边说道。

"另外，杨五力，你是否听过马总 2005 年初在东莞网商大会上的演讲？"杨九江问道。

"这个还真没有，我 2004 年 6 月份才加入咱们阿里巴巴，一直忙着做业绩，压力挺大的，真没有时间顾及其他的事情。"杨五力诚实地回答道。

"这个没事，我只是问一下。我当时是在现场听了马总的演讲，而且还录了音，后来我把录音整理成电子文档了，等一下回办公室我打印一份给你，你抽时间仔细看看。马总在演讲里提到了品牌、战略、使命、服务、赌性、非典等信息。你看了以后，不仅可以更全面地了解咱们阿里巴巴，而且可以大幅度提升自己的信心，再把这些信息和自己的信心分享给团队，这对提升团队的士气是很有益处的。"杨九江说完右手抓住杨五力的左肩膀使劲地晃了一下，充满期待地望着杨五力。

"好的，杨老大，您今天的指导让我很受用，真的是醍醐灌顶，我一定好好领悟，争取用出色的业绩回报您。"杨五力还有些意犹未尽地回应道。

[第四章]

因人施策

两人回到办公室，杨九江立马打印了一份马云 2005 年初在东莞网商大会上的演讲稿给杨五力。

杨五力一口气看完，顷刻间觉得心潮澎湃、热血沸腾。马云关于客户第一、员工第二、股东第三的理念，关于阿里巴巴使命和愿景的论述，关于在 2003 年非典时期阿里巴巴团队所表现出来的韧性、抗压力、团队协作事件的描述，不仅让杨五力更多地了解了阿里巴巴，而且让他强烈地感受到阿里巴巴是一家有情怀、有梦想、有使命感的企业。据此，杨五力判断，阿里巴巴必将成为一家卓越的企业，这家企业值得自己战斗至少 5 年。马云的一句话"今天很残酷，明天更残酷，后天很美好，但绝大部分人死在明天晚上"，这也暗示了接下来的道路并不平坦，一定是挑战不断，困难重重，充满变数的。

但是无论如何，杨五力下定决心，一定要成为看到后天美好太阳的那个人，想到这里，杨五力突然笑了。

马云在东莞网商大会上的演讲让杨五力热血沸腾，杨九江的促膝长谈也让他深刻感受到了自己工作的不足，自己把权利和制度看得太重，而忽视了最重要的以人为本的心理建设，对团队的文化体系建设也知之甚少，这就导致团队在文化建设方面极其欠缺。

杨五力回想杨九江刚才分享的内容，示弱、文化、以身作则，这几个关键词在他脑海里反复跳跃着。杨五力在心里做了两个决定：一是明天要与几位老员工那远志、韩冬梅、高东红分别沟通一下；二是东方明珠团队明天晚上要开会，他要与大家开诚布公地聊聊心里话。

第二天一大早，杨五力便紧急安排了与那远志、韩冬梅、高东红的单独沟通时间，以及晚上举行东方明珠团队会议的时间。他好像顿悟了，精神亢奋，目光如电。

上午10点，杨五力与那远志在一间小会议室坐了下来。

"Shawn，你知道我一直最佩服你什么吗？"杨五力以此进入话题。

"这个还真不知道。"那远志摇摇头回应道，说话软绵绵的，让杨五力觉得好像一拳打在棉花上。

"一直以来，我最佩服你的就是你能够说一口流利的英语，整个上海公司没有第二个人，所以我特别羡慕甚至是嫉妒你。"杨五力以崇拜的眼神注视着那远志。

"哈哈，这是哪儿的话，英语是我的爱好，能够与老外用英语流利地交流，我觉得很有意思，也很有成就感。老杨，你的英语也不错呀，你也是过了六级的。"那远志的语速不快，慢条斯理的，语气比较温和。

"我口语不行，跟你比差远了，看看、读读还差不多，其他的早就还给老师了。"杨五力边说边做无奈状。

"这个没关系，其实我们的工作用英语的机会并不多，英语好或者不好是无所谓的。"那远志满不在乎地说道。

"我觉得可不一样，一是你的职业发展机会比我们多，搞不好你以后就到海外事业部高就了，到那时我还得靠你抬举呢；二是你的签单机会也比别人多，老板是老外的，你就能搞定，别人都不敢去啊！"杨五力特意加重了最后一句话的语气，声音也拖得较长。

"哈哈，你这话也挺有道理的。如果海外事业部有机会，我还真的会考虑。不过我没路子，老杨，你得帮我多留意呀！"那远志说。

"公司内网有各个分公司的招聘信息，你可以留意一下，我也会帮你问问海外事业部的相关负责人，有机会我一定支持你。"杨五力真诚地说。

"那太好了，提前谢谢你了。老杨，你今天还有其他事吧？"那远志问。

"是的，我是想问你，咱们东方明珠的同学最近是不是不太高兴呀？"杨五力压低了声音，脸颊略微泛红。

"是有一些，大家私下也有议论，感觉你最近变化很大，搞得大家又压抑又紧张，心里都不是很舒服。"那远志也没有拐弯抹角，非常配合地回答道。

"主要是什么原因呢？"杨五力面露疑惑地问。

"就是你的管理要求突然提高，又很苛刻，大家无法适应。你要求大家每天必须完成两个有效拜访再回公司，这个问题不大。每天晚上回家之前必须准备好第二天的50个电话客户资料，而且要在客户管理系统里确认与其他同学没有冲突，这个比较难。一个一个查冲突，太浪费时间，50个电话客户资料也太多了，一天哪能打那么多电话。最让人无法接受的是必须预约到一家第二天能够拜访的客户，否则晚上12点之前不能回家。你晚上12点可以给客户打电话，可是我们做不到。客户一般晚上10点就休息了，12点还打电话队员心理有障碍，怕被骂，我已经被骂过好多次了，说我是神经病。"那远志毫无保留，和盘托出了自己的感受和想法。

"说实在的，我最近也觉得这些做法有些不妥，甚至我自己都没什么信心了。"杨五力垂头丧气地摇摇头。

"哎，你别，你这么有激情的人怎么没信心了呢？"那远志蓦地怔了一下，抬起头说道。

"你看，从时间上说，我们东方明珠团队的同学几乎都比我早加入公司，都是我的师兄师姐；从能力上说，你们几位元老其实都比我优秀，我感觉好吃力，带不动你们，唉！"杨五力一脸无可奈何的表情。

"做主管与加入公司时间长短没有关系吧，关键你有业绩啊！到公司半年你的业绩就稳定在上海区域前三名，而且这么有激情，杨九江老大的眼光肯定不会错的。"那远志为杨五力打气道。

"关键我现在没带好团队呀，Shawn，你有什么具体的建议吗？"杨五力用期盼的眼神望着那远志。

"我的建议就是大家给你业绩不就行了吗？干吗管这么严，别人不舒服，你也累，何苦呢？"那远志说。

"我也这么想过，Shawn，你觉得咱们东方明珠团队在上海应该排第几？"杨五力问。

"当然是第一了，这个还用说，周老大在的时候我们一直是第一。"那远志斩钉截铁地说道。

"Shawn，我也是这么想的，关键是我有几个困惑。一是原来东方明珠团队的人有一半已经并入张巧颖的金牛战队，我们只有四位老人和两位新人，才六杆枪。二是两位新人刚刚加入团队不久，她们必须养成良好的习惯，需要卓越的榜样来带动，谁来带动？三是我相信一句话，严师出高徒，对下属不严厉是我最大的不负责任，但是这个度如何把握，我还拿捏不准。四是每个人的性格都不一样，需要各自的空间，这个我也明白，但是究竟是先做到再给空间，还是先给空间再做到，我也特别苦恼。Shawn，你能帮我出出主意吗？"杨五力言辞恳切。

"嗯，你刚才的一席话我能听明白，我的想法是人数不是最重要的，我们上个月只有六杆枪不也照样拿上海第一！我们业绩好了，杨九江经理肯定同意给我们加人。其他的嘛，我还没想好。"那远志咂了咂嘴巴若有所思。

"Shawn，我们能不能这样思考这个问题：东方明珠团队到底怎么做才能保持上海第一？涉及哪几个重要方面？每个方面具体怎么做？"

"可以，我觉得没问题。"

"好，Shawn，你看，东方明珠团队保持上海第一会涉及哪几个方面的问题呢？"

"首先肯定是业绩，然后是平常的有效客户积累量，再就是团队一定要团结，我觉得就这些。"

"好的，我与你的观点差不多。我认为真正的第一，不只是业绩第一，有的团队靠市场好、靠不择手段拿到业绩第一，但是服务不好，不团结，那样的第一没有说服力，不值得羡慕。所以，我认为除了业绩第一，还应该在文化、制度、思想、人才、知识和技能方面，在大局观和以身作则方面都是第一，这才是真正的冠军团队。"

"哎哟，老杨，怎么感觉你一下子成长了，变化好大，你刚才讲的能不能再解释一下？我洗耳恭听。"

"你过奖了，好的。文化方面，我的意思是我们要有自己的理念、定位和目标，让东方明珠成为内外兼修的团队。制度方面，我们团队要有自己的规章制度，明确各个方面的要求和奖罚，比如考勤、日考核数据、执行力等，必须白纸黑字打印出来，让大家签字，做到有法可依，不要事后扯皮。思想方面，我们要让大家拥有正确、积极的思想，比如集体主义、实干主义、利他主义等，而不是个人英雄主义、投机主义和利己主义，同时要有好的品德，讲诚信、讲礼仪、讲尊重、讲谦和等，而不是欺骗客户、没有修养、不知尊重、居功自傲等。人才方面，我的想法是，我们东方明珠培养的人才一定要是最多的、最优秀的，这也是第一的重要组成部分。知识和技能方面，我的想法是，我们要对电子商务这个行业十分了解，要成为专家，在销售技能方面要系统、全面，这才是战斗力持久的保证。至于大局观和以身作则方面，其实就是上一个台阶看问题，下一个台阶做事情。当个人与团队发生冲突的时候必须团队第一，当团队与区域发生冲突的时候必须区域第一，因为只有区域强大，团队才会有更多的资源；团队强大，个人才会有更大的舞台。我们东方明珠团队必须方方面面都做到上海区域的最好，不只是大的方面，小到平常的考勤、办公区域的卫生、参加会议的准时和笔记等，以小见大，才能体现我们团队的基础和实力。Shawn，这些可都是我近期的思考，你认同吗？"杨五力滔滔不绝地把昨天晚上的思考一口气都倒了出来。

"老杨，你好像变了一个人，是不是受到高人指点了，你以前可说不出这样的话。"那远志惊奇地望着杨五力。

"哈哈，你也太小看我了，我也在成长啊！你没听说过吗？男人怀才与女人怀孕是一样的，时间长了都会被看出来的。Shawn，我需要你的支持，你得帮帮我啊，你帮我，就是在帮东方明珠，就是在帮咱们周老大，如果东方明珠在我们手里沦落为二流团队，你我就都成千古罪人了，是吧？"

"那怎么可能，东方明珠一定可以保持上海第一，我和夏灵玉的实力一般，但是韩冬梅、高东红、穆易春、李金凤那可都是可以独当一面的，都是一面大旗。咱们以后再培养两个'韩冬梅'，再培养两个'穆易春'，东方明珠在上海一定是无人可以撼动的，在全国也至少是排前十的团队。"

"太好了，Shawn，你的意思是愿意全力支持我吗？"

"那当然，没问题。"

"好的，有你的支持我就有信心了。接下来的几个问题我们俩先达成共识，晚上团队会议的时候你巧妙地带动一下，会比我推动要好很多。第一个问题就是我近期的几个要求，看如何优化一下。你刚才也说了，每天必须完成两个有效拜访再回公司，这个没有问题，我确认一下，是这样吧？"

"这个没有问题，我确认。"

"好，每天晚上回家之前必须准备好第二天的50家电话客户资料，这个问题你怎么看？"

"我觉得 50 家客户资料太多了，改成 30 家吧！另外要在客户管理系统里确认与其他同学没有冲突，这个比较难，一个一个查冲突，太浪费时间，这个取消掉吧！"

"Shawn，如果我们是二流的团队，我完全同意你的建议，但是，如果我们要保持第一，这个要求不过分。之前出现过因为没有查清楚冲突，导致拜访的优质客户在其他同学的资料库里的情况，非常可惜！Shawn，我们到底要做第一还是第二？"

"第一。"那远志毫不犹豫。

"如果发自内心想做第一，就必须按照第一的定位和目标去倒推流程和要求。做第一，就必须完成 50 家电话客户资料和查冲突，我们不能是第一的定位和目标，配以二流、三流的流程和要求，那这个定位只是自欺欺人罢了。Shawn，我们到底要做第一还是第二？"杨五力双目炯炯有神，直盯着那远志问道。

"第一。"那远志稍有勉强地答道。

"最后一遍，Shawn，到底要做第一还是第二？发自肺腑的，真心实意的。"

"第一。"这一次那远志的回答干净、利索、纯粹。

"好，第一就必须有第一的流程和要求，50 家电话客户资料和查冲突你能接受吗？"

"放心吧，接下来我带头完成，责无旁贷。"

"非常好，Shawn，你能有这样的态度，我特别欣慰。至于预约一家第二天能够拜访的客户，否则晚上 12 点之前不能回家这个要求我现在觉得确实过于苛刻，Shawn，你看如何改呢？"

"12 点，真的很要命，我觉得晚上 8 点就差不多了。"

"晚上 10 点，可以接受吧？"

"嗯，好的，接受。"

第四章 因人施策

"Ok，那我们就达成共识了，接下来我们探讨一下东方明珠的定位、目标和口号。定位我们分别从上海区域、沪苏大区、全国找到明确的位置。Shawn，你先说说看。"

"上海毫无疑问是第一，这个不用说了；沪苏嘛，江苏有悍马战队，稳妥起见，沪苏定位前三；至于全国，浙江帮、广东帮牛人太多，后生可畏，我觉得定位前十比较合适。"

"Shawn，我只能说英雄所见略同，咱俩的想法不谋而合啊。关于目标，我的想法是这样，你看，7月到9月这三个月我们处于团队初创期，每个月的目标保持100万，从10月份开始，每个月增加20万，即10月份的目标是120万，11月份的目标是140万，今年最后一个月12月份的目标是160万，你觉得可以吧？"

"我觉得可以，有挑战，但也不是遥不可及，要尽快招人，把新人培养起来，这些目标自然能水到渠成。"

"是的，新人的招聘和成长对团队未来的发展是大事，我会作为紧急重要的事情去安排。咱们再谈谈团队的口号吧，我们老东方明珠的口号你觉得还可以吧？"

"这个口号很好啊，'东方明珠，阿里明珠；东方明珠，璀璨夺目'，朗朗上口，很有王者风范，傲视群雄的感觉。"

"好的，我也有同感。口号是团队核心文化的重要组成部分，我的想法是要赋予我们口号明确的内涵，让口号富有生命力，也就是有血有肉，你说呢？"

"你说得有道理，之前我们好像没有注重这方面，你有成熟的思路吗？老杨。"

"我还真没有成熟的思路，Shawn，你文化水平比我高，整个上海公司，你是排名第一的请教对象了，你随便出几个点子就抵我想几个月的，所以，这个得靠你鼎力相助了。"

"哎哟，老杨，你今天早上是不是吃蜂蜜了，嘴巴这么甜，不过我听着还挺受用的。其实吧，我觉得不仅是口号，我们团队的名字东方明珠也要注入内涵，口号的内涵关键要在阿里明珠和璀璨夺目上做文章。老杨，咱们一起想想，咱们当初为什么要用'东方明珠'作为团队的名字呢？"

"东方明珠是大上海最重要的地标，这其中一定有标杆的内涵；另外我觉得还有品牌的内涵，提到东方明珠大家都知道。"杨五力不假思索，立马答道。

"我认同这一点，我觉得还应该有个内涵，那就是高度，因为东方明珠可以说是大上海最高的建筑，高达468米。你说呢，老杨？"

"高度？如何理解呢？或者说怎么给大家解释呢？"杨五力面露疑惑问道。

"这个不难啊，其实就是格局、大局观，要把区域和公司的利益放在第一位，而不是先考虑个人和团队的利益。"那远志回答干脆，右手掌向上往前猛地一伸。

"哎呀，Shawn，你这是一语点醒梦中人啊，让我茅塞顿开！那这样的话，咱们东方明珠团队的名字就有三个内涵：一是标杆，业绩上做标杆，做大上海人均产能最高的团队，也就是战斗力最强的团队；二是品牌，服务上做品牌，做大上海服务品质最好的团队，我们也要成为服务大客户最多的团队；三是格局，协作上有格局，有大局观，做大上海最有协作精神的团队，最为区域和公司考虑的团队。Shawn，咱们这么定可以吧？"

"我觉得非常棒，完全可以。"

"好，接下来我们再聊聊口号的内涵，你觉得是阿里明珠和璀璨夺目是分别赋予内涵，还是两者打包注入同样的内涵？我有些拿不定主意。"

"我个人觉得选后者，把阿里明珠和璀璨夺目打包注入同样的内涵，这样比较简单，容易记，太多的话，过犹不及，而且明珠和璀璨夺目关联度很高。"

"好的，我同意，Shawn，你再帮忙看看口号的内涵如何确定。"

"我们一起讨论吧，毕竟你是我的主管。我个人觉得明珠和璀璨夺目有一个关键词很重要，就是形象，只有形象特别好，才有可能成为明珠，才有可能璀璨夺目。"

"你说的形象，我的理解就是团队的精气神，对吗，Shawn？"

"噢，对的，这个词用得好，就是精气神。"

"好的，我有几个想法你看看是否合适，第一个是文化，第二个是人才，第三个是知识。我认为一个卓越的团队绝不仅仅是业绩好，团队成员志同道合，人才辈出，又红又专，这样的团队才值得推崇，这样的团队才会成为明珠，才会璀璨夺目。你说呢，Shawn？"

"我认同，或者把我们刚才说的精气神归属到文化的大范畴，口号的核心内涵确定为三个就好，这样简单易记，容易落地，也能够深入人心。"

"非常棒，我们俩又是不谋而合。那我们东方明珠口号的内涵暂时确定如下，晚上团队会议的时候看看其他同学是否有更好的想法。第一个内涵是文化，我们要成为志同道合的团队，拥有共同的志向，认可公司的使命和愿景，坚守有高度共识的价值观。第二个内涵是人才，我们要成为向公司输出人才最多的团队，包括销售精英和管理人才，这才是团队的成就和价值所在。第三个内涵是知识，我们要成为又红又专的团队，成为电子商务方面的专家，在销售技能方面要系统、全面。口号的内涵就暂时这么定，今天咱们沟通的最后一件事情是，你作为东方明珠团队的元老和功臣，我想请你整理出一份咱们东方明珠团队的规章制度，把方方面面的要求和规矩白纸黑字写出来，比如考勤、卫生、执行力和日行程等，然后让大家签字确认，张贴在团队每一位同学的办公桌隔板上，这样每天都能看到，以起到警醒作用。Shawn，这个任务可以完成吧？因为非你莫属啊！"

"这个应该的，我能完成，你什么时候要？"

"今天是7月15日，周五，你下周一，也就是7月18日中午12点之前给我吧！另外，你最好私下把其他同学集合一下，让他们也参与进来，集思广益，达成共识后更容易执行。最后提醒一下，今天我们俩达成共识的内容，今晚团队会议的时候你要巧妙地引导、带动和配合，明白吧？"

"好的，明白，放心吧。"

杨五力结束了与那远志的沟通，出门后便向旁边的上岛咖啡奔去，因为东方明珠团队另外一位重量级人物韩冬梅已经在那里等他了。韩冬梅与杨五力是一起加入阿里巴巴的，是同一届百年大计的毕业生。

"Hi，韩冬梅，等很久了吧？"杨五力一看到韩冬梅便热情地打招呼。

"我也刚到，老杨，你从公司过来？"韩冬梅也热情地回应。

"是的，我刚才与那远志聊了一会儿，这不，刚结束就飞奔过来，怕你等久了。"

"没事的，我也刚到。老杨，今天怎么想起来要一起吃饭呢？"

"我得感谢你呀！上个月要不是你身先士卒，我们哪能取得100万的业绩呀，也就不可能旗开得胜，一战成名了。"杨五力的赞叹之情溢于言表，右手大拇指高高竖起。

"我只是尽了绵薄之力而已，其他同学也很拼啊，尤其是穆易春、李金凤，两位新人刚加入团队就这么拼命，我们作为老人不以身作则，做好榜样那就太丢人了。"韩冬梅自谦道。

"你有这样的团队精神真是难能可贵，你知道大家都认为你哪方面最强吗？"

"这个没听说呀！"

"提到你，大家首先想到的就是你的赞美能力超强，是能够把稻草说成金条的那种，很容易与客户破冰，在这方面，上海公司里没有人能超越你。"

"过奖了，你的赞美能力也是有口皆碑的。"

"跟你比，我那是小巫见大巫了，至少差两个层次。有可能的话，我会向杨九江经理申请，安排你给上海公司所有的同学分享一下你在谈客户方面的心得，尤其是你那无与伦比的赞美功力。"

"千万别，还是低调一些比较好，咱们小荷才露尖尖角，等真正站稳了脚跟，满塘荷花绽放的时候再表现也不迟啊。"

"嗯，是的，有道理。这样吧，咱们边吃边聊，千万别客气。"两个人分别点了一份套餐，有说有笑地闲聊着。

"老杨，我最近发现你闷闷不乐，有什么心事吗？"

"心事确实有，一个是业绩的压力，还有一个团队方面的压力。"

"你不妨说说看，也许我能为你分忧解难呢。"

"上个月我们的业绩幸运突破100万，我们的团队刚刚组建，只有6个人，一下子就在沪苏大区排到第二，超过了很多老牌团队，仅次于江苏的悍马战队。但是这个月时间已经过了一半，我们才到账20万，我特别担心别人说我们是昙花一现，突破100万只是侥幸，所以我这几天觉都睡不好。"

"上海其他团队这个月到账好像也都是20多万，老杨，我们下半个月一定会冲起来，保持百万还是很有希望的。"

"好的，我相信，另外我还有几个问题想跟你聊聊。韩冬梅，咱们一起加入阿里巴巴，同属一届百年大计，论业绩、论能力，你都不在我之下，现在公司安排我接任东方明珠的主管，并且把你分配到了我这里，我特别担心你心理不平衡，或者不服气。"杨五力终于把深藏内心的担忧说了出来。

"老杨，你看你说哪儿去了，对我来说，谁做主管都一样，我做我的业务，赚我的钱，没有什么影响的，老杨，你不要多心。"韩冬梅满脸轻松，满不在乎地说。

"那就太好了，我一直担心这事儿，你这么说，我就放心了。如果你现在想做主管，我立马向杨九江经理推荐，也许下一个提升的主管就是你呢！"

"我今年肯定不考虑了，我没那么傻，我得先拿到期权奖励再说，今年30个客户数就能拿到3000股期权奖励，我都已经完成一半了，不能半途而废吧。"

"有道理，我也支持你的想法，甚至在这一点上我可以帮你。我奉行的是资源集中原则，绝对不搞平均主义和大锅饭。谁最渴望成功、谁最接近目标、谁谈客户能力强、谁资源转化率最高、谁最配合我的工作，我就会把资源偏向谁分配，所以，这样说来，我们还是利益共同体呢，是吧？"杨五力说完这话，两个人哈哈大笑起来。

"韩冬梅，说实话，其实我在销售管理方面一点经验都没有，之前在一家直销公司做过管理，但是那家公司根本就没有系统化的管理培训，所以我的成长也特别慢，导致我现在非常吃力，感觉带不动团队，你帮忙提提意见呗！"杨五力渴望地看着韩冬梅。

"其实，你的管理总体是不错的，你很有激情，特别能激发大家的热情。你在公司的人缘很好，大家也都愿意帮你，而且你的销售能力很强，也能够帮助团队取得业绩。只是你做决定之前最好多听听我们几位老员工的想法，如果特别强硬、苛刻地去要求，队员容易产生逆反心理，配合度自然也就差了，团队氛围也不会好，甚至会陷入恶性循环。就比如说你近期的几个要求，确实有点苛刻了，你有点太自以为是了。老杨，我说话比较直，你千万不要往心里去。"

"这是哪儿的话，我高兴还来不及呢，这证明你没有把我当外人，其他方面还有建议吗？"

"最好有一个团队管理制度，大家有法可依，奖罚分明，这样就简单了。"

"我们想法是一致的，我已经让那远志帮忙整理咱们东方明珠的团队管理制度了，把方方面面的要求和规矩形成文字，以后就严格按照制度执行。就是我自己违反了制度也要接受惩罚，绝不搞特殊化，你方便的话协助一下那远志，你的意见也很重要啊！"

"好的，这个没问题，我会主动找那师兄的。"

接下来杨五力又与韩冬梅沟通了关于东方明珠的定位、目标、口号和日行程要求等问题，与那远志沟通的结果大同小异，杨五力也不再纠结。

"Ok，那这样，我们总结一下，看这几个问题我们最终是否可以达成共识。一是你今年的目标，30家客户，3000股期权，凭借你自己的能力和努力基本上就能搞定了。我刚才说了，我信奉资源集中原则，你的业绩我是认可的，接下来我的工作你要更加配合，在团队内要起到老员工的带头作用，我在资源上也会适当向你倾斜，我可以断定，你今年的客户数不是能否达到30家的问题，而是能否达到40家的问题，这一点我们可以达成共识吧？"

"当然，太好了，我一定会更加努力的。"韩冬梅显得异常兴奋。

"二是关于团队的合作问题，你帮我，其实就是在帮东方明珠，在帮周老大，如果东方明珠在我们手里沦为二流团队，我成了千古罪人，你们也难辞其咎。所以，你要配合我帮团队再培养两位新人，如果新人能够像你、穆易春、李金凤这样渴望成功那就太好了。如果说第一点我们是利益共同体，那这一点我们就是荣誉共同体，这一点我们是否可以达成共识？"

"好的，没有问题，我负责帮团队再培养两位新人，我一定尽力而为。"

"三是你的职业发展问题，如果明年你有做主管的想法，正好公司也需要，我会积极向公司推荐，到时候咱们再定夺，这一点我们是否可以达成共识？"

"这个咱们明年再说，没有问题。"

杨五力顺利完成了与韩冬梅的沟通，一看手表与高东红约定的时间已经到了，于是又风风火火地回到公司。高东红非常守时，已经在预约好的小会客室里等候了。

"抱歉，高东红，我迟到了几分钟，刚才在上岛咖啡与韩冬梅交流了一下。"杨五力气喘吁吁地致歉道。

"没关系，我开会也迟到过。"高东红漫不经心地说道。

"高东红，今天我有几件重要的事情要与你交流，首先我要说几个感谢。第一个感谢，是要感谢你在我做主管这一个多月的时间里配合我的工作；第二个感谢，是要感谢你曾给我做电话技能培训，就是从那儿之后，我才真正开始成长；第三个感谢，也是最重要的感谢，是感谢你当初在我最困难的时候借了我2000元，否则我连房租都交不起。"杨五力说完，眼睛有些湿润。

"这都是我应该做的，也没什么，今天不只是感谢这么简单吧，有话你可以直说。"

杨五力已经习惯了高东红的语气和态度，他尽量让自己保持平和。不过高东红骨子里的傲气也的确让杨五力不大好受。

"有几个问题我一直比较担心，也没来得及向你请教，所以今天一定要跟你聊聊。我第一个担心的问题是，你加入公司比我早很多，又做过我的师傅，你的业绩和能力大家有目共睹，现在公司安排我接任东方明珠的主管，并且把你分配到了我这里，我特别担心你心理不平衡，或者不服气。"杨五力对韩冬梅的担心同样出现在高东红身上。

"这个对我来说无所谓的啦，我自己从来没打算做管理，所以什么阿猫阿狗做我的主管，对我来说都是一样的，你不用担心。"高东红两眼向上一睁，笑嘻嘻地看着杨五力。

杨五力瞬间不知该如何应答，沉默了几秒钟，脸颊略泛红。

"我第二个担心的问题是，你家里毕竟有很大的生意，不知你父母是否会安排你回去打理家族生意呢？"杨五力调整了一下继续说道。

"老杨，你不是想赶我走吧？"高东红惊愕地问道，身体猛地前倾。

"你这说哪儿去了，我是担心你父母把你请回去打理家族生意，咱们东方明珠不就要损失一员大将了吗？"杨五力急忙解释道。

"这还差不多，不过没有关系，我不会回去的，就是打理，也是我老公的事情，我还要在阿里巴巴多干几年，我喜欢这里的氛围，简单。"高东红松了一口气，往后靠在椅背上，表情也轻松了许多。

"那就太好了，我还有一个担心的问题，比较私人的问题，就是你也到了生育的年龄，不知接下来是否有生育计划呢？"杨五力十分关切地问道。

"哎呀，老杨，真被你说中了，我和我老公正在紧锣密鼓地造人呢，哈哈！"

"哈哈，是吗？这可是个好消息，我们家也是这样啊，希望明年咱们东方明珠能够添两个小狗狗啊，哈哈！"俩人谈话的氛围缓和了很多。

第四章　因人施策

"高东红，接下来得请你多帮帮我，你知道的，我底子薄、经验少，公司安排我做主管其实是相信我可以为大家更好地服务，你帮我就是在帮东方明珠，就是在帮周老大，如果东方明珠在我们手里沦为二流团队，我们就成了千古罪人，你说是吧？"

"那自然是了，老杨，东方明珠一定是大上海第一的团队，就凭你的激情和执着，大家都会拼命战斗的。"

"有你的支持我就更有信心了，高东红，你觉得我近期的要求是否有需要改善的地方？"

"那太有了，你的管理太死板了，哪有一个团队一刀切的！尺有所短，寸有所长，十根手指还不一般长呢，更何况人呢！每个人各有所长，我擅长打电话，你就让我整天打电话得了，其他人喜欢陌拜，你就让他们天天出去跑去，你也省心了，岂不两全其美？"

"你说得有一定的道理，其他方面呢？"

"其他方面嘛，就是晚上的任务和时间不合理，搞那么晚，像苦行僧一样，有什么意思？都影响夫妻生活了。工作就是为了让生活更美好，影响生活，不就本末倒置了吗？"

"你的想法我也感同身受，很有道理，还有其他方面吗？"

"其他的暂时没有了，本来上个月你蛮好的，平常有说有笑的，这个月你从青岛回来后，突然像变了一个人似的，天天板着脸，苦大仇深的，其实没有必要。"

接下来，杨五力与高东红达成了共识，可以半天电话筛选客户，半天出去拜访客户，杨五力的一句话"杨九江经理一看到有人待在办公室不出去拜访客户眼睛就发绿"，让高东红也无言以对，每个角色都有自己的难处。

在东方明珠定位、目标、口号和日行程要求等问题的交流中，杨五力与高东红也达成了高度一致，最后杨五力再三叮嘱高东红晚上团队会议中一定要巧妙地带动和配合，连说了三遍"出来混抬着混"。

[第五章]
新东方明珠诞生

当天晚上7点钟,东方明珠所有同学加上杨五力一共7人,准时出现在提前预订好的会议室。

"各位好,今天紧急把大家召集在一起,主要想聊聊我近期的一些感受和咱们东方明珠接下来的发展方向。首先要感谢大家上个月的辛苦付出,我们新的东方明珠团队刚刚成立,在只有6位战友的前提下能够单月突破100万业绩,名列上海第一,沪苏第二,仅次于江苏的悍马战队,这真有点一战成名的味道,嘿嘿。"杨五力说完情不自禁地笑了出来,其他同学也面露骄傲之色。

"我知道,近期我在管理上提的一些要求让大家感觉有些不舒服,甚至是反感,我都能理解,在这里,我开诚布公地聊聊我内心的几点感受:第一,我对东方明珠团队的品牌有很深的感情,生怕它在我手里毁了,这种恐惧心理让我急躁了一些，或者说是急功近利；第二，我在做这些决定和要求时，没能静下心来与大家一起交流和探讨，也没能听听大家的意见，这是我疏忽的地方；第三，我内心是希望大家都能够在阿里巴巴赚到钱拿到期权奖励的，我也特别希望能够帮到大家，体现我的价值和责任。"杨五力说着说着语速放慢，有些动容。

"所以，接下来，我想表明我的几个态度。第一，作为东方明珠团队的主管，我不想当老板，也不想当领导，只想做好服务员，公司让我做主管其实是相信我可以为大家更好地服务；第二，我一定以身作则，与大家一起战斗在第一线，我拜访的客户可不比大家少啊。"大家都会心一笑。

"第三，我个人一定全力以赴，让东方明珠团队这个品牌保持璀璨夺目，如果东方明珠在我们手里沦为二流团队，我们就都成千古罪人了，大家说是吧？"杨五力诙谐的言语引得大家哈哈大笑。

"大家愿不愿意齐心协力，让东方明珠成为阿里的明珠，让东方明珠一直璀璨夺目，愿不愿意？"杨五力加重了语气，声音如洪钟般响亮。

"愿意。"同学们异口同声地回答道。

"好，太好了！同学们，接下来我们先明确东方明珠的定位问题。我先解释一下什么叫定位，从团队角度来说，数个维度的合集就是一个定位。这些维度可以是行业、区域、时间、销售额、排名、市场占有率、利润率、人均产能等，比如说，东方明珠要做大上海月度和年度业绩第一名，谁能说说这里面有几个维度？"

"两个。"那远志边举手边回答道。

"哪两个？"杨五力问道。

"月度和年度，还有业绩。"那远志回答道。

"还有其他答案吗？"杨五力扫视了一下其他同学。

"三个维度，第一名也是个维度。"穆易春自信地回答道。

"很好，不知道是否还有其他的答案？"杨五力望了一下韩冬梅。

"我的答案是四个，分别是大上海、月度和年度、业绩、第一名。"韩冬梅回答得很坚定。

"非常棒，各位，韩冬梅的答案是正确的。一共是四个维度，大上海是区域维度，月度和年度是时间维度，业绩是销售额的维度，还有就是第一名属于排名的维度。来，我们给韩冬梅掌声鼓励一下，真是智慧的女人！"杨五力带头鼓掌。

"老杨，你说韩冬梅智慧，意思是其他人愚蠢，是吗？"高东红尖锐地提问道。

"这是哪里的话？咱们东方明珠都是智慧的人。"杨五力和颜悦色地说。

"你这样说不觉得很虚伪吗？"高东红明显有些不高兴。

"我只能说我是真心实意的，大家都是一个团队的，没有必要说阿谀奉承的话，大家说是吧？"杨五力淡定地环视一周。

"是的。"其他同学都回答道。

"好的，接下来的话题是我们东方明珠的定位到底是什么。"杨五力看了一眼那远志。

"我先说说。"那远志猛地站起来。

"我们东方明珠一直是大上海的第一名，所以，我们在大上海保持第一名是毫无疑问的，不仅是月度，年度也必须是第一名。虽然李慧琳领导的十里洋行，程雅钦领导的钦帮战队，张巧颖领导的金牛战队实力都很强，但我们有信心干掉他们，我们可以做到！至于在沪苏区域，考虑到江苏的悍马战队实力超强，我们定位在前三名，全国可以定位在前十名，浙江区域和广东区域那些爷们、娘们太厉害了。"那远志少有的上进心突然爆发出来，杨五力心中窃喜，感觉白天的沟通起作用了。

"好的，那远志的建议是我们东方明珠在大上海的定位是第一名，在沪苏区域的定位是前三名，在全国的定位是前十名，大家的意见呢？"杨五力看着没有发言的穆易春、李金凤和夏灵玉说道。

"没问题，我支持，我同意。"穆易春右拳高举，超过头顶，声音清脆。

"我也同意，我也支持。"李金凤和夏灵玉分别说道，缓了几秒钟，韩冬梅和高东红也表示支持和同意。

"好的，各位，我们就团队的定位达成共识了，这个定位至少三年不变。另外我想强调的是，有第一的定位就必须有第一的目标和过程，如果定位是第一的，目标是第一的，但是过程是二流、三流的，那这个定位和目标就是自欺欺人、痴人说梦，大家同意吗？"杨五力在白板上写下几个关键词：定位、目标、过程。

"同意。"

"既然提到目标，我经过深思熟虑，先说一下我的想法，7月到9月这三个月我们处于团队初创期，每个月的业绩目标保持100万，从10月份开始，每个月的业绩增加20万，即10月份的目标是120万，11月份的目标是140万，今年最后一个月12月份的目标是160万，大家觉得可以吗？"杨五力同样在白板上写下了月份和目标。

"如果一直只有我们6个人的话，100万是有希望的，但是超过100万就很吃力了，更不要说140万和160万了。"韩冬梅不无担心地说道。

"韩冬梅说得很好，不过我已经与杨九江老大达成了共识，如果这个月我们继续突破100万，下个月可以给我们招聘两个人，所以这个月下半程我们可要冲一把了。"杨五力及时解释道，给大家打气。

"我想再与大家探讨的是，第一的定位仅仅是指业绩吗？"杨五力继续按照自己的思路引导大家。

"不是的，第一的定位除了业绩，我觉得还有团结和勤奋。"一直沉默的夏灵玉冷不丁地发言道。

"我觉得还要包括我们的精神面貌和文化。"那远志说道。

"非常好，刚才夏灵玉和那远志说的，我想我们是能达成共识的。我们第一的定位，不仅是在业绩方面，而且在文化、制度、思想、人才、知识和技能方面，还有在大局观和以身作则方面都应该是第一，这才是真正的冠军团队。"杨五力写下这几个关键词。

"文化，我们东方明珠要成为内外兼修、形神兼备的团队。制度，我们团队要有自己的规章制度，明确各个方面的要求和奖罚，比如考勤、日考核数据、执行力等，必须白纸黑字打印出来，大家签字，做到有章可循，不要事后扯皮。这个那远志会配合我，大家也多提意见。思想，我们要让大家拥有正确、积极的思想，比如集体主义、实干主义、利他主义等，而不是个人英雄主义、投机主义和利己主义，同时要有好的品德，讲诚信、讲礼仪、讲尊重、讲谦和等，而不是欺骗客户、没有修养、不知尊重、居功自傲等。"杨五力越说越带劲，感觉自己开窍了。

"人才，我们东方明珠培养的人才一定要是最多、最优秀的，这也是做第一的重要组成部分。知识和技能方面，我的想法是我们要对电子商务这个行业十分了解，要成为专家，在销售技能方面要系统、全面，这才是持久战斗力的保证。至于大局观和以身作则，其实就是上一个台阶看问题，下一个台阶做事情。当个人与团队发生冲突的时候必须团队第一，当团队与区域发生冲突的时候必须区域第一，因为只有区域强大，团队才会有更多的资源；团队强大，个人才会有更大的舞台。我们东方明珠团队必须方方面面都做到上海区域最好，不只是大的方面，小到平常的考勤、办公区域的卫生、参加会议的准时和笔记等，以小见大，才能体现我们团队的实力。"杨五力刚说完，大家就鼓起了掌，这让杨五力惊喜万分。

"谢谢大家的认可，还有一个非常重要的问题，就是我们东方明珠的口号和内涵。为了延续和传承老东方明珠的文化，我决定口号继续使用'东方明珠，阿里明珠；东方明珠，璀璨夺目'。我们现在要做的事情就是赋予这个口号丰富的内涵，让口号富有生命力，我想听听大家的意见。"

"我是团队的大师兄，我来说说吧。"那远志站起来说道。

"我们先思考一个问题，我们为什么要用'东方明珠'作为团队的名字？"

那远志首先发问。

"东方明珠是大上海最重要的地标,这其中一定有标杆的内涵,另外我觉得还有品牌的内涵,提到东方明珠大家都知道。"韩冬梅脱口而出。

"很好,其他同学呢?"那远志继续问。

"是否有高度的内涵呢?东方明珠是目前大上海最高的建筑,高达465米,大家说是不是?"穆易春站起来回应道。

"我也有这个看法,咱们英雄所见略同啊!"杨五力立马打趣道。

"很棒!还有其他意见吗?"那远志环视一周,无人回应。

"好的,这样的话,我们就赋予东方明珠这个名字三个内涵:一是标杆,业绩上做标杆,做大上海业绩最高的团队,也就是战斗力最强的团队;二是品牌,服务上做品牌,做大上海服务品质最好的团队,我们也要成为服务大客户最多的团队;三是格局,协作上有格局,有大局观,做大上海最有协作精神的团队,最能够为区域和公司考虑的团队,大家说怎么样?"同学们报以热烈的掌声,看得出已经达成了共识。

"好,那下面我们聊聊口号的内涵,整个口号'东方明珠,阿里明珠;东方明珠,璀璨夺目'的内涵是什么?我们集思广益一下。"那远志继续组织。

"老杨刚才讲的几点是否可以融入进去?比如人才、文化、思想、知识什么的。"李金凤试探性地问道。

"是个好主意,夏灵玉,你平常很活跃,你的意见呢?"那远志转向夏灵玉问道。

"我同意李金凤的建议,我个人觉得要把明珠和璀璨夺目的内涵体现出来。"夏灵玉及时回应道。

"那好,我们还是请老杨来做这个决策吧。"那远志请出杨五力。

"好的,谢谢同学们,关于这个问题,说实话,我与几位师兄、师姐之前有沟通过,我们的想法是给口号赋予以下几个内涵:第一个内涵是文化,我们要成为志同道合的团队,拥有共同的志向,认可公司的使命和愿景,坚守高度共识的价值观；第二个内涵是人才，我们要成为向公司输出人才最多的团队，包括销售精英和管理人才，这才是我们东方明珠的成就和价值所在；第三个内涵是知识，我们要成为又红又专的团队，成为电子商务方面的专家，在销售技能方面要系统、全面。总结一下三个内涵：文化、人才、知识，大家同意吗？"杨五力沉着冷静，自信满满地陈述道。

"同意。"大家陆续回复道。

"好的，各位同学，刚才我们探讨的几个问题，对于我们东方明珠团队来说是最为紧急重要的问题，包括我们的定位、目标、口号和内涵等，最让我高兴的是都达成了共识，我觉得新的东方明珠团队此刻才真正成立。另外还有一个特别重要的问题，就是制度上关于日行程和晚自习，大家有一些建议，那这个环节我还是请大师兄那远志来主持一下，有请大师兄。"杨五力再次请出那远志，两人今天的配合堪称完美。

"谢谢老杨，又让我来主持。关于团队的制度，基本内容我想大家是没有异议的，主要是关于日行程和晚自习的要求。我的想法是这样，我们的定位是大上海的第一名，老杨刚才的几句话我很认同，第一的定位就必须有第一的目标和过程，如果定位是第一，目标是第一，但是过程却是二流、三流的，那这个定位和目标就是自欺欺人，我们把关键问题一个一个过一遍，希望都能达成共识。第一个问题是每天的拜访量要求，谁知道十里洋行、钦帮战队、金牛战队每天要求的拜访量分别是多少？"那远志写下"日拜访量"几个字。

"我知道十里洋行的，他们要求每天的拜访量不低于 6 家。"穆易春第一个回答。

"钦帮战队是每天不低于 7 家。"夏灵玉回应道。

"金牛战队我知道，他们也是 6 家。"韩冬梅说道。

"好的，那我们东方明珠每天的拜访量要求最低应该是多少呢？"那远志试探性地问道。

"我们也是 7 家吧，就高不就低嘛。"韩冬梅及时表态，其他同学沉默。

第五章　新东方明珠诞生　055

"这样吧，这个问题还是由老杨来拍板。"那远志转向杨五力。

"我的想法还是按照第一的定位来考虑，所以我认为每天的拜访量不应低于8家，当然这里面也包括陌拜。"杨五力胸有成竹地说。

"如果我有一家客户花了半天的时间，而且是有效拜访，结束的时候已经没有时间拜访其他客户了，这个怎么说呢？难道去扫马路边的店铺吗？"高东红提出了质疑。

那远志一下子没有反应过来，欲言又止，既而转向杨五力等待回应。

"这个就涉及有效拜访的问题，这样吧，基于公平公正、合情合理的原则，一家有效拜访抵4家普通拜访。也就是说，如果你当天完成了一家有效拜访，当然前提是一定要诚信，大家每天的有效拜访我都会审核一遍，确保公正，另外只要再完成4家普通拜访就好了。"杨五力早有准备。

"如果我上午拜访的是一家有效客户，下午拜访的又是一家有效客户，那是不是我就完成当天的任务了？可以回公司了，是吧？"高东红继续提出疑问。

杨五力沉默了几秒钟，左右胳膊支在桌子上，双手紧握放在嘴巴上。

"嗯，这证明你找客户很准啊，大家要向你学习才是！如果当天你拜访的两家客户都是有效拜访，那天你肯定顺风顺水，如果你随便陌拜几家，搞不好会拣个大元宝，你说呢，高东红？"杨五力反问高东红。

"哪有那么容易呦，说得轻巧。还有啊，如果有一家客户我当天签单了，搞了我一整天，一直到晚上8点钟，那我到哪里去拜访其他客户呢？去住宅区一家一家敲门吗？"高东红接二连三提出质疑。

杨五力软绵绵地靠在椅背上，昂头望着天花板，闭上眼睛又使劲睁开，左右晃晃头。

"这样，能够顺利签单对于自己、对于团队都是大喜事，我们就简单一些，如果当天签单，那我们对这位同学就不再有拜访量的要求，大家都一样。如果签单的这位同学主动完成拜访量，那我们表示欢迎和敬佩。"杨五力的呼吸有点急促。

"好嘞，好嘞。"高东红拍手称快，其他同学无动于衷。

"好吧，我来总结一下。"那远志插话道。

"我们东方明珠的日行程要求如下：一是原则上每天要完成8家客户的拜访量；二是如果拜访的客户是有效拜访，一家有效拜访抵4家普通拜访，但前提是一定要诚信，大家每天的有效拜访老杨都会审核一遍；三是如果大家当天拜访的前两家客户都属于有效拜访，按照制度是可以回公司的，但是我们还是欢迎大家拜访更多的客户，搞不好拣个大元宝呢；四是如果当天有同学签单，我们对这位同学就不再有拜访量的要求，同样，我们也鼓励大家拜访更多的客户。我就总结到这里，大家还有补充吗？"那远志总结得很全面，其他同学回应没有补充。

"那好，今天最后一个问题是关于晚自习的要求，主要涉及三个方面：一个是晚自习结束的时间；一个是第二天客户的邀约拜访；另外一个是电话资料的数量和冲突查询，我先听听大家的意见吧。"那远志继续主持。

"晚自习结束的时间一定要提前，我觉得不能迟于晚上10点钟，最好9点钟就结束，我老公都有意见了。"夏灵玉首先表态道。

"是的，是的，已经影响到我们的夫妻生活了。"高东红随声附和。

"其他同学呢？"那远志问道。

"我服从团队的安排。"韩冬梅回应道。

"我也服从团队的安排。"穆易春和李金凤分别说道。

"好，这个问题等会儿还是让老杨定夺。关于第二天客户的邀约拜访我想没有什么好谈的，每人至少邀约一家客户，我个人觉得是合情合理的，也是必需的，这个问题就不谈了。另外是电话资料的数量和冲突查询，现在的要求是晚自习结束之前要完成50家电话资料的收集和冲突查询，谁能说说自己的意见？穆易春，你先说！"那远志笑容满面地看着穆易春。

"这两件事情其实是一件事情，我在收集资料的时候就已经完成冲突查询了，我个人没有问题，我能做到。"穆易春不紧不慢地说道。

"李金凤,你呢?"那远志看着李金凤问道。

"我跟穆易春差不多,我都是坚持做到的。"李金凤回答得干净利落。

"其他同学呢?韩冬梅,你说说看。"

"50家电话资料有点多,但一定要这么要求也能完成,就是冲突查询太浪费时间。"韩冬梅直言不讳。

"很好,韩冬梅说的是心里话。夏灵玉,你呢?"

"大家怎么做,我就怎么做,嘻嘻。"夏灵玉保持一贯的风格,很配合。

"最后是你了,高东红,你的意见很重要啊!"那远志加重了语气。

"如果我在公司打电话,就不需要准备这么多电话资料,我边看资料边查冲突边打电话,效率也蛮高的,你看,我的业绩也不比你们差哦。"高东红有理有据地说道。

"好,谢谢所有人的意见,最后还是请老杨做最后的定夺吧,老杨,你做个总结吧。"那远志说完坐了下来。

"好,谢谢大师兄,我们掌声感谢他精彩的主持。"大家给予那远志认可的掌声。

"好,我先就刚才的几个问题谈一下我的看法。我个人有个理念,每天的工作不是从早上开始的,而是从前一天晚上开始的,这就是晚自习的价值和重要性所在。我自己做业务特别在意晚自习的结果,如果没有达到目标,我会逼自己哪怕到晚上12点也要给客户打电话。虽然有时候会被骂,但是我要对目标保持忠诚,不能轻易放弃。我有三个心得,一个是'目标是刻在石头上的,计划是写在沙滩上的',另一个是'结果是每天的乘积,而不是相加',第三个是'你想与众不同,你必须与众不同',所以,这也是我对大家晚自习要求特别苛刻的原因,我认为严师出高徒嘛。

"关于晚自习结束的时间,其实不是一定要工作到多晚,严格来说取决于大家自己,我们的效率提高一些,工作更紧凑一些,状态更好一些,达到晚自习的要求就可以提前回去了。根据大家的建议和实际情况,我们把晚自习结束的时间调整为 10 点钟，当然，我希望你们都可以在 9 点钟，或者是 8 点钟完成晚自习的任务，开开心心地回家去，我也可以早些回去，多好啊。

"每天每人至少邀约一家第二天可以拜访的客户，我想这是不能再低的要求了，否则第二天你只能两眼发愣，没有方向。至于 50 家电话资料的收集和冲突查询，关键点还是效率。与大家分享一句话，'能够在路上做的事情不要在家里做，能够在车上做的事情不要在公司做！'很多顶级销售一上车电话就打起来了，不管是在公交车上，还是在地铁里，或者是自己包车，都是这样的，你们想想，如果没有足够的电话资料，我们的效率在哪里？有些同学觉得查询冲突太浪费时间，太麻烦，但是，如果你拜访一家客户，对方合作的意愿特别强烈，甚至马上就要签单，结果你一查询发现在别人的资料库里，你的感受是怎样的？别人是否会觉得你是故意想抢人家的客户，恶意拜访？这就麻烦大了，会引起投诉的。我这样说，大家明白了吧。好了，我小结一下，一是晚自习结束的时间调整为 10 点钟；二是每天每人至少邀约一家第二天可以拜访的客户；三是 50 家电话资料的收集和冲突查询保持不变。"杨五力极具说服力的言词让大家无言以对，心服口服。

"今天会议的最后，我再次开诚布公地与大家聊几句心里话。我们今天交流的很多问题都是一个团队组建时最重要的问题，包括定位、目标、口号、内涵、制度等，这些问题是比较容易忽略的，就像我之前也只想着冲业绩。我是在与杨九江老大促膝长谈后有所领悟的，现在是补课。接下来我想说几个关键词：第一个关键词是'辉煌'，'辉煌'是指周秀兰老大带领的老东方明珠取得的成就，老东方明珠是全国一流的团队，周秀兰老大数次站在全国最高的领奖台上。我接手东方明珠之后，一直恐慌，我怕东方明珠在我手里沦为二流团队，甚至是三流团队，所以，很多个晚上睡不好，对大家的要求也就苛刻了一些。

"第二个关键词是'思想'，'思想'是指我们既然明确了第一的定位，那么所有的决策、行为、言语、努力等就都要围绕着如何实现第一展开。如果只是想，而不是一定要，那这个定位真的就是自欺欺人了。我见过这样的团队，天天喊着要做第一，结果团队没有精气神，没有拜访量，没有团结互助，各人自扫门前雪，新人谁都不愿意去带，这样的团队想做第一？痴人说梦罢了。所以，接下来，只要能够帮助团队成为第一的事情我们就大胆去做，当然，前提是坚守公司的诚信文化。相应的，如果是与团队第一的定位背道而驰的事情，请马上停止。一句话，为团队加分的事情去做，为团队减分的事情停止。我们在团队的精气神、平常的拜访量、团队业绩方面、与其他团队协作方面、区域事项主动担当方面都要按照做第一的思想去行动。

"第三个关键词是'恒心'，'恒心'是指我们能否一直坚持。坚持一天两天谁都可以做到，坚持一个月两个月大部分团队也可以做到，关键是能否坚持一年两年，或者说三年五年，这才能看出一个团队的韧性有多强，这才叫'恒心'。

"最后，我要说，如果东方明珠没有成功，没有做到第一，我铁定会成为千古罪人，但是大家也难辞其咎啊。所以，我发出一个呼吁！"杨五力猛地站了起来，两眼炯炯有神，豪情万丈。

"我们接下来要众志成城，全力以赴，让东方明珠在大上海保持第一，把东方明珠打造成英雄的团队！数年后，不管我们还在不在阿里巴巴，我们都可以骄傲地说，我们来自于阿里巴巴的英雄团队东方明珠，有没有信心？"杨五力慷慨激昂地大声喊道，脸涨得通红，右手紧紧握拳，不停地颤抖。

"有！"大家都被杨五力的激情、自信、野心和情怀感染了，不自觉地也跟着站了起来。

"好，我们这个月继续突破100万，有没有信心？"

"有！"

"最后，我们一起高呼东方明珠的口号，以三声'战斗'结束，来！"杨五力伸出右手，张开手掌向上，大家默契地伸出右手，手掌向下叠在一起。

"东方明珠，阿里明珠；东方明珠，璀璨夺目。战斗！战斗！战斗！"吼声响亮，引来阵阵回响。

[第六章]

新成员孙森森

经过杨五力与那远志、韩冬梅、高东红的分别沟通，以及一次比较成功的聚心会议，东方明珠团队在相当程度上消除了误会和隔阂。杨五力补了一堂特别重要的沟通课，大家也增强了团队意识，清楚了团队的定位和目标，彼此之间多了一份理解和包容，提高了团队的凝聚力。

7月中下旬，东方明珠团队开始发力，之前积累的优质客户有几家瓜熟蒂落，贡献了几十万的业绩。杨五力在做业务期间积累的客户这个时候也有好几家主动打电话过来，要求马上合作，这令他喜出望外。杨五力把这几家客户分配给其他同学，并亲自带着他们一家一家逐个敲定，又贡献了几十万的业绩。离月底还有5天的时候，东方明珠团队7月份总业绩为89万，离100万还有11万的差距。杨五力心急如焚，每天疯狂地全程陪访，下决心要补上这 11 万的差距，坚守团队的承诺。

在 7 月的最后 3 天，包括周末，杨五力发动所有同学放弃休息，他说："同学们，目标是刻在石头上的，我们既然明确了保持百万的目标，明确了大上海第一、沪苏前三的定位，我们就要言而有信。所以，这个月的最后 3 天，包括周末，我带头不休息，你们所有的重点客户我全部陪访，周末银行对公不上班，我们就说服客户付现金，没有做不到，只有想不到。这个月公司推出的入香港礼品文具展览会和德国法兰克福玩具展览会光盘手册的名额还有几个，我们一定要做好包装和铺垫，争取借助这些促销资源搞定 2 单 6 万的客户，或者搞定 3 单 4 万的客户，否则我们的目标是达不到的。如果哪位同学超出预期，搞定一单 146400 的客户，那我就要烧高香了！我提醒大家，促销是收款的理由，而不是签单的理由。如果促销资源你也用了，单子你也签了，但是这个月钱没有到账，我可是丑话先说到前面，给客户的资源全部作废！我说到做到，不要到时候说我霸道、苛刻什么的，因为我已经有言在先，尤其是已经到了金牌的同学，想保下个月金牌的，更不可以，我把话放在桌面上了。记住我们第一的定位，记住公司的利益永远放在第一位，这是我们的原则。接下来这 3 天，我们要做到如果不在客户那里，就在赶往客户那里的路上，至少搞定 3 单 4 万的客户，或者 2 单 6 万的客户，保持百万，坚守我们的承诺，有没有信心？"杨五力环视大家，左右双拳上下舞动着。

"有！"同学们慷慨激昂地吼了出来。

在 7 月最后 3 天，杨五力可以说是废寝忘食，上午和下午的客户陪访行程全部排满，上午陪访完一位同学，中午来不及吃饭，只好喝矿泉水吃几块面包充饥，紧接着就赶往下一位同学那里。功夫不负有心人，同学们也很争气，最后 3 天，穆易春、李金凤、韩冬梅各攻下一单 4 万的客户，并成功收款。这样，东方明珠团队实现了保持百万的承诺，经过 7 月份中下旬的战役，东方明珠团队的自信心和凝聚力也上了一个新台阶。

对于东方明珠团队的优异表现以及杨五力的成长，杨九江经理看在眼里，喜在心里。8月份，杨九江决定给东方明珠团队2个新员工名额，杨五力也早有准备，立即着手进行招聘和面试。8月初的几天，杨五力平均每天面试超过10人，最后在数十位应试者中挑中两位，一位是孙森森，山东菏泽人，男生，另外一位是张喜娟，浙江象山人，女生。孙森森灵性不足，但踏实稳重；张喜娟心态平和，但野心不足。两人虽然都有一定的缺点，但在数十位应试者中相对来说还是出类拔萃的。

两位新人通过杨五力的面试后，又顺利通过了上海区域经理杨九江的复试，几天后一起到杭州总部参加为期一个月的百年大计培训班。如果培训期间不被残忍淘汰，能够顺利毕业，他们将于9月初回到区域正式参加战斗。两位新人从上海出发时，杨五力把他们送到火车站，一路上少不了千叮咛万嘱咐：一定要遵守班级纪律，上课积极发言，主动与其他同学交流，每天早上保证最早到达教室，协助班主任打扫卫生……他们都一一记下，就这样踏上了杭州总部百年大计之旅。

2005年8月11日，美国雅虎以10亿美元以及雅虎中国的所有资产为代价，换取阿里巴巴40%的股份，双方举办了新闻发布会，向社会公告了这一重要事件，这是当时中国互联网领域最大的一起并购案。

这一振奋人心的消息让所有阿里人信心倍增，欢欣鼓舞。拥有孔雀型性格的杨五力更是无法掩饰自己内心的喜悦和兴奋，把这一事件给上上下下的人传播了个遍。同时，杨五力在这个巨大的动力刺激下，带领东方明珠团队的同学们在8月份一路披荆斩棘，取得了105万的业绩，虽然这两个月的业绩都只比前一个月略有提升，但是东方明珠团队在保持大上海业绩第一的同时，人均战斗力飙升为沪苏大区第一。杨五力带领着团队疯狂忘我地战斗着，也望眼欲穿地期望两位新人尽快回到区域加入战斗。因为10月份的目标是120万，如果没有新鲜血液的加入，保持百万的业绩都是有挑战的，莫名的压力经常让杨五力心神不宁。

时间过得很快，转眼之间就到了两位新人回上海区域报到的日子。杨五力心花怒放，在东方明珠团队开晨会的时候热情地把两位新人介绍给大家，让大家以后多多帮助新人。接着，杨五力又引导张喜娟认那远志做师傅，孙森森认韩冬梅做师傅，然后拉着两位新人逐一介绍给团队的其他同学。整个过程杨五力喜上眉梢，乐不可支。

两位新人被杨五力和阿里巴巴上海团队的热情感染，觉得这是一个有爱的团队，是一个有激情的团队，是一个有梦想的团队，于是暗下决心，一定要在阿里巴巴好好发展，不愧对这么好的平台。此外，杨五力还在继续面试新人，杨九江又给了东方明珠团队2个入职名额。像上次一样，杨五力在数十位应试者中选出了2位，考虑到团队男女比例问题，他这次选了两位男生：一位是王吉祥，江苏苏州人；另外一位是刘令剑，河北玉田人。王吉祥灵性有余野心不足，刘令剑热情老练，但不太懂变通。杨五力知道没有人十全十美，管理者最大的价值就是改变人，否则公司要管理者干吗。王吉祥和刘令剑参加了9月份的百年大计培训，两位新人将于10月初回到区域正式参加战斗。队伍的壮大令杨五力豪情满怀，斗志和信心也得到了提升，对接下来的东方明珠团队更加充满期待。

两位新人张喜娟和孙森森经过3天的区域和团队内部培训，正式加入战斗。这一天，孙森森通过电话销售约到了在漕河泾大厦办公的世博工艺品贸易有限公司的王总，男士。孙森森还没有直接谈过客户，心里惴惴不安，他找到杨五力说："杨老大，我明天上午10点约了世博工艺品贸易有限公司的王总，我没有谈过客户，你能不能帮我谈这个客户，我在旁边看看，学习一下。"

杨五力思考了几秒回复道："这样吧，还是你来谈这个客户，我想看看你的沟通能力、谈客户的思路以及潜质如何，全面了解你的情况后，我才能有针对性地帮你，就这么定了。"

"这……嗯，好吧。"孙森森显得有些无奈。

第二天上午10点，杨五力和孙森森准时来到客户所在的漕河泾大厦办公室，世博工艺品贸易有限公司的王总也准点到达接待了他们。这时，杨五力发现孙森森的额头上满是汗珠，手足无措，很是为他担心。

"王总，您好，我是阿里巴巴国际站的孙森森，我昨天电话与您沟通过。"孙森森首先开场，但是说话结结巴巴，像有口吃一般，脸涨得通红，上气不接下气。

"哦，我知道，你有什么想法可以直接说。"王总开门见山，话说得干净利索。

"我是想知道您是否有计划做阿里巴巴国际站。"孙森森直截了当地说出了自己的想法。

"一年多少钱？"王总问道。

"我们的基础产品有两个，金牌中国供应商一年是6万，非金牌一年是4万，如果再追加搜索排名或者黄金展位要另外付费。"孙森森一下子口齿伶俐起来，可是坐在一旁的杨五力却脸色难看，摇了摇头。这令孙森森更加惶恐不安、如坐针毡。

"这么贵啊，比我想象的贵多了。"王总说道。

"那多少钱您能接受呢，王总？"孙森森问道。

"不超过一万元。"

"怎么可能呢？王总，您以为我们是卖大白菜的吗？"孙森森突然站起来，以质问的口气问道。

"那我再考虑考虑，想清楚了再联系你，好不好，小孙？"王总尴尬地说道。

"那您就再考虑考虑吧！您说的价格做我们阿里巴巴中文站的诚信通还差不多。"孙森森说完便向门外走去，杨五力与王总告辞后也离开了。

杨五力出来后一言不发，表情严肃。孙森森自己也意识到刚才的失态，心里七上八下，心想：一定要被批了，准备迎接暴风雨吧。

两人在漕河泾大厦一楼的建设银行大厅找了个僻静的地方坐了下来。

"森森，你自己觉得今天表现怎么样？"杨五力严厉地问道。

"我，我，我表现得不好。"孙森森无精打采地说。

"你说说看，哪些地方做得不好。"杨五力继续发问。

"我刚才失态了，一出门我就意识到了，我不应该那样，应该心平气和地说。"孙森森脸红脖子粗，说话也磕磕巴巴的。

"还有呢？还有哪些地方做得不好？"

"我觉得我太直接了，不应该直接问客户是否有计划做我们阿里巴巴，应该多了解一些王总的信息，然后再问他是否有想法。如果他有想法，我再告诉他价格，这样就比较好吧！"孙森森唯唯诺诺地说道。

"这个还用说吗？再想想，还有哪些地方做得不好？"杨五力不依不饶地质问他，怒火中烧。

"嗯，我，我，我是不是没有详细介绍我们的产品？"孙森森不知如何是好。

"那是肯定的，还有吗？还有哪些地方做得不好？"杨五力继续逼问。

"嗯，我，我，我想不起来了。老大，你帮我指导指导吧！"孙森森委屈万分，泪花在眼眶里来回转悠。

"哎，孙森森啊孙森森，我知道你的基础比较差，但我今天才知道你的基础这么差，简直超乎我的想象。"杨五力一脸的无可奈何和失望。

"对不起老大，我以前在大学里虽然做过销售实习，但确实没有接受过系统化的培训，所以，今天让你失望了。"孙森森满脸的惭愧。

"你想想，孙森森，你进门的时候介绍我了吗？"

"没有。"

"你有没有问王总公司的情况？"

"没有。"

"那你有没有考虑王总目前在管理和业务上的难点，从而对症下药，引发他的需求？"

"这个也没有。"

"你来之前准备和王总同行业的成功案例了吗？"

"没有。"

"你有没有把我们阿里巴巴中国供应商服务高性价比的地方介绍清楚？"

"也没有。"

杨五力连续发问，孙森森不住地摇头。一个怒不可遏，一个委屈万分，一个不依不饶，一个手足无措。

"我今天与你聊的这些问题你回去后必须深刻反省，好好总结！明天上午我就不安排陪访其他同学了，我得好好听听你是怎么打电话的。我刚才与你提到的这些问题，我希望在接下来的电话筛选客户环节就能有所改变。我不可能每天都陪访你，也不可能每个客户都陪访到，只能阶段性看你的进步。孙森森，你明白吗？你能做到吗？"杨五力说得有一点气急败坏。

"好的，好的，我一定好好思考总结，一定不辜负老大你的期望。"孙森森紧张得鼻尖上满是汗珠。

杨五力就这样与孙森森不欢而散了。下午杨五力继续陪访其他同学，孙森森则回到公司继续电话销售，并针对上午拜访事件进行思考和总结。

第二天上午，杨五力和孙森森都待在公司。晨会结束后，孙森森便拿出昨天准备好的电话资料逐一打电话。杨五力则坐在旁边，双手合十放在嘴巴上，聚精会神地聆听孙森森的电话销售。

仅仅半天的时间，对一位没有接受过系统化销售培训的人来说，是很难有质的变化的，这就不难理解孙森森在电话销售过程中仍然漏洞百出了。杨五力当着许多同学的面再一次严厉地批评了孙森森，搞得孙森森无地自容。

[第七章]

杨九江的会议辅导

杨五力无奈地站起身，不住地摇头。这时，他眼睛的余光扫到区域经理杨九江在办公室通过透明玻璃向自己招手，于是快步走了过去。

"杨老大，您找我？"杨五力急促地问道。

"是的，五力，你先坐下。"杨九江不紧不慢地说道。

"我刚才看到你在公共场合批评新人孙森森，我也了解到昨天你让孙森森谈客户，之后也是骂得他够呛。这样吧，今天下午在主管会议上，我重点跟你们聊聊如何辅导新人，这也是其他几位主管有所欠缺的地方，我就集中跟大家聊聊吧！"杨九江说完在台历上做了重要事件的标注。

"好的，杨老大，我一定认真学习。"杨五力面露愧色。

下午2点，几位主管准时在会议室集合，包括杨五力、钦帮战队主管程雅钦、十里洋行主管李慧琳、金牛战队主管张巧颖、大富翁战队的代表陈天瑜，大富翁战队是由 10 多位独立老销售组成的组合团队。

区域经理杨九江直接开场："各位，今天我想跟大家聊聊如何辅导新人，之所以聊这个话题有以下几个原因：一是看到杨五力这两天在带新人方面的表现，让我觉得这成为当务之急；二是我看了最近几个月的数据，十里洋行在过去的 5 个月进了 5 位新员工，牺牲了 4 位，只有 1 位存活，钦帮战队在过去的 5 个月也进了 5 位新员工，流失了 3 位，有 2 位活了下来，东方明珠和金牛战队都刚刚进新人，以目前大家带新人的方法和态度，我是忧心忡忡；三是大家对目前自己所处的角色认识还不够，也就是说对管理者的角色认识还不够。以上三点就是我今天安排这次会议内容的原因。"杨九江在白板上写下了两个关键词"辅导新人"和"管理者的角色"。

"谁能告诉我销售人员和销售主管最大的区别是什么？"杨九江面带微笑地环视大家。

"最大的区别是销售人员属于基层员工，销售主管属于公司的管理层。"钦帮战队主管程雅钦首先答道。

"最大的区别是销售人员承担个人指标，而销售主管要承担整个团队的销售指标。"十里洋行主管李慧琳紧接着说道。

"我认为最大的区别是销售人员管好自己就行了，但销售主管不但要管好自己，还要管好团队的每一个人。"金牛战队主管张巧颖回答得很坚定。

"我认为最大的区别是销售人员做好自己的工作后可以随时下班，但是销售主管每天都是最后下班。"大富翁战队的代表陈天瑜答复道。

"你的答案呢？"杨九江好奇地望着杨五力。

"我的答案？我的答案是销售人员属于被管理者，而销售主管属于管理者，不知道对不对。"杨五力不确切地回应道。

"好的，各位，刚才大家的回答都有一定的道理。严格来说，这个问题是没有标准答案的，是个仁者见仁智者见智的问题。我个人认为，销售人员和销售主管最大的区别是，销售人员是通过自己的双手直接取得业绩，而销售主管是通过销售人员的双手间接取得业绩。这就面临四个问题，销售人员想不想、能不能、好不好、优不优。我这样说大家能听明白吗？"杨九江问道。

"杨老大，你刚才说的四个问题能不能再详细解释一下？"杨五力积极追问道。

"好的，刚才我说的四个问题是销售人员想不想、能不能、好不好、优不优。这也是我想传达的员工辅导的四个层次。想不想是指销售人员的意愿问题；能不能是指销售人员的能力问题，包括知识和技能；好不好是指销售人员的结果问题，结果是满足期望，还是超出期望；优不优是指公司的文化、环境、氛围等可否使员工获得良好的绩效，我这样解释能理解吧？"杨九江继续问道。

"可以的。"大家答复道。

"好的。接下来还有另外一个问题，我们知道，管理者在不同的场景中会扮演不同的角色，那么管理者会扮演哪些不同的角色呢？"杨九江在白板上"管理者的角色"几个字上重重地画了一个圈。

"我觉得管理者的角色包括监督者和审判者。"杨五力第一个回答道。

"为什么这么说呢，杨五力？"杨九江紧接着问道。

"我们要监督员工的考勤，监督他们的工作行程，让他们不要犯错，不要触碰公司的高压线，所以是监督者。有时候员工之间会发生冲突，比如说客户的冲突，我们就要根据公司的相关制度来判定客户的归属，这个时候就是审判者。"杨五力有些洋洋得意。

"杨五力说得很好，其他同学呢？"杨九江转向其他同学。

"我认为管理者的角色有领导者、宣传员和组织者。"张巧颖举手回答。

"可否解释一下？"杨九江问道。

"在管理和领导一个团队的时候我们扮演的是领导者的角色；在上传下达公司重要信息的时候我们扮演的是宣传员的角色；在发起活动，或者推进跨部门协作的时候我们扮演的是组织者的角色，这是我个人的理解。"张巧颖自信满满地笑着说。

"张巧颖的答案很棒，其他同学继续说。"杨九江看着程雅钦、李慧琳和陈天瑜。

"我认为管理者的角色有保姆、大管家和指导员。"程雅钦回答道。

"哈哈，有意思，你解释一下，程雅钦。"杨九江爽朗地笑了起来。

"我们要照看好员工，关心他们的生活和心情，这就是保姆了；员工的日常行程我们要管，员工每个月的业绩我们要操心，员工平常的考勤、卫生我们也要管，这是名副其实的大管家了；员工的知识不够，我们要指导他们看一些书籍，员工的销售技能不好，我们要指导他们提升，这时就是指导员了，我说得怎么样？"程雅钦微笑着望向杨九江。

"嗯，解释得很好，李慧琳，你的想法呢？"杨九江问道。

"我觉得管理者的角色真的很多，刚才他们说得都蛮有道理的，不过我认为管理者最主要的角色应该是老师、辅导员和协调员。"李慧琳沉着冷静地回答道。

"可以解释一下吗？"杨九江马上问道。

"好的。在给员工讲授行业、产品知识的时候，我们是老师；在给员工辅导沟通技能、销售技能、客户管理技能的时候，我们是辅导员；在处理员工的小误会、小冲突或者跨部门的一些事宜的时候，我们是协调员。这些就是我的理解，杨老大，你帮忙补充吧！"

"真的特别棒！陈天瑜，你有何高见？"陈天瑜是这个问题最后一个发言的人。

"我认为管理者的角色应该是教练、布道者。我们要引导销售去挖掘自己的潜能，去全面认识自己，做到自发、自律、自强；在宣导和传承咱们阿里巴巴企业文化的时候，咱们管理者扮演的是布道者的角色，这些就是我的答案。"陈天瑜双手合十向大家示意。

"谢谢大家，刚才大家说的答案都有道理，在这里我与大家分享一下管理学大师亨利·明茨伯格的管理者角色理论。当然，这不是今天的重点，我先简单提一下，之后找时间我们再专门分享这个内容。

"管理学大师亨利·明茨伯格把管理者的角色分为 3 个类别 10 个角色。3 个类别分别是人际角色、信息角色和决策角色。人际角色包含 3 个角色，分别是领导人、代表人、联络人。信息角色包含 3 个角色，分别是监督者、传播者、演讲家。决策角色包含 4 个角色，分别是企业家、资源分配者、冲突管理者和谈判者。为了让大家更好记忆和理解，我给这 3 个类别分别起了一个名字，给 10 个角色分别找了一个代表人物，我给大家画一个表看看（见表 1）。

表 1　管理者的 10 个角色

类　别	角　色	代　表
人际角色 （3 只小蜜蜂）	领导人	林肯
	代表人	安南
	联络人	彭定康
信息角色 （3 只小白鸽）	监督者	唐僧
	传播者	耶稣
	演讲家	马丁·路德·金
决策角色 （4 只大老虎）	企业家	任正非
	资源分配者	马云
	冲突管理者	柳传志
	谈判者	马化腾

"大家看一下这个表格，我简单解释一下，今天不做深入讨论。我给人际角色的名字是 3 只小蜜蜂，信息角色是 3 只小白鸽，决策角色是 4 只大老虎。好，我问大家一个问题，从带新人、辅导员工的角度看，哪个角色对我们来说最重要？"杨九江在白板上画了一个大大的问号。

"我认为是领导人的角色，因为从带新人、辅导员工的角度来看，我们要引领和指导新人，要做好培训和辅导、启发和激发的工作。"李慧琳答道。

"我也认为是领导人的角色，我们是团队的领头羊，有责任领导每一个人与团队志同道合，提升能力，这样团队就可以良性循环。"程雅钦接着说道。

张巧颖、陈天瑜和杨五力表达了完全一致的观点。

"好的，谢谢各位。我还有一个问题，在座的谁有驾照？"杨九江问道。

"我有。"李慧琳举手回应道。

"好的，李慧琳，我问你，当初你考驾照的时候，如果教练在没有反复给你做示范之前让你直接上车开，你敢吗？"杨九江两只手支在桌子上望着李慧琳问道。

"什么？哪敢啊！就是教练反复给我做完示范，我上车还是小腿直发抖啊！"李慧琳瞪大眼睛说道。

"各位，我为什么问李慧琳这个问题？我想表达的是任何人对于没有经历过的事都有一个了解和熟悉的过程。如果一位新人，没有经过你精心的培训和辅导，你就直接安排他上前线，那你就是那个不给学员做示范和讲解，就直接让学员上车的驾校教练，学员很有可能就把车开到沟里去了。各位，公司相信大家，把新人交给大家培养，我们作为主管，有绝对的责任和义务把新人带好、培养好、辅导好，提升他们的能力，提升他们的技能，提升他们的战斗力，这是我今天想给大家传达的核心思想。

"接下来我们正式进入员工辅导的主题。既然我们知道销售主管是通过销售人员的双手间接取得业绩，这就涉及销售人员想不想、能不能、好不好、优不优。所以，销售主管有三个主要职责，分别是：找对人、带好人、管好人。找对人解决想不想的问题，带好人解决能不能的问题，管好人解决好不好的问题。找对人的关键是物色到有强烈的野心、企图心和梦想的人，这些人有成功的欲望，有使不完的激情，很容易完成激发。带好人的关键是做好培训、辅导和教练，培训重在知识，辅导重在技能，教练重在自省。管好人的关键是分类、帮助和结果。可以按意愿和能力把团队分成四个象限，不同象限的员工给予不同的帮助，协助取得相应的结果。我们今天的内容主要是带好人的辅导模块，我这样说，大家能听懂吗？"杨九江问道。

"可以。"五位主管异口同声。

"好的，那我继续说。接下来我分享一下员工辅导的五个基本原则，那就是：以身作则；对事不对人；维护员工的自信和自尊；保持建设性关系；主动担当、支持和改善。我先聊聊我对以身作则的感受，之前我跟杨五力打乒乓球的时候跟他聊过这些内容。以身作则最关键的一点是'正人先正己'，也就是说，我们对团队方方面面的要求自己都要先做到，严以待人的同时也要严于律己。最怕的是，严于待人，宽以律己，我在其他区域看到过这样的主管，所以大家都不服气，队员联合起来炒掉主管。"杨九江在白板上重重地写下了"以身作则"和"正人先正己"。

"以身作则讲究由内而外。'内'包括三个相信、三个心态、三个大爱。三个相信是相信行业、相信公司、相信自己。你是否拥有三个相信，通过你的一言一行、举手投足，团队所有的员工都能感受到。三个心态是老板心态、感恩心态、空杯心态。老板心态是指老板会把所有的客户当作自己的衣食父母，会把所有的员工看成是自己的兄弟姐妹，自始至终开源节流，有最强的主人翁精神。感恩心态是指感恩公司的知遇之恩，感恩同事的帮助和关怀，感恩客户的信任和支持。空杯心态是指三人行必有我师，永远主动学习，敏而好学，不耻下问，把自己的海绵挤干，才能吸收到更多的水分。三个大爱是关心、成长、发展。关心员工的喜怒哀乐，给予辅导和培训，提升员工的知识和技能，通过激励和授权，给员工创造发展机会和空间。这是以身作则'内'的部分。张巧颖，你的感受如何？"杨九江问道。

"杨老大，你刚才讲的三个相信我感受最深了，相信行业、相信公司、相信自己，让自己破釜沉舟，背水一战，我以后也要给团队反复讲，很受用。"张巧颖点头称赞道。

"好的，谢谢张巧颖。我下面说关于'外'的部分。'外'包括形象、激情、勤奋和习惯。由于时间关系，这部分内容不是今天的重点，不做深入讨论，我准备发起一个'主管加油站'，一个月一次，在每个月中旬团队建设结束后举行，就我们在管理过程中遇到的难题逐一深入讨论，好不好？"杨九江兴奋地问道。

"好，太好了。"大家鼓掌赞同。

"OK，那就这么定了。刚才说了，以身作则的'外'包括形象、激情、勤奋和习惯。形象是职业不求个性，专业不求华丽；激情是时时刻刻微笑，分分秒秒乐观；勤奋是只比第一努力，不比第一功力；习惯是准备、准时和准确。李慧琳，你对我刚才说的以身作则'外'的部分有何感受？"杨九江向李慧琳问道。

"之前提到以身作则，我总以为只有勤奋、拼命、战斗在一线什么的，刚才听了你的分享，是由内而外，内容这么丰富，真没想到，我是学到了。"李慧琳啧啧赞叹。

"好，接下来是员工辅导五个基本原则的第二个基本原则，对事不对人。关键点是，我们要把问题聚焦在辅导本身，即聚焦在行业和产品的知识以及业务流程的分解和讲解上，不涉及员工的知识面、反应速度和领悟能力等。第三个基本原则是维护员工的自信和自尊，这里有几个细节，一是不要动不动就批评和指责，咱们自己刚开始做业务的时候不也有个成长的过程吗？干吗要对我们的新人如此苛刻呢？要恰当、巧妙、适宜地表达我们对员工的信心、认可和欣赏。二是鼓励他们表达自己的想法，搞不好就是金点子，也可以鼓励他们运用自己擅长的方法和技能，但不能违背原则，不能欺骗客户，要坚守我们诚信的价值观。三是千万不要伤害员工的自尊，不要有籍贯、宗教、性别等歧视，这是大忌。另外也不要在公共场合严厉批评和指责员工，这会让员工下不了台，从而在内心产生抗拒，不利于后期的沟通和合作。一句话，表扬公开化，批评要巧妙。杨五力，你聊聊此刻的感受好吗？"杨九江用期待的目光盯着杨五力。

"这方面我做得不好,我在对新人孙森森的辅导上表现得很不好,杨老大,你刚才讲的几个细节我都没做好,我需要检讨。"杨五力面红耳赤地反省道。

"能够意识到就很好,新人的成长需要过程,我们主管的成长何尝不需要过程呢?好,员工辅导五个基本原则的第四个基本原则是保持建设性关系,关键点有几个:一是每次辅导机会都是双方良好关系建设的机会;二是开诚布公地提出和探讨问题,不要拐弯抹角,直截了当、简单干脆比较好;三是除了辅导工作上的内容,也可以聊聊生活,比如爱好、习惯、偶像等,这样的交流可以拉近彼此的距离,更有利于辅导进行。最后一个原则,也是第五个原则,是主动担当、支持和改善。这个原则我想说四个关键词,'望、闻、问、切'。'望'就是观察,观察大家的精气神,观察大家的喜怒哀乐,这一点需要细心。'闻'就是倾听,大家在打电话的时候,我们可以在旁边认真地倾听,发现问题不要急于打断和处理,汇总后找个时间批量处理,这一点需要耐心。'问'就是提问,通过一系列提问,确认员工是否对公司培训的知识和技能已经掌握,这一点需要用心。'切'就是体验,可以在短期内大量陪访一个人,全面了解员工在实战方面的情况,这一点需要爱心。当然,'望、闻、问、切'适合较老的员工,像孙森森这样的新员工就要用到我下面讲的核心内容了。程雅钦,你先给大家分享一下目前的感受。"杨九江停顿了一下,向程雅钦提问。

"目前的感受,我想用三句话来表达:用力可以把事情做完,用心可以把事情做好,用爱可以把事情做得卓越,回答完毕。"程雅钦思路清晰,回答得幽默风趣。

"噢,回答得真棒,我们掌声表扬一下程雅钦,刚才程雅钦的三句话表达了我的核心思想,真的很棒!"杨九江真心夸赞道。

"好,接下来与大家分享的内容是今天最重要、最核心的内容,就是辅导四步法。我们通常叫做'辅导16字方针',内容是:我干你看,我说你听;

你干我看，你说我听。大家要特别注意辅导四步法的顺序，是有讲究的，不能颠倒。第一步是我干你看，这里面有几个核心关键点。首先，大家要学会做分解动作，把我们的业务流程拆解成若干个环节，比如收集客户资料、电话筛选客户、高效开场、挖掘需求、介绍产品、处理反对意见、包装技巧、铺垫技巧、索要承诺、成交技巧、交叉销售等。然后，大家要像驾校教练一样，当然，要像有素质的驾校教练，耐心、友好、专业地反复给学员做示范，做给学员看，而不要学那些没有素质的驾校教练，只给学员演示一遍，自己就去小树林抽烟了，回来看学员做不好，劈头盖脸就是一顿臭骂，搞得好像自己多牛叉似的。有一次，教练骂我'你怎么蠢得像头猪一样，这么简单都学不会'，我回了一句'我就是不会才来学的，我要是会的话，你有机会教我吗？'那位教练哑口无言。张巧颖，你此刻的感受如何？"杨九江看着听得入神的张巧颖问道。

辅导四步法
（辅导16字方针）

第一步：我干你看
第二步：我说你听
第三步：你干我看
第四步：你说我听

"我之前的想法是，先让新人出去碰碰壁，感受一下我们业务的难度，锻炼一下他们的抗压力和沟通能力，对我们的产品介绍也能够逐渐熟悉。刚才听你讲了'辅导16字方针'，我觉得我的思路是错的，应该我们自己先反复做给新人看，把分解和讲解做到位，然后再让新人做给我们看。这就是我的感受。"张巧颖颇为感慨地回应道。

"张巧颖说得很好，我想她刚才分享的内容其他同学也是感同身受的，包括我自己。我刚上岗的时候，我的老大庞三喜让我去深圳的蛇口工业区陌拜，要求我拿到20张名片再回公司，结果我第一天1张名片都没有拿到。因为我不知道如何进工厂，我告诉工厂门卫，我想进去推销，结果门卫都不让我进。我回到公司后，我的老大一脸不高兴，第二天，他跟着我去陌拜，可想而知，一路上把我骂得够呛，我当时就不想做了，心想，'这是什么主管，什么都不教我，就知道骂人，跟着这样的主管有什么希望。'后来，回公司后，我把离职的想法跟团队的其他同学说了，不知道庞老大和当时的陆经理是怎么知道的，他们都找我谈话，我才留了下来。再后来，庞老大的风格就变了，给了我很多鼓励，经常帮我打气，手把手教我产品知识和销售技能，我成长得也很快，10个月之后就做了主管，当时我自己都难以相信。所以，我特别感谢我的老大。"杨九江眼中闪着泪光，大家情不自禁地发出了热烈的掌声。

"好，第二步是我说你听，关键点是描述行为思路和解释关键步骤。描述行为思路是给新人说清楚每一个动作和每一句说词的背景和原因，让新人知道为什么这么做。解释关键步骤是把每一个动作和每一句说词最关键、最核心的点解释清楚，让新人知道怎么做可以做到位、有效果。第三步是你干我看，关键点是复制辅导内容和随时纠偏查错。复制辅导内容是让新人把我们做给他们看的每一个动作和每一句说词再做给我们看，这样可以看出新人领悟和掌握的程度。随时纠偏查错是在新人做给我们看的时候，如果我们发现错误的地方，可以随时中断新人的演练。我们可以重复我干你看，我说你听，然后新人重复你干我看，如此循环下去。最后一步是你说我听，关键点是思考实际原理、表达醒悟行为和总结消化吸收。思考实际原理是让新人把我们解释的每一个动作和每一句说词的背景和原因复盘给我们；表达醒悟行为是让新人表达自己的感受和与之前的差异点；总结消化吸收是让新人针对整体的辅导过程谈自己的心得感悟和得失。辅导四步法最重要的是第一步，即'我干你看'，而不是'你干我看'，这一点，大家务必记住。"杨九江一鼓作气，把辅导四步法解释完毕。

"我可否提个问题？"杨五力问道。

"当然可以，你说。"杨九江回答道。

"辅导是否应该分为演练辅导和实战辅导？这里面有什么区别和讲究吗？"杨五力继续问道。

"这个问题好，可以看出杨五力在思考今天的内容，很棒！我谈谈我的看法，演练辅导一般是在公司进行的，就是我们常说的角色演练，英文是Roleplay。实战辅导，顾名思义，是在真实的战斗中，就是在真实的客户拜访和客户谈判中真真切切、实实在在地做给新人看。实战辅导对于新人来说，毫无疑问，感受和体验是最好的，效果也立竿见影。演练辅导我有几个提醒，一是角色可以不限于两个人，可以多角色演练，一般4个角色效果最好，分别是辅导者、被辅导者、观察员和指导者。"杨九江写下了4个角色的名称。

"辅导开始之前，大家要花10分钟时间进行案例阅读和准备，接下来要花30分钟左右进行四步法演练，最后是反馈时间，一般是10分钟左右。全部结束后角色可以进行互换，再次演练。在整个演练过程中，辅导者负责'我干你看'和'我说你听'，就是按照拟定流程进行辅导；被辅导者体验过程并记录感受；观察员按要求记录过程，检验辅导者方法的运用；指导员要负责指导整个辅导过程并做最后总结。"杨九江画了一个4个角色辅导流程图（见图1）。

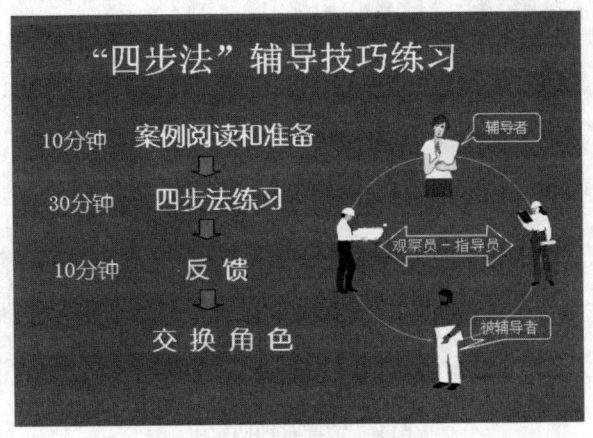

图1 "四步法"辅导技巧练习

"在整个辅导过程中,反馈环节是一个特别重要的环节。辅导者、被辅导者、观察员和指导者都要阐明几个核心问题。

"被辅导者的几个问题是:1.四步法中被运用的最好的是哪一步? 2.四步法辅导过程中,我感受到了什么样的基本原则? 3.辅导者做得最好的和需要改进的方面有哪些?

"辅导者的几个问题是:1.从辅导演练和反馈中,我面对的挑战有哪些? 2.日后我会做什么以便更好辅导新员工? 3.如果我在什么方面再加强一下会更好?

"观察员的几个问题是:1.本次演练辅导有否达成辅导目的? 2.本次演练辅导做得最好的地方是哪里? 3.本次演练辅导可以加强的地方是哪里?

"指导员的几个问题是:1.本次演练辅导总体是成功的还是失败的? 2.本次演练辅导的亮点是什么?不足是什么? 3.大家是否有效地运用了"四步法"进行演练? 4.大家是否掌握了辅导的基本原则和流程?

"以上就是我个人对辅导演练的一些看法。我之前提到了象限管理,再补充一些内容。毫无疑问,团队的员工不可能都用同样的辅导思路和方法,因为大家的意愿和能力不一样,要进入实际的情境才行。所以,我们说的象限管理也叫情境管理,核心思想是对症下药、差异管理。"杨九江把之前写的内容擦掉,画了一个四象限(见图2)。

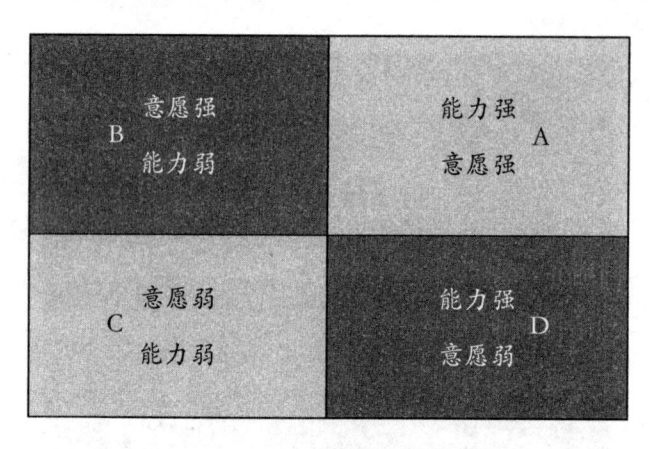

B 意愿强 能力弱	A 能力强 意愿强
C 意愿弱 能力弱	D 能力强 意愿弱

图 2　情境管理四象限

"情境管理这部分内容今天也不做深入探讨，我只提几个重点内容，之后在'主管加油站'与大家深入交流。我们把能力强、意愿强的象限称作 A 象限，把意愿强、能力弱的象限称作 B 象限，把意愿弱、能力弱的象限称作 C 象限，把能力强、意愿弱的象限称作 D 象限。我强调一点，我们所说的能力不仅指个人能力，还包括行业和产品知识储备、沟通和销售技能等。如果我们把所有加入公司 1 年以内的员工分布到 4 个象限，我个人的感受是这样，加入公司不到 3 个月的新人一般都是 C 象限，因为新人刚加入公司都是抱着试试看的态度，外在的激情是有的，行动也很积极，但内心的意愿还不是很强烈，没有经过系统的培训和辅导，能力也是弱的，经验和技巧不足。满 3 个月，出了单，转了正，不满 9 个月，我把这些员工一部分归到 B 象限，一部分归到 D 象限。B 象限的员工，通过出单、转正看到了希望，由刚开始试试看的心态变得坚定起来，信心也大大增加，再看到其他优秀员工取得卓越的成绩，受到了激励，意愿度大幅提升，但是由于之前没有行业和销售经验，悟性稍差，成长较慢，所以能力还是偏低。D 象限的员工，因为之前有比较丰富的行业和销售经验，悟性很高，成长很快，所以能力较强。但这些员工容易受到消极因素的影响，比如其他员工的负面言论、客户的抱怨和不满，再加上自身思想复杂、想法过多以及自身野心和企图心不够，导致意愿并不强。论能力，一个月可以做 30 万的业绩，但实际上做到 10 万就刹车了。满 9 个月不到 1 年的员工，一部分人会从 B 象限和 D 象限晋升到 A 象限，A 象限的员工是公司名副其实的明星。由于时间关系，4 个象限员工管理的原则我强调一下重点，A 象限员工管理的重点是方向和授权，B 象限员工管理的重点是计划和辅导，C 象限员工管理的重点是任务和指导，D 象限员工管理的重点是激发和鼓励。好了，今天就交流到这里，时间也差不多了，最后每人一句话结束今天的交流，李慧琳，你先来吧！"杨九江坐了下来，准备记录大家的心得感悟。

"好的，我先说。我对新人的辅导思维是有问题的，我总想让新人前 3 个月依靠自己的勤奋和努力活下来，这样他们就会更加珍惜在阿里巴巴工作的机会，所以，我对新人的辅导很少，现在看来，这样的想法是错误的。我们十里洋行在过去5个月进了5位新员工，牺牲了4位，只有1位存活，牺牲的4位新人中，其实不乏优秀、有潜力的人，只是暂时没有找到方向和突破口，如果我能够按照今天讲的辅导四步法不折不扣地去执行，能实实在在地帮他们，我想这些新人都可以留下来，我做的实在是不够，我要检讨。"李慧琳愧疚不已。

"接下来我说吧。"钦帮战队主管程雅钦说道，"刚才李慧琳的一席话我是感同身受，我们钦帮战队过去5个月也进了5位新员工，流失了3位，有2位活了下来，我做的也是远远不够。今天的信息量其实蛮大的，提到了好几个问题，包括销售人员和销售主管最大的区别是什么、管理者扮演着哪些角色、辅导四步法、情境管理四象限等。每一个问题都值得我们下大工夫去深入思考和研讨，我今天是受益匪浅，接下来一定好好辅导员工。"

"我今天最大的收获是辅导16字方针和主管的以身作则，我感觉自己离公司的要求还有很大的差距，接下来我会努力的。"金牛战队主管张巧颖总结道。

"我们大富翁战队都是独立的销售，都是自由人，所以，在管理方面，我们涉及比较少。"陈天瑜回答道。

"好，轮到我了，也是最后一位。我先做检讨，我刚做主管没有经验，犯了不少错，我们东方明珠这个月有两位新人从百年大计培训班回来，一位是孙森森，一位是张喜娟。通过今天的交流，我发现我这两天对孙森森的辅导思路是错误的，杨老大说的辅导16字方针，'我干你看，我说你听；你干我看，你说我听'，我不但把顺序搞反了，而且有一部分还没有做。我做的是'你干我看，你说我听'，而没有做'我干你看，我说你听'。我需要检讨，对不起，杨老大。"杨五力站起身向杨九江鞠躬，杨九江摆了摆手。

"杨老大今天讲的，给我冲击最大的是以身作则，而且是由内而外的。内包括三个方面，一是相信，二是心态，三是大爱。外包括四个部分，一是形象，二是激情，三是勤奋，四是习惯。正人先正己，我觉得，团队成功与否，完全在团队管理者本身，自身正，则团队正，自身强，则团队强。这些话，我一定铭记在心。我以前的座右铭是'永远比第一名更努力'，此刻，我的座右铭改了，我的新座右铭是'功力的深度决定事业的高度'。我现在感觉，管理不是自己做业务，仅靠勤奋是不够的，管理是个技术活儿，更是一门艺术，我要向杨老大学习，不断提升管理的技能，增强管理方面的功力，一定要成为一名合格的、优秀的阿里铁军的主管。"杨五力感慨地说。

"好了，大家的总结都不错，都有收获，就像刚才程雅钦说的，今天的信息量其实蛮大的，关键在后期的思考、总结、感悟和执行。走吧，我们去吃饭，我做东，正好团建费还有一些。"杨九江带着几位主管去旁边的玫瑰坊享受美味佳肴。

经过杨九江这次关于员工辅导的主管会议，杨五力对员工辅导有了全新的认识和感悟，一改之前简单粗暴的风格，严格按照杨九江经理分享的员工辅导16字方针去执行。很快，张喜娟和孙森森与杨五力的关系变得融洽了，有时候还能在办公区或者会议室听到杨五力爽朗又夸张的笑声，虽然这些笑声让大家特别紧张，但是团队的氛围逐渐变好，团队的凝聚力和向心力也在不断提升。

[第八章]

那远志的小插曲

时间到了2005年9月中旬，在阿里巴巴成立6周年之际，阿里铁军的战友们从全国各地云集浙江省人民大会堂。大会顺利结束后，同学们陆续离开会场，东方明珠团队在那远志的建议下要在附近聚餐，顺便谈谈各自的感受，然后再一起回上海。回程票大家都已经提前预订好了，所以心情都特别放松，有说有笑，其乐融融。

那远志找的饭店名叫未来海鲜饭店，大家都觉得不错，于是要了一个VIP包厢。杨五力带头，那远志、高东红、穆易春、韩冬梅、夏灵玉、李金凤、张喜娟、孙森森分别坐下，穆易春负责点菜，大家三三两两地闲聊着。

"听了马总的讲话，知道大家都很兴奋，那就都分享一下感受吧！"过了一会儿，杨五力首先发话。

"我先说吧。"夏灵玉立马举手应道,"我最大的感受是,接下来我们阿里巴巴的发展一定会更快,说不定过两年就会上市。因为雅虎在全球具有非常大的知名度和影响力,我们阿里巴巴收购雅虎中国资产,全球的媒体都会报道,我们会增加海量的浏览和买家,做我们阿里巴巴中国供应商的客户也会越来越多,所以呢,我们的生意就会越来越好做,我们赚的钱也自然会越来越多喽。"夏灵玉刚说完,大家就哈哈大笑起来,夏灵玉两手做胜利状放在头上做了一个鬼脸,笑嘻嘻地摆了摆头,引得大家又一次哈哈大笑。

"接下来我说。"高东红昂首挺胸地站起来说。

"我觉得我们阿里巴巴是最有良心的公司。马云反复说,我们不做游戏,只专注电子商务生态体系和基础设施的建设。再看看社会上的一些不良公司,为了追求利润,追求财富,追求市占率,不惜推出各种毒害青少年的游戏,很多中学生逃课在网吧打游戏,甚至不少成年人也沉迷其中,这些公司真是唯利是图,毫无社会责任感。"高东红刚说完,大家不约而同地大声喝彩。

"接下来该谁分享了?"杨五力左右看看。

那远志举手示意要分享。

"我感受最深的是马总的激情和梦想。马总在哪里演讲好像都在强调我们阿里巴巴要做中国人创办的最伟大的公司,要做102年的公司。这些话听起来好像很遥远,但是我们听过以后内心顿时就充满了无限憧憬,感觉自己体内血流加速,血管喷张,觉得公司的愿景特别伟大,公司的未来特别美好,公司的成功特别有希望,这就是我的感受。"那远志的分享也博得了大家的认同和掌声。

"我说说我的感受吧。"大师姐韩冬梅发话了。

"我们除了阿里巴巴,现在又有了雅虎,我们还有支付宝、淘宝。我个人不看好雅虎,因为与我们阿里巴巴的文化差距甚远。未来,支付宝和淘宝一定是超乎想象的,我们阿里巴巴现在赚的钱,未来很可能只是支付宝和淘宝的零头。所以,我觉得我们阿里巴巴的布局特别好,马总特别有战略眼光。"

大家对韩冬梅的观点饶有兴趣,频频点头赞同。

"我的感受是,我们阿里巴巴能够在浙江人民大会堂开会,这本身就是特别牛的事情,当我跨进人民大会堂大门的那一刻,莫名的自豪感油然而生。这说明浙江政府特别重视和支持我们阿里巴巴,那我们成功的几率就更大了。"穆易春不紧不慢地谈自己的感受。

"马总说,我们所有公司的定位要么第一要么第二,没有第三。所有第三的公司经过一两年的努力,如果没有办法进入第二的话,我们就关闭。我觉得我们马总特别有野心,特别有企图心,这让我特别佩服,跟着马总好好干,一定有肉吃,一定有钱赚。"李金凤站起来表达了自己的感受,她的话说得铿锵有力,大家被其感染,掌声雷动。

"好了,我们也给两位新人一个分享的机会,孙森森,你先来吧。"杨五力看着孙森森说道,孙森森立刻紧张得面红耳赤。

"好的,谢谢老大给我分享的机会。"孙森森有点战战兢兢地说道。

"我和张喜娟作为新人,刚加入公司就能有这样的好机会参加公司的年会,感到分外的激动和荣幸。这是一个有梦想的大家庭,这是一个有爱心的大家庭,这是一个有文化的大家庭。以后,我一定认真学习,快速成长,做出好成绩,不辜负公司给我的机会和信任。"孙森森虽然说话慢慢腾腾,吞吞吐吐的,但内容却是适宜恰当的,得到了大家的点头认可。

孙森森说完轮到张喜娟了。

"我从来没有参加过如此盛大的年会,我的总体感觉就是我们阿里铁军是让公司骄傲的,是让马总认可的,是让我们自己自豪的团队。我们今天穿着一样的衣服,拥有共同的使命、愿景和价值观,我有强烈的归属感和荣誉感,特别的感动。众多旗手在台上拼命地挥舞着各自区域和团队的旗帜,并充满激情地喊着各自的口号,内容虽然不同,但大家的意志、大家的精神是一致的。我为自己能够成为阿里铁军的一员而感到骄傲,如果公司不开除我,我愿意为公司战斗10年。"大家被张喜娟的发言逗笑了,那远志笑得前仰后合。

"我们也请老大给我们谈谈他的感受，好不好？"夏灵玉拍手提议道。

"好啊，好啊。"同学们齐声应道。

"好了，服务员要上菜了，我就长话短说。我用三个相信来分享我的感受：相信行业，相信公司，相信自己。马总说，未来80%的生意是在网上做的，所以，电子商务是大势所趋，我们也要顺势而为，与时俱进，这是相信行业。马总有卓越的战略眼光，我们阿里巴巴有完善的企业文化，我们有六脉神剑，我们有超出客户期望的中国供应商服务产品，我们有善于合作和分享的团队。所以，我们的阿里巴巴是与众不同的，我们的阿里巴巴是志存高远的，我们的阿里巴巴是依靠强烈的使命感驱动的，这是相信公司。最后是相信自己，相信自己的能力，相信自己的毅力，相信自己的魄力。只要我们有野心，有决心，有恒心，我们一定可以在阿里巴巴这个大舞台上秀出自己的翩翩舞姿，成就一份属于自己的伟大事业，我们一起喊三声'战斗'，好不好？"杨五力站起来，伸出右胳膊，手掌向上。大家也跟着站起来，手掌向下依次压在杨五力的手掌上，齐声呐喊道："战斗！战斗！战斗！"响亮的呐喊声引得服务员飞奔过来，以为谁被开水烫着了，同学们开怀大笑起来。

很快，服务员就在桌上摆满了美味佳肴，同学们也真是饿了，立刻停止说笑，狼吞虎咽地吃起来。

这时，那远志突然皱着眉头说："我怎么吃不到一点盐味，而且这些菜油放得特别少，我会做菜我知道，这是一家黑店吧！"其他几位同学也跟着附和。看着大家也是同样的体会，那远志更来劲了，"真是无商不奸啊，这家老板太可恨了，这样的黑店我们以后不要来了。"那远志愤愤不平地吐槽道。

杨五力看那远志如此激动，马上劝道："那远志，你注意一下措辞，也许今天的厨师正好主张低盐低油，你误会人家了呢。况且，我们出门在外应以和为贵，多一事不如少一事，你控制一下情绪，好吧。"

那远志哪里听得进去，嘴里仍然喋喋不休："现在这个社会，真是越来越缺乏诚信，就连炒个菜，这么小的事情都能弄虚作假。唉，你们说，还有什么事情不能耍手段的，还有什么事情不用伎俩的，我们还能相信谁？唉，这个社会啊！"那远志摇头晃脑，唉声叹气，一副愤世嫉俗的样子。杨五力一直都知道上海男人精细，只是不知道精细到这个地步，现在算是明白了。

这个时候，有位厨师走了过来，杨五力抬眼打量这个人，身高1.8米左右，头上戴着高高的白色厨师帽，大腹便便，脸上细皮嫩肉。

"对不起，这位客人，您有什么不满意的地方请告诉我，我是这里的厨师长，我姓罗。"这位厨师长彬彬有礼地说道。

"什么不满意？你们就是奸商，你们黑了心了，炒个菜，没有油，没有盐，要糖更是不可能了，让人家怎么吃？你们这是搞黑店啊！"那远志是一百个不满意。

"那远志，你说话注意一下，不要得理不饶人，大家和气才能生财。"杨五力万分警觉地站起来，用指责的口吻说道。杨五力特别担心惹出大事，自己刚刚晋升主管不久，丢不起这个人，也担不了这个责任。但是，正是担心什么就来什么。

那远志简直失去了理智，杨五力的提醒和忠告毫无作用。

"你们就是奸商，就是黑店，你们欺骗百姓，你们不得好死。"那远志站起来指着厨师长鼻子骂道。

厨师长这一听可不干了，扑上来揪着那远志的领子猛地往前一推，"扑通"一声，那远志应声倒下，四脚朝天。那远志哪里受过这样的委屈和侮辱，爬了起来抡起右拳就向厨师长的左脸砸了过去，厨师长也气得火冒三丈，把餐桌用力一掀，餐桌立马侧翻倒地，盘子、碟子稀里哗啦碎了一地，汤汤水水洒得满地都是。杨五力看此情形，想着要赶快阻止事态进一步恶化，其他东方明珠的同学们也是惊得目瞪口呆，还没有反应过来。杨五力正准备上去抱那远志，突然从外面窜进来6个厨师，个个像大木头桩子似的，膀大腰圆。厨师长一声令下，6个厨师瞬间把那远志团团围住。东方明珠的同学们一看不好，全都疯狂地往前冲，希望能够把那远志救出来。可是这些厨师的后背都像一堵墙，让人无隙可乘。这些厨师对那远志拳打脚踢，那远志哪里招架得住，衣服被撕破了，两只眼睛也成了熊猫眼。杨五力试图拉开其中一个胖厨师，突然左脸庞一热，他扭头一看，不知什么时候又进来两个厨师，个子不高，但虎背熊腰的，就是其中一个厨师给了杨五力左脸一拳。另外一个厨师在杨五力的左腰上狠狠抓了一把，杨五力顿时觉得自己的左腰上火辣辣的。杨五力大声喊道："兄弟，有没有搞错？我是拉架的，不是打架的，赶快拉架去啊！"

这边那远志实在招架不住，举手投降道："我投降，我投降，实在打不过你们。"一众厨师看那远志服了软，也停了手，有的厨师还在骂骂咧咧。

"你们把人打了，不能就这样算了。"穆易春在旁边义愤填膺地说道。

杨五力也点点头，上前说道："厨师长，这件事情我们确实有不对的地方，但是你们也不能动手打人啊。你看，他的衣服被你们撕破了，眼睛也被你们打青了，你们必须给个说法。"

"给什么说法？"厨师长怒目圆睁地吼道。

"你们必须赔礼道歉，另外再给至少1000元的补偿，让我同事购买衣服和治疗眼睛。"杨五力态度坚定。

"没门儿。你们道歉还差不多，口出狂言，还让我们道歉，我看他就是欠揍。"厨师长右手一挥，两手叉腰，气势汹汹的。

"厨师长，我刚才已经说了，这件事情我们确实有不对的地方，但是你们不可以动手打人，而且这么多人围着一个人打，你觉得自己有理吗？"杨五力不卑不亢地说道。

厨师长脸上略带愧色，嘬了嘬嘴巴，支支吾吾地不知道该说什么。

"所以说，厨师长，你们必须赔礼道歉，另外再给至少1000元的补偿，让我同事购买衣服和治疗眼睛，这是最低的要求了。"杨五力继续沟通道。

"赔礼道歉没有，什么补偿也没有，你们爱咋地就咋地吧！"厨师长两手插进裤兜里，一副死猪不怕开水烫的模样。

杨五力没有作声，深吸一口气，拳头攥得紧紧的，全力在克制。

"你们这不是在耍无赖吗？把人打了，就这样算了吗？不可能的！"穆易春在旁边实在看不过去，满腔怒火。

"老大，我打电话给我百大同学，他是杭州人，让他过来帮忙处理一下。"穆易春向杨五力请示道，杨五力点头同意。

穆易春给自己的百大同学毕常孝去了电话，说明了情况，毕常孝二话没说，立马驱车赶来。

大约半个小时后，毕常孝赶到饭店，向穆易春了解了事情经过。

毕常孝找厨师长和饭店老板进行沟通，由于毕常孝是杭州本地人，厨师长和饭店老板的态度缓和了很多，但他们仍然拒绝道歉，只愿意出200元的补偿，东方明珠的所有同学都对这个结果无法接受。

"我们报警吧，让警察来主持公道，看这些人到底能多猖狂。"李金凤在旁边提议道。

杨五力与毕常孝商量了一下，也只好这样了，于是让比较熟悉杭州的穆易春打电话报了警。

杨五力一看离大家预定返回上海的列车开车时间很近了，于是安排穆易春和李金凤留下配合自己处理善后事宜，其他同学由夏灵玉和高东红带队先返回上海。

在等警察来的时间毕常孝与杨五力聊了起来。

"杨五力，你们是不是被马总的演讲冲昏了头，太兴奋了？"毕常孝半开玩笑半调侃地说道。

杨五力强颜欢笑，那远志在旁边面露羞愧之色，低头不语。

20分钟后，一辆鸣着警笛的警车飞驰而来。两位警察详细了解情况后，把厨师长和饭店老板，以及杨五力、那远志、穆易春、李金凤都带回派出所寻口供。由于毕常孝家里有事，就先行告辞了。

警察严厉批评了厨师长众人的粗暴行为，也对那远志的出言不逊进行了批评教育。经过警察的协调，厨师长和饭店老板同意赔偿那远志500元，让他购买衣服和治疗眼睛，并且要其下不为例。

杨五力与那远志、穆易春、李金凤商议后，也同意了警察的处理结果。办完派出所的相关手续后，4人马不停蹄地赶到了杭州火车站，买了最近时间返回上海的车票，这个时候已经是晚上11点半了。

在回上海的路上，大家都沉默不语，若有所思，杨五力更是表情严肃，思绪万千。

这时，杨五力突然想起什么，从背包里取出一支完美公司的芦荟胶，一边递给那远志一边说道："Shawn，这个是完美公司的芦荟胶，你涂一些在眼睛上，可以消炎止痛，这支你留着用吧。"那远志表示了感谢。

过了一会儿，杨五力委婉地说："Shawn，这次让你受委屈了。"

那远志摇摇头，羞愧难当，低头不语。

"其实，我们无论在外地还是在本地，都要以和为贵。当我们在外面与客户、陌生人打交道的时候，我们代表的其实不是自己，而是东方明珠团队，而是阿里巴巴上海中国供应商铁军团队。"杨五力靠在火车座位的椅背上，仰视车顶，好像自言自语似的说道。

"试想一下，如果这件事情传到公司，公司领导只会认为是我管理不善，带队无方，没有教导好大家，没有控制好局面，影响了公司的声誉，一定会处罚我，甚至降我的职，我在公司一年多的打拼可能就会付之东流。当然，这是小事，但是这会影响到整个东方明珠团队，如果真的是这样，东方明珠这块全国冠军的牌子将会被抹黑，是在我的领导下被抹黑的，那我真的就成千古罪人了，我可承受不起啊！以后，谁还会认可东方明珠团队？谁还会提到东方明珠团队就竖起大拇指？谁还会加入东方明珠团队？"杨五力说着说着情绪有些激动了。

"所以，我们真的要做到上一个台阶看问题，下一个台阶做事情。作为团队的一员，只有团队成功了，只有团队成长了，只有团队受人尊敬了，我们个人才会有价值，才会有荣誉，才会有骄傲和自豪。如果团队失败了，个人再是英雄也是失败的，因为失败的团队没有英雄。正如足球比赛中两军冠亚对决，赢的一方哪怕只是进一个球，进球的那个球员就成了英雄，因为一球定了胜负，圆了冠军梦。而输的一方哪怕有个球员上演了帽子戏法，进了三个球，但是团队最后失败了，也没有人把这个进三球的球员称之为英雄。这就是团队成功失败与个人的关系。"杨五力说完看了那远志一眼，不再说话。那远志一直沉默，只是慢慢地揉着眼睛。

第二天，东方明珠的所有同学都正常上班，大家相当默契，对昨天的事闭口不提，好像什么事情都没有发生过一样，仍旧开心工作，有说有笑。

上午11点左右，东方明珠的所有同学都收到了一条短信，是那远志发过来的：

"东方明珠的各位同学，大家好。昨天的事情我向大家道歉，昨晚我一夜没睡，我对自己的莽撞，对自己的自负，对自己的暴躁深感内疚和不安。由于我的过错给大家带来了麻烦，我再次向大家道歉，对不起！杨五力老大说得对，在外面，我们代表的其实不是自己，而是东方明珠团队，而是阿里巴巴上海中国供应商铁军团队。所以，以后无论遇到什么事情，我们都要保持冷静，克制自己的情绪，把团队的品牌和形象放在第一。就像杨五力老大经常说的那样，我们要一起打造一支英雄的团队，一起努力，谢谢大家！"

杨五力看完那远志发过来的短信，确信他已经认识到了错误，并且道歉态度诚恳。人非圣贤，孰能无过，杨五力想到这里，仍是一声叹息，这是如释重负的叹息，是志存高远的叹息，也是坚定不移的叹息。杨五力希望那远志能够实实在在地践行自己的承诺，成为团队中的积极力量，配合自己把东方明珠团队带到一个新高度。

风平浪静地过了几天，杨五力觉得这件事情总算是过去了，于是卸掉了思想包袱，轻装上阵，心情也大好。

杨五力好不容易缓了口气，这边穆易春又惹出一个大麻烦，也给杨五力带来了前所未有的挑战。

[第九章]

穆易春事件

这一天,杨五力正在培训孙森森和张喜娟如何做电话销售,只见上海的小政委谭梦雪悄悄来到杨五力的身边。

"Michael 吕有重要的事找你,你赶快去吧。"谭梦雪轻声说道。

杨五力一听,觉得非常诧异。因为沪苏大区的总经理吕重庆,是很少直接找自己的,如果不是特别好的事情,那一定是特别不好的事情。杨五力心里惴惴不安,与谭梦雪一起去了阿里巴巴沪苏大区总经理吕重庆的办公室。

推开吕重庆办公室的大门,杨五力大吃一惊。除了吕重庆在办公室,还有沪苏大区的大政委邓香香、上海的经理杨九江,自己团队的穆易春也坐在旁边,感觉她有些心神不宁。杨五力一下子紧张起来,忐忑不安。

"杨五力,你先坐吧。"吕重庆表情严肃地说道,这让杨五力心里更加没底。

吕重庆给邓香香递了一个眼色,邓香香递了一份资料给杨五力,并说道:"杨五力,你先看一下这份资料再说话。"

杨五力双手颤抖着接过邓香香递过来的资料,从头到尾仔细看了一遍,这是穆易春跟进客户的截图,大概有二三十个客户。只是这些客户的跟进记录栏全部是数字1,而且客户的联系方式栏也是数字1。杨五力意识到穆易春在客户管理上出了问题,违背了公司的相关制度。杨五力知道自己对这件事是有管理责任的,但是穆易春对于团队来说很重要,而且能力很强,业绩也很好,千万不能出事,这让他更加紧张。

"杨五力,你说说看,发现了什么问题?"吕重庆眼神犀利地盯着杨五力。杨五力感觉脸上火辣辣的,心跳加速,额头上布满豆大的汗珠,后背已被汗水浸湿,手心直冒汗。

"我看到穆易春的客户资料里,联系方式和跟进记录都写的是数字1,这肯定是违反公司制度的,但是穆易春对我们东方明珠团队很重要,而且平常的工作特别认真,希望公司给她一个机会。"杨五力吞吞吐吐地说道,生怕公司作出开除穆易春的决定。

吕重庆听完脸色铁青,训斥道:"如果我们每一位同学都这样做,我们的客户管理系统不就成垃圾场了?我们的事业还怎么做?"

杨五力羞愧地低下了头,穆易春面红耳赤眼泪直流。

杨五力沉默一分钟后说道:"这件事不只是穆易春的错,我也有管理失职的责任。我愿意接受公司的处罚,但是请再给穆易春一个机会。"

吕重庆听完摇了摇头,往座椅后背一靠,深深吸了一口气,他抬头看了一下杨九江、邓香香和谭梦雪,传递了失望、不满的眼神。

大家沉默了好一会儿,气氛异常紧张。

吕重庆喝了一口茶,直接问穆易春:"穆易春,你自己说说看,为什么这样做?"

穆易春泪珠子一个劲儿往下掉，哽咽着说："我错了，我知道错了！我只是嫌麻烦，偷懒了，我以后再也不会这样了，我真的没有想违背公司的制度，更没有想违背公司的价值观，我真的是无心的，我保证以后绝对不会再发生了，呜呜……"穆易春鼻涕一把泪一把，纸巾用了一张又一张。

吕重庆手托下巴思考了一小会儿说："穆易春，你先回去吧，对你的处罚我们商量以后才能决定。"

穆易春惴惴不安地离开了会议室，房间里只剩下吕重庆、杨九江、邓香香、谭梦雪和杨五力。

吕重庆对杨五力毫不客气地说："杨五力，你在主管这个位置上难道还没有找到感觉吗？"

杨五力无言以对。

"员工犯了错误，违反了制度，你应该站在谁的立场上去处理？是站在个人的立场上？团队的立场上？还是公司的立场上？你说说看，杨五力！"吕重庆连续发问表达着自己的不满。

杨五力欲言又止，慢吞吞地说："我想，一定是站在公司的立场上。"

"你刚才反复为穆易春开脱，不停地说再给她一次机会，这是站在公司的立场上？"吕重庆反问道。

"嗯，这个，嗯，刚才确实没有站在公司的立场上思考这个问题，只是觉得穆易春平常表现特别出色，也团结同事，突然出现这样的事情，我一下子没有反应过来，刚才大脑比较混乱，我错了。"杨五力磕磕巴巴地回答道。

"员工犯错，我们首先要站在公司的立场上，让她认识到问题的严重性，只有这样，她以后才会改。如果我们做管理的，一开始就包庇、纵容，员工以后就会有侥幸心理，思想上没深刻的认识，以后就还会出现类似的错误。

"你是她的直接主管，更要高标准、严要求。你有责任和义务让团队所有人，时刻记住公司的制度、公司的文化、公司的核心价值观。要经常敲山震虎，如果平常不学习、不强调，事后临时抱佛脚，就为时已晚啦。

"我们经常说的，'晓之以理，动之以情，诱之以利，绳之以法'，关键的时候，一定要拿出绳之以法的决心和魄力。这样我们才能做到有法可依，违法必究，整个团队才会公平公正，才能精诚团结，攻无不克。"

吕重庆语重心长地说了很多。

"吕老大，我确实错了，我以后一定改正。"杨五力主动承认错误。

"杨五力，我想听你说说，作为主管，你觉得应该扮演好哪些角色？"吕重庆担心杨五力对管理者的角色一无所知。

"管理者的角色杨老大之前提到过，我记得有3个类别10个角色，有信息传递者、领导人、管理者、决策者，还有什么冲突化解，谈判者什么的，我不是全部记得清楚。"杨五力边回忆边答道。

"杨五力，你能说出这些管理者的角色证明你平常还是比较用心，比较爱学习的。但是我想说我们管理者还要扮演一个特别重要的角色，那就是价值观坚决的捍卫者。不管他是谁，刚加入公司的也好，加入公司一年两年的也好，加入公司五年六年的也好，甚至是管理者，只要他踩中了红线，触碰了我们的高压线，违反了我们的价值观，我们都必须做到：有法可依，违法必究。只有这样，我们的团队才有希望，我们的事业才有希望，我们的使命和愿景的实现才有希望！

"当然了，如果员工只是投机取巧，偷懒省事，不涉及诚信问题，我们一般也不会做辞退的处理。但是，我们的态度一定要明确，立场一定要坚定。员工犯错了，必须要让他认识到错误的危害，绝对不能让他有侥幸心理，并坚决杜绝他下次再犯的机会，这样才能真正地防患于未然。

"像你刚才的表现，是我们无法容忍和接受的。员工犯错，我们一开始就显示出要包容，要袒护，要原谅，那我们的威严何在？我们的制度何在？我们的价值观何在？员工下次想犯错的时候，他们的心里还会有忌惮吗？他们是否还会存侥幸心理铤而走险？甚至有些员工不断试探我们的底线，对我们的制度毫无敬畏之心。如果真的是这样，我们就彻底失败了，也害了我们的员工。所以有时候员工犯错，不完全是员工的责任，反思一下我们作为管理者有没有摆明自己的立场？有没有不断宣导、警示、提醒？对于我们的价值观，不能留任何余地跟空间，这样我们才能打造一支志同道合、无坚不摧的团队，才能打造一支名副其实的铁军团队。杨五力，我刚才苦口婆心说了这么多，你听懂了多少？"吕重庆投以怀疑的眼神。

"我觉得，我听懂了一些，关键就是高标准、严要求。只不过，我没有做好。"杨五力低着头把话说完。

"你回去好好反省吧，希望你有所领悟！"吕重庆望着杨五力离开的背影，无可奈何地叹了口气。

"下个月初的启动大会我要参加，我要与同学们聊聊。"吕重庆看着杨九江要求道。杨九江心领神会，点头同意。

杨五力离开吕重庆的办公室后立即找到了穆易春，把她叫到一间小会议室，详细了解了事情的缘由。杨五力一方面晓之以理，另外一方面再三强调道："穆易春，我还会去为你争取机会，但是，如果争取到了机会，类似的事情绝对不可以再出现，否则我自己都会做出放弃你的决定。"

杨五力的表情极为严肃，穆易春听后频频点头。

几天之后，在杨五力的努力和杨九江的沟通下，公司对穆易春做出了书面警告的处分，并发布内部邮件通告批评。虽然处罚特别重，但是杨五力和穆易春还是松了一口气，心里的石头终于落地了，这几天两个人都没有睡好。"留得青山在，不怕没柴烧"，这是两人的共同感受。

时间很快到了10月份，10月份的启动大会在国庆假结束后的8号晚上召开。杨九江在做完9月份的总结和10月份几个团队的目标设定后，请沪苏大区总经理吕重庆上台做心得分享和工作指示。

"各位同学，我首先要说三个恭喜。为什么要恭喜大家，大家知道吗？"吕重庆别具风格的开场引起了同学们的好奇心。

"因为我们上海的业绩好呀！"老员工施日文说道。

"回答得很好,还有没有别的答案?"

"因为我们每个月都在成长,而且越来越好。"另一位老员工王美丽说道。

"回答得也很好,还有没有别的答案?"

"因为我们上海是一个特别团结、特别有爱的大家庭。"新员工方新义举手回答道。

"这个回答很好,特别棒,谢谢同学们!我想说的第一个恭喜是,恭喜大家选对了行业。有一句话叫做男怕选错行女怕什么来着?"

"女怕嫁错郎。"大家齐声回答道。

"对的,很好,是'男怕选错行女怕嫁错郎'。但是,到了现在,到了当代,我自己有个感受,就是男怕选错行,女也怕选错行。好的行业要看三点,第一个是'势',第二个是'物',第三个是'法'。'势'就是看是否是接下来的发展大趋势,'物'就是看这个行业的发展是否有足够的资源,包括人才、基础设施、资金等。'法'就是看这个行业的发展是否有足够好的政策,国家是否特别重视,是否有完善的制度和法律做保障。可以这么说,我们阿里巴巴所处的电子商务行业,目前在全球范围内是最热门、最时尚、发展最快速的一个行业。美国的 eBay,1995 年成立,1998 年就上市了,已经发展成为市值 200 亿美金的企业。中国是全球最大的市场,我相信我们以后会比美国 eBay 做的还要好。所以,我恭喜大家,恭喜大家选对了行业,这是非常幸福的一件事情,可以说,已经成功了一半。"吕重庆面带微笑环视大家。同学们报以欢快而热烈的掌声。

"我说的第二个恭喜,是恭喜大家选对了公司。好的公司至少要看三点,一看文化,二看氛围,三看发展。文化,要看这个公司是否以人为本,是否真心把员工放在特别重要的位置。有些公司,只强调客户,只强调利润,只强调发展,完全忽略了员工的方方面面。试想一下,在一家公司,所有的客户都是员工服务的;所有的利润,一分一毛,都是员工通过双手创造的;所有的项目,都是员工通过精诚合作一步步完成的。如果员工在这家公司没有科学合理的薪酬体系，没有感受到人文关怀，没有感受到被尊重、认可和鼓励，没有成长，整天闷闷不乐，试想，这些员工会好好服务客户吗？他们会真心热爱公司吗？他们会真心实意地与其他同事精诚合作吗？他们会发挥最大的潜能，去创造更好的业绩吗？所以说，一家公司，我的感受是，如果不把员工放在特别重要的位置，那客户第一就是一句空话。我们阿里巴巴是客户第一，员工第二，股东第三，我们阿里巴巴是一定做到了的！"

吕重庆说到这里，台下掌声四起。

"文化，还要看这家公司是否讲诚信，是否强调创新的基因，是否有强烈的承担社会责任的意识。不讲诚信的企业，会坑蒙拐骗客户，以次充好，以假乱真。由于不讲诚信最终失败和倒闭的企业，简直数不胜数。不强调创新基因的公司往往死气沉沉，没有激情，没有朝气，没有持续成长的决心和魄力。社会上确实有不少的企业，没有承担社会责任的意识。有承担社会责任意识的企业，在环保、法律、道德等方面都会有具体的行动和计划。他们不会为了追求利润和发展而去破坏环境，而去损害老百姓的生活和健康；他们在法律方面也会恪守国家的相关规定，比如说，无论普通员工的进出，还是管理干部的任免，都会按照职业规范来运作，而不会是江湖作风；他们会有清晰、完善、高标准的制度和行为准则，如果员工有违背诚信的行为，他们会对这些员工杀无赦，以确保整个公司的健康和纯洁。毫无疑问，我们阿里巴巴也做到了！"

台下再一次掌声如潮。

"接下来我谈谈对氛围的看法。我觉得好的氛围至少具备三个关键点，一是简单，二是开放，三是公正。简单的核心内涵，一是不能有浓郁的办公室政治，员工不会为如何站队而痛苦和烦恼。有些公司，发展大了，人数多了，就形成各种派系，大家抢山头，拉帮结派，员工必须选择站队。选择错了，可能会被排挤；不选择，一定会被排挤。这样的氛围如何做事？这样的氛围如何专注？这样的氛围如何高效？二是目的单纯，同学们相互之间的协作、支持和帮助，保持最为简单，最为单纯的目的，就是为了提升大家的能力，提升大家的业绩，提升大家的团结。三是保持简单的关系。男女同学之间不能有非正常男女关系，这是公司严厉禁止的。员工之间私下不能有利益输送，不能结成非正常利益共同体。

"接下来我说说开放，开放的核心内涵，一是办公开放，二是思想开放，三是言路开放。我发现，一家公司，独立的小办公室越多，沟通就越有问题。平常面都见不着，又哪里来的良好沟通呢？所以，我特别推崇开放办公，卓越的公司都会拆掉阻碍沟通的冷冰冰的墙。大家在同一个宽大的、开放的、透明的环境下办公，相互监督，相互鼓励，让沟通通畅，让信息通畅，让能量也通畅。

"思想开放是指不要墨守成规，不要循规蹈矩，要营造积极的创新氛围。新方法、新技能、新思路应该层出不穷，这就对了。言路开放，我想说，我们阿里巴巴的管理层，当然也包括我们的员工，要有开放的胸怀，能够听进去不同的意见和声音。氛围不好的公司在沟通方面存在'三不'现象，员工不想说，不愿说，不敢说。不想说的员工，是把工作当成作业的心态，事不关己高高挂起，属于打酱油的。不愿说的员工，是担心自己的想法和建议被拒绝，也担心自己说不好，自信心不足。这不敢说的员工，是典型的担心被打击和报复的那种。本来，给公司提建议是好心，但是如果对方不但不接受，反而打击和报复自己，那谁还敢提建议呢？所以，'三不'现象是否存在，完全取决于管理层是否营造了良好的沟通氛围，是否有畅通的沟通通道，比如公开管理层邮箱、设置管理层信箱、定期召开员工交流大会等，还要看管理层是否有足够开放的胸怀，是否可以做到'言者无罪，闻者足戒'。这些，就是我说的言路开放的内涵。"吕重庆说话掷地有声，同学们陶醉其中。

"关于公正，我就简单说一下，因为这一点大家都明白。好公司必须是公正的，一切奖罚、任免、决策都必须是有理有据、不偏不倚的。不夹杂复杂的关系，一个小组、一个团队、一个部门，原则上不能有亲属，不能有家属同在。不存有任何的歧视，不因籍贯而歧视，不因性别而歧视，不因年龄而歧视。不带任何的个性色彩，对事不对人，不是戴着有色眼镜去看人。只有公正的环境才能说服人，只有公正的环境才能激发人，也只有公正的环境才能吸引人。这一切，我很骄傲地说，我们阿里巴巴都做到了！

"好公司的第三点就是看发展，这里也有三个关键，第一看是否有完善的培训体系，第二看是否有清晰的发展路径，第三看是否有足够多的发展机会。完善的培训体系可以让自己变得有才有能，清晰的发展路径可以让自己知道下一站是哪里，足够多的发展机会可以让自己更多曝光，也更容易赢得光环。

"唠叨了这么多，我最想说的是，恭喜大家选对了公司，选对了阿里巴巴，大家是幸运的，恭喜你们！"吕重庆用恭喜的手势环绕一圈，掌声再次响起。

"我说的第三个恭喜，是恭喜大家选对了市场，就是说选对了上海。上海这座城市，我个人的感受是，在中小型外贸企业的数量以及集中度方面，与浙江和广东是不相上下的。是否是好的市场，我觉得至少要看三点，一看客户基数，二看客户消费能力，三看客户集中度。客户基数指的是在这个市场，你的潜在客户有多大的量？毫无疑问，我们的客户基数越大，转化率在保持一定水平的情况下，我们的用户就一定会越多。据统计，上海中小型外贸企业的数量有10万左右，这可是一个巨大的体量。客户消费能力，指的是你的潜在客户购买你产品的能力如何，说简单一点，能够买得起你的产品的潜在客户有多少？如果大部分客户能够接受我们产品的价格，能够买得起我们的产品，那这无疑是个好消息。相反，如果客户消费能力不行，客户基数再大也毫无意义。客户集中度，指的是在特定的区域和范围内，潜在的客户数量有多少，这与我们的工作效率有关。很简单，集中度越高，我们的工作效率就越高。因为在客户集中度比较高的地方，我们的拜访量一天可以达到8家、10家，甚至是20家。但是在客户集中度特别差的地方，有的客户之间相隔

10公里、20公里，我们一天可能只能拜访2家、3家，这是有天壤之别的。所以，客户集中度也是个非常重要的问题，那这个问题对上海来说是不存在的，我们的客户集中度是相当高的，这是很幸福的事情。所以我要恭喜大家，我们也选对了市场！

"三个恭喜我说完了，接下来，我要再分享三个关键词，分别是：平台、角色和策略。第一是平台，我们要经常思考，3～5年之后的阿里巴巴是怎样的一个平台？知名度、影响力、股价、市值、GMV（交易额）、REV（利润值）、客户数、渠道数等，这样的平台是否值得我们全身心投入？是否值得我们特别珍惜？是否会给我们带来光环？第二是角色，我们再思考一下，3～5年之后，我们在座的各位在阿里巴巴是怎样的角色？部门、职位、薪水、股票、认可度、能力、团队、成长等。第三是策略，我们继续思考，我们当下的心态可否支持实现这样的角色？我们当下的言行可否支持实现这样的角色？我们成长的速度可否支持实现这样的角色？我们是否勇于担当？我们是否真正做到了以身作则？我们跨部门合作是否优秀？……一句话，我们采取怎样的策略支持实现这样的角色？

"接下来我分享一件让我特别痛心的事情。上个月我们有同学在客户管理系统中将客户跟进记录和联系方式栏都只输入了数字1，而且数量多达几十个，我大为震惊，也特别恼火。如果我们每位同学都这样做，我们的客户管理系统还叫客户管理系统吗？不就成了垃圾场了吗？我们的责任心哪里去了？我们的主人翁精神哪里去了？我们的品质意识哪里去了？我们的管理层是否经常宣导和灌输公司的核心文化？我们是否经常收集和学习优秀的人物和事迹？我们是否定期举办价值观研讨会？各位，这些都是我关心的问题呀！"

台下鸦雀无声，吕重庆语气颇为激动，杨五力和穆易春听得汗流浃背。

"今天，最后，我只想提三个要求，那就是荣誉、责任和担当。作为大上海的一员，作为沪苏大区的一分子，我希望每一位，都要有强烈的荣誉感，要做为大区增光添彩的事情，不要做抹黑、拖后腿的事情。我们阿里巴巴的使命是让天下没有难做的生意，这是一种强烈的社会责任意识，所以我们要提高我们的责任意识。我们每个人，都有责任让这个大家庭更团结；我们每个人，都有责任让大家赚到钱；我们每个人，都有责任为实现我们的使命贡献自己的力量。所以我们要勇于担当，敢于担当，一起齐心协力让我们沪苏大区成为最卓越的一个大区。

"最后送给大家三个祝福，第一个祝福是祝福大家在阿里巴巴这个平台上都能够赚到钱，让自己的家庭过得好一些；第二个祝福是祝福大家能够成为德才兼备的人，在阿里巴巴有很好的职业发展；第三个祝福是祝福我们上海区域能够成为最团结、最具战斗力、人均产能最高的一个区域。谢谢大家！"

吕重庆向大家深深鞠了一躬，结束了自己的分享，全体同学都起身热烈地鼓掌，现场气氛高涨。

上海 10 月份的启动大会顺利结束，迎接杨五力的将是更具挑战的战斗。

[第十章]

喜忧参半的杨五力

10月份的启动大会之后,在吕重庆的激励和指导下,同学们信心倍增,斗志昂扬。

杨五力之前面试的两位新人刘令剑和王吉祥,顺利完成了百年大计的学习回到区域,正式加入战斗。刘令剑和王吉祥这两杆枪的加入,让新东方明珠团队达到了满员状态,杨五力为此喜上眉梢。他拉着两位新同学给办公室的每一位主管和每一位同学逐一作了介绍,看得出他对两位新人寄予厚望。

杨五力经过近期的积累和沉淀,在员工辅导方面有了更多的认识和心得,也下决心坚持公司的辅导16字方针:"我干你看,我说你听,你干我看,你说我听"。他要把新加入的刘令剑和王吉祥,还有9月份加入的孙森森、张喜娟,包括之前的几位老员工,都辅导和培养成又红又专,最终能够独当一面的优秀销售人员，也希望他们能够快速成长，符合条件后进入销售管理层。

杨五力在10月份做了分别陪访刘令剑和王吉祥的5整天计划，对孙森森和张喜娟再各陪访两整天，剩下的4天切割成几个半天协助老员工追过程、拿结果。杨五力在所有陪访的过程中都以身作则，一丝不苟，在业务上显示出深厚的功力；在状态上始终是激情四射，精神饱满；在心态上永远乐观积极，相信公司。所有这些，赢得了团队战友的认可和信任。因为超负荷的陪访工作量，杨五力中午都是简单的盒饭，再加上中午还要总结上午的心得感悟，他甚至没有时间喝水。对此，他从来没有抱怨过，从来没有懈怠过。东方明珠团队在杨五力的带领下，更加团结，更加自信，战斗力也更强了。

10月份，对东方明珠团队来说是个好的开始，一方面团队达到了10位战友编制满员的状态，另一方面老员工韩冬梅这个月独自做了59万的业绩，在全国进入了3甲。韩冬梅赢得了让自己的照片在阿里巴巴中国供应商团队全国客户管理系统首页循环播放的嘉奖，为东方明珠团队争了光，为上海区域添了彩，就连沪苏大区总经理吕重庆也为她鼓掌祝贺。正如区域经理杨九江在月初启动大会上所说，"10月份，我们一定是十全十美的"，结果也确实是十全十美。上海区域顺利完成了当月的业绩目标，由于韩冬梅出色的表现，再加上其他战友的努力，东方明珠团队也达到了之前制定的120万的业绩目标。上海的其他几个团队，李慧琳带领的十里洋行、程雅钦带领的钦帮战队、张巧颖带领的金牛战队、陈天瑜负责的大富翁战队也都表现不俗，完成了月初启动大会上各自预定的目标。

最让杨五力高兴的还不是业绩，而是新人刘令剑写的一篇关于杨五力陪访的心得在《阿里人》杂志上发表了，这篇文章的题目是《在路上》。内容如下：

在路上

写在前面的话：这是"百年大计"新人刘令剑的日报，记录了他的一天。阿里巴巴直销团队，每天都会通过日报和群发邮件分享自己的成长、感受和心得。淡淡的笔墨、平实的语言，却让我们看到了前线 sales 的拼搏、工作和生活，原汁原味。

在阿里，每个人都会有一些印象特别深刻的日子，在这一天，你会感受、收获很多东西，你会信心百倍地继续自己的征程。对于他，10月28日就是这样的一天。

【远处有风景】

10月28日上午，我和老大一路风驰电掣，"杀"向宝山北部的罗店镇。因为与客户约在10点见面，客户又有事情着急离开公司，可是路程遥远，时间紧张，又不巧碰到了一个不熟悉路线的司机，情况十分紧急！

我有些焦躁不安，老大却镇定自若，他发了两条短信稳住了急着离开工厂的客户。第一条，告诉客户我们已到达宝山，一刻钟后到达客户那里；第二条，告诉客户我们已到达罗店，马上到客户处。这使得客户推迟了离开工厂的时间，等待我们的到来。

这是第一个细节，由于之后与客户的交谈非常融洽，于是我们约好了下一步的合作安排。一言以蔽之：气势如虹约见面，单刀直入谈服务。

【磨刀不误砍柴工】

在赶往罗店镇的路上，我们还发现了一些新企业，由于我们不熟悉那些企业的情况，所以老大决定先找个地方查资料，利用中午这段时间做好准备工作。事实证明这个决定是非常明智的，下午拜访客户时的情况充分证明了这一点。

查找企业资料是提高拜访效率的关键，老大向我示范了这一点。在不能确定情况的时候,还可以打一个电话去了解一下,既提高了效率,又降低了成本。当然电话的说辞也是我们新人需要进一步磨炼和提高的。总之,老大的方法让我懂得了什么叫事半功倍。

【知己知彼,百战不殆】

在下午与客户的交谈中,老大对客户的同行业企业表现出了应有的熟悉程度。无论是家具、刷子,还是金属制品,老大都能如数家珍,信手拈来。企业老板的名字,企业选择的服务项目、合作期限,他就像在谈论自己的老朋友一样。这样很容易就跟客户找到了共同话题,十分自然地切入了客户的需求,又表现出了专业的水准。所以老大让整理各行业的成功客户是非常有道理的。

正所谓:知己知彼,百战不殆!

【熟能生巧】

与客户交流的技巧也很关键。老大能做到让客户主动"坦白"企业的情况,包括谁负责、谁决策、目前网络推广的情况、人员情况、推广计划、投资额度等细节,通过一次交流就能判断出我们下一步要做的推进计划。由于跟客户聊得很投缘,客户还主动提出派车送我们到下一个客户那里。

【业精于勤】

既来之,则安之。一路上看到那么多好客户,我们自然不会轻易放过。老大每看到一家新企业,都把兴奋写在脸上。对于一个销售人员来说,始终保持好的状态非常重要,这也是今天我们收获不小的重要因素。

【装备精良】

打仗需要好装备。无线上网、移动硬盘、录音笔等,在关键时刻都能派上用场,老大连手机铃声都是"网上贸易,创造奇迹——阿里巴巴"。硬件加软件，一定能攻无不克，战无不胜！

这一天风和日丽，晴空万里；这一天脚步匆匆，充实而有意义。走在郊外的小路上，心情舒畅。夕阳西下，我们踏上归途，相信再次经过时，一定会荷包鼓鼓，满载而归！

这篇文章在《阿里人》月刊上发表后，在相当程度上提高了东方明珠团队的荣誉感和凝聚力。区域经理杨九江也倍感自豪，因为这篇文章向全国阿里巴巴中国供应商团队传递了上海销售主管以身作则、身先士卒的优秀品质和作风，这也是杨九江一直想实现的目标和营造的工作氛围，而杨五力做到了。

杨五力刚刚开心了几天，就遇到了烦心事。一位在公司内部被称为"投诉专业户"的客户搞得杨五力焦头烂额，身心俱疲，她就是凯旋木业的蒋慧慧女士。

杨五力通过服务凯旋木业的夏灵玉了解到，凯旋木业是从事各种木地板、复合地板、竹地板的进出口公司，是一家贸易公司。公司老板正是蒋慧慧女士，另外该公司还有一个物流公司，从事外贸物流代理。贸易公司由蒋慧慧女士亲自管理，物流公司则由她的老公江有龙管理。凯旋木业购买阿里巴巴中国供应商产品已经有一年的时间，当时花了4万元人民币，属于中国供应商的基础产品。凯旋木业在与阿里巴巴合作半年后，就开始了频繁地投诉，每个月都要投诉两次，最近三个月更是每周都投诉。投诉的名目千奇百怪、五花八门，有时候是询盘量太少了，有时候是询盘质量太低了，有时候是客服反馈太慢了，有时候是信息通知不及时了，有时候是客服不上门或者更换太频繁了，不一而足。所以，蒋慧慧女士被阿里巴巴中国供应商VIP服务团队称为"投诉专业户"。

这几天蒋慧慧女士更是变本加厉，除了投诉，还威胁公司不赠送点广告就在媒体发文章说阿里巴巴是骗子公司。公司的中国供应商VIP服务团队已经无法解决这个问题了,因为蒋慧慧女士根本不听任何解释。服务凯旋木业的夏灵玉也是一筹莫展,每次她打电话过去,蒋慧慧女士除了抱怨,就是投诉,根本不给她说话的机会。

杨九江找到杨五力,说明了情况,让杨五力立下军令状,必须在一周之内解决这个问题,杨五力没有选择,必须执行。

杨五力深思熟虑之后决定采用三步走的策略,第一步,先通过电话破冰,留个好印象;第二步,尽快上门一次,了解全面信息,挖掘背后的隐情,赢得初步信任;第三步,高频率地进行跟进、沟通和服务,解决几个实际问题,获得客户的认可和信任,最终解决这个问题。

第二天上午,杨五力做了充分准备,拿出了自己做业务期间的最佳状态,自我激励了几声之后他拨通了蒋慧慧的手机。

"蒋姐,您好啊!我是阿里巴巴的主管杨五力,您现在说话方便吧?"杨五力现在的状态不亚于当时给中韩晨星董事长陈升久去电话时的情形。

"哎哟,搬来救兵了。没有用的,你们搬救兵也没用,你们的服务这么差,换谁来都没有用!"蒋慧慧在电话里充满了不屑和不满。

"蒋姐,您别误会,我今天联系您主要的是跟您打个招呼,这不,自我接手咱们的服务以来,这还是头一次给您打电话呢!"

"那你早干吗去了?是不是嫌弃我们是小客户啊?"蒋慧慧说话真是不客气,颇有些蛮横无理。

"蒋姐,是这样的,我这边带领的团队目前有1000多家客户,我是按顺序逐步联系、交流和拜访的。我早就了解到蒋姐您管理有方,业务做得有声有色,是一位女强人,一直想目睹您的风采呢!"

"你们阿里巴巴的人就会拍马屁,不干实事,而且人换得很勤。刚熟悉没几天,换了一个,没过几个月,又换了一个,我都懒得记你们的名字了,不知道你们能待多久,简直就是浪费我的脑细胞。你们现在那个女孩叫什么来着,夏什么来着,还有一个洋名,打了好多电话给我,我都不想接,尽来虚的，解决不了实际问题。"蒋慧慧心里有气，话里也就带着刺。

"蒋姐，您说的应该是夏灵玉，英文是Cindy，她可是我们公司特别优秀的服务人员啊！不但人长得漂亮，而且伶牙俐齿，能说会道，由她服务那是咱们凯旋木业有福气啊！"

"你拉倒吧，你们也只剩下会说了，我反映的很多问题她也没有帮我解决啊！"蒋慧慧不依不饶地发着牢骚。

"蒋姐，是这样的，我们阿里巴巴公司是把咱们凯旋木业列为VIP客户的，我们自始至终期望找到一位最适合咱们公司的服务人员，所以中间才有调整。我们期望这位服务人员不仅对行业有基本的了解，而且善于沟通，服务好，有耐心。"杨五力随机应变地解释道。

"可是，据我了解，前两位服务人员都是离职的，与你讲的中间有调整是有出入的，我感觉你这个人不是很实在呀！"蒋慧慧半信半疑地说。

"哎哟，蒋姐，您可冤枉我了。前两位我们是觉得他们的服务不够好，没有得到咱们的满意，短期内公司又没有适合他们的岗位，所以他们暂时就离开了。我们为咱们凯旋木业安排的这位Cindy，确实是公司特别优秀的一位服务人员，她的其他客户对她都特别满意，她每个月得到的满意度评分都是非常高的。所以您相信我，咱们是真真切切地希望凯旋木业得到最好的服务！"杨五力沉着冷静，应对自如地回答道。

"我看呀，你们都是一样的，你们都跟着马云学坏了，油嘴滑舌，能把稻草说成金条，关键是要把我们的效果做出来，那才是硬道理，光耍嘴皮子有啥用呢？"

"蒋姐，您今天可真是冤枉死我了，我是真心诚意，全身心地希望咱们凯旋木业能够得到好的服务，有好的效果，以后帮我们作宣传，我真的是真心实意的呀！另外我早就听说您管理有方，公司打理得井井有条，而且员工都特别喜欢您，信服您，敬畏您，所以，我早就想去取取经，也早就想目睹您和江哥的风采。正好我明天下午在四平路附近办事，离咱们凯旋木业特别近，如果您和江哥在公司的话，我顺便过去看看你们，蒋姐，您看可以吧？"杨五力看时机差不多了，准备出击。

"你要来的话得下午5点，我们要到外面办事，下午4点才回来，稳妥一点你5点来是可以的。"

"好的，没问题，蒋姐，那我就明天下午5点过去，咱们不见不散哦！"

杨五力挂断电话后，仰起头，闭上眼睛，屏住呼吸，静静地待了两分钟。然后，他嘴角上翘笑了一下。

第二天下午2点，杨五力和夏灵玉就来到了凯旋木业公司附近，两个人找了一家星巴克，各要了一份超大杯特浓拿铁，然后进行了头脑风暴，把可能出现的情况一一梳理，找出对应的策略。

下午4点45分，两人精神抖擞地迈出星巴克，大步向凯旋木业公司走去。

在前台的安排下，杨五力和夏灵玉在离前台接待桌不远的会客区坐了下来，工作人员很快送上了热腾腾的茶水。杨五力放眼环视一周，发现整个公司并不是很大，也就80平方米左右。前台接待区后面是一个独立的办公室，门关着，但不是很隔音。因为办公室的墙壁与天花板之间没有完全封闭，还有大概半米的距离，里面有两个人说话，在外面听得很清楚。办公室外面的区域是开放式的，杨五力数了一下，有15个人正在认真工作，其中5位男员工，10位女员工。杨五力心想，看来外贸这个行业的主力军还是女员工啊。会客区的正对面和开放办公区域右边的墙边是出口产品的展示货架，上面摆满了各式各样的地板样品，每一个样品上面都贴有小标签，标注了品类、规格等信息。

杨五力正在观察，办公室的门打开了，里面走出一位30岁左右的精干女子，留着一头短发，眼睛炯炯有神。这位女士长得很漂亮，柳叶弯眉，明眸皓齿，身高1.65米左右，内穿白黑相间条纹长袖圆领T恤，外穿一件黑色长款立领风衣，下身是灰色牛仔裤，颇有些飒爽英姿的味道。

"蒋总，这两位就是阿里巴巴的杨先生和夏小姐。"前台接待指向杨五力和夏灵玉介绍道。

蒋慧慧的眼神瞟了过来,将两人打量了一番,流露出一丝不屑。"哦,你们就是阿里巴巴的杨五力和夏灵玉呀,正好我们江总也在,进办公室一起聊聊吧。"蒋慧慧说完便转身先进了办公室,杨五力和夏灵玉紧随其后。

办公室不大,20平方米左右,一张实木办公桌古色古香,格外引人注目,办公桌上摆着一套茶具。一位35岁左右的男子正低头看着材料,背后一个简易书橱里零零散散地放了十多本有关管理和外贸的书籍。这位男士坐在那里明显比一般人高出一截,估计身高至少1.8米。

"江总,这两位就是我今天跟你提到的阿里巴巴的员工,一位是杨五力,一位是夏灵玉。"蒋慧慧向江有龙介绍道。

"江总好,我是阿里巴巴的主管杨五力,这位是我们的VIP服务专员夏灵玉,我早就听说江总您和蒋姐管理有方,不仅做外贸,还做物流,两家公司被你们打理得井井有条,生意兴旺。而且江总您真是玉树临风,仪表堂堂,令我想起一首诗来,叫做'雄姿英发,羽扇纶巾,谈笑间,樯橹灰飞烟灭'。蒋姐呢,是秀外慧中,气度非凡,我是羡慕万分,敬佩万分啊!"杨五力不紧不慢,抑扬顿挫地说道。

"哈哈,哈哈哈哈……"杨五力刚说完,江有龙和蒋慧慧便哈哈大笑起来。

"杨五力,你这小伙子还挺会说话的,我还从来没有这么不好意思过,你小子几句话就把我搞得面红耳赤,真是不简单呀!你是哪里人?"江有龙大声问道,神色轻松了很多。

"我是河南驻马店人,江总。"杨五力回答道。

"噢,河南的,我们公司也有两位员工是河南的,一个是郑州的,一个是开封的,都很不错,工作很勤奋。"

"江总,听说您和蒋姐是苏州的,都说'上有天堂,下有苏杭',你们俩确实与众不同,您是才貌双全,气宇轩昂,蒋姐是天生丽质,你们俩在一起真是珠联璧合,黄金搭档啊!"杨五力接连夸赞道,江有龙和蒋慧慧很是受用。

"那是一方水土养一方人，杨经理你过奖了。"蒋慧慧接着杨五力的话回应道。

"杨五力，客气话就不用说了，你们河南人工作都认真勤奋，你也不差吧？"江有龙打趣道。

"江总，您这可问对了，只是我不好意思说。"杨五力幽默地应对道。

"哈哈，你这小子，还真有意思，你这次来能帮我们做什么呢？"江有龙问道。

"我这次来主要有三个目的，一是想目睹一下江总您和蒋姐的风采，先混个面熟；二是想全面了解咱们这边目前的情况；第三点，也是最重要的一点，我想了解咱们这边对我们阿里巴巴的服务有哪些不满，我们好找出需要改进的点并制定具体的计划。"杨五力态度诚恳地答道。

"我说你们阿里巴巴的人能不能说点实在的，你们真的都跟着马云学坏了。刚开始与你们合作的时候，你们的人一个比一个会说，说阿里巴巴知名度高，影响力大，效果好，结果根本不是那样的。"蒋慧慧抱怨道。

"蒋姐，您是否方便把问题说得详细一些？我好有针对性地解决，好吗？"杨五力诚恳地问道。

"当然可以，你们阿里巴巴的询盘质量这么差，小客户这么多，而且还有很多骗样品的，你们如何改进呢？"

"蒋姐，您的意思是说咱们阿里巴巴的询盘比较多，但是询盘质量比较差；成交比较多，但是小额订单比重大；索要样品的客户比较多，但是骗取样品的客户也不少，是这个意思吗？"杨五力快速思考后回答道。

"你在跟我说绕口令吧？我都听糊涂了，大概就是这样吧。"蒋慧慧有些许不耐烦。

"那好，蒋姐，除了这些问题，您还有其他不满意的地方吗？"杨五力继续问道。

"当然有了,还有不少呢!比如你们的上门服务不够多,打电话了,才会过来。你们的服务人员对咱们的行业也不够了解,也不能给我们专业的建议和指导,对我们帮助也不大。还有,你们的服务热线老打不进去,我发了很多咨询和投诉的邮件,你们的反馈也比较慢。"蒋慧慧连珠炮似的发泄着不满。

"好的,蒋姐,我都记下了,还有其他不满意的吗?或者还有什么要求吗?"杨五力捏着记事本一丝不苟地记录着。

"其他的嘛,我想想。就是你们的价格太贵,你们的同行才不到两万块,而你们最低要4万块。4万块,我可以出国参加一个像样的展会了,而且一下子能接到不少好客户。在你们这儿每天都是接一些小鱼小虾的单子,还要投入大量的时间沟通交流,回复询盘,而且大多是肉包子打狗,有去无回呀!"蒋慧慧摇头晃脑,唉声叹气地说。

"哈哈,蒋姐,您还是很幽默的嘛。除了这个,您还有其他不满意的吗?"杨五力保持微笑,不卑不亢。

"如果我们第二年续签,你这边的价格还能优惠吗?"蒋慧慧的眼神闪出一丝刁滑。

杨五力听到这句话,好像突然顿悟了。

"蒋姐,如果你们第二年续签,这对你我来说都是一件特别好的事情。当然了,公司也会依据相关制度对咱们上海所有的客户一视同仁,公平公正。您刚才反映的问题呢,我都记下来了,一会儿我会聊聊我的观点和感受。一直以来我都听说蒋姐您和龙哥特别擅长管理,公司的人虽然不是很多,咱们的外贸公司大概20人,物流公司大概50人,但是大家对公司都特别满意,对蒋姐您和龙哥都特别尊重,特别认可,大家也都特别团结,有凝聚力。我特别想听听龙哥在这方面的心得和经验,想学习一下,不知龙哥是否愿意分享一下,教教我。说实话,我带团队正困惑呢,急需一位贵人给指指路!"杨五力说完眼神迫切地望着江有龙。

江有龙听完哈哈大笑,两只眼睛眯成一条缝,重重地向老板椅靠下去,右腿高高地翘在左腿上，右脚畅快地抖了几下，愉快地喝了一大口茶水。

"小杨你过奖了。你知道的，我们是小公司，加起来也没有超过 100 人，跟你们阿里巴巴比，那真是小巫见大巫了，摆不上桌面。但是呢，大公司有大公司的规范，小公司有小公司的灵活。如果真让我说的话，我就分享几点最重要的心得和感受吧。"江有龙谦虚了几句。

"首先一点是人文化，这里面我有几点感受。第一，我们人不多，所以我们有足够的资金搞各种各样的团建活动，平均一个人 200 元，咱们外贸公司一次活动也不超过 5000 元。咱们每个月搞一次形式灵活的团建活动，对提升大家的凝聚力，是有很大帮助的。"江有龙侃侃而谈道。

"龙哥，咱们这边都有哪些形式的团建活动呢？"杨五力表现出浓厚的兴趣。

"最常见的是聚餐、卡拉 OK，我们还有滑雪、保龄球、游泳、爬山、钓鱼、郊游等。我们变着花样玩，有专人负责策划，收集大家的意见，做最后的决策。"

"龙哥，我感觉咱们凯旋木业这边的团建活动比我们阿里巴巴的还要丰富，我真是特别羡慕啊！"

"你们阿里巴巴财大气粗，我们是小鱼小虾，微不足道，不能相提并论啊。"

"龙哥，您谦虚了，关于人文化还有哪些内容呢？"杨五力紧握签字笔，准备随时记录。

"那内容还真有不少呢！第二点是咱们的蒋总几乎每个周末都会自己下厨做几个拿手好菜，像松仁玉米、糖醋排骨、清蒸鳜鱼、黑椒牛排等，请外贸公司所有员工吃饭。有的员工厨艺不错，也会炒几个菜，大家在一起谈天说地，其乐融融，很是畅快。第三点是有员工过生日的月份，我们一定有生日聚会，大家一起为寿星唱生日歌，献上衷心的祝福，分享寿星的蛋糕。加入公司满 3 年的员工我会亲自送上一束鲜花，里面放一张卡片，上面写满大家的祝福。不少员工拿到鲜花和卡片的时候都热泪盈眶。所以,大家都很热爱这个团队。还有一点,也就是第四点,怀孕的女员工在国家规定的产假基础上,我们允许员工提前两个月休假,在家办公就可以,避免路上出什么意外,工资是足额发放的,不会克扣一分钱。所以,公司女员工对我们这一点特别满意,有些外贸公司想挖我们的人却挖不走,因为大家的心都在这里。"江有龙的脸上显出满满的自信和骄傲。

"龙哥,不是我恭维您啊!在咱们上海,做到您这样的老板,我想绝对不超过10个,您真是有格局,有胸怀啊!"杨五力高高竖起右手的大拇指称赞道。

"有句话讲,'己之所欲,先施于人',你想让员工把这里当成家,那你首先要给员工家的温暖才行啊!"江有龙无限感慨,有些动容。

"龙哥,您说的话太有道理了,我受益匪浅。除了人文化,还有其他内容吧?"杨五力专注地望着江有龙问道。

"嗯,除了人文化,我还要分享一下专业化,或者你们可以理解为正规化。第一点就是我们与所有员工签的劳动合同都是真实的。有的外贸公司为了避税或者少交社保,给员工签的都是最基本的底薪保障合同,员工的大部分工资和提成都是通过其他方式体现的,比如费用报销。而我们都是按实际工资与员工签劳动合同,不会为了少交社保而与员工签阴阳合同。

"第二点,我们绝不偷税漏税,所有的员工也都是按政策如实交纳个税。在这方面,我们心胸坦荡,每天都能睡安稳觉。第三点,如果我们发现某位员工不适合公司的发展,我们会真诚地与其交流;如果我们决定辞退某位员工,我们会按照劳动法的相关要求去办理,绝对不会像有的外贸企业那样,想方设法地给员工换岗,折磨员工,让员工自己提出离职。比如干业务的,你非要让他去做跟单,去做行政助理;再比如干技术的,你非要让他去搞销售调研,那他肯定是很难受的,没有必要做这样龌龊的事情,把公司和个人的口碑都做烂了。"江有龙胸怀坦荡地说。

"龙哥,通过您说的这几点,我能感受到您是一个为人特别正直,特别诚信,站得高看得远的人,是干大事的人,我真是佩服!还有其他的分享吗?"杨五力连续称赞,十分佩服。

"如果还要让我说的话,我就再说最后一点,就是多样化。管理手段多样化,产品分类多样化,销售市场多样化。当然啦,我说的这几点呢,都是我拿大方向,具体执行还要靠咱们蒋总。咱们蒋总,亲和力特别强,与员工打成一片,有耐心,心又细,绝对是我的左膀右臂。咱们凯旋木业能有今天的发展,蒋总绝对是功不可没,要不让咱们蒋总说两句?"江有龙笑眯眯地望着蒋慧慧。

"嗯,江总,咱们自己人就不要客气了,主要还是你管理有方,指挥得当,咱们凯旋木业才有今天。我做的都是分内的事情,而且还有很大的提升空间。"蒋慧慧一改刚才的傲慢和不屑,变得谦逊有礼起来。

"龙哥、蒋姐,你们俩都不要客气了,你们俩是典型的珠联璧合,黄金搭档,真是太让人嫉妒了!你说呢,夏灵玉?"杨五力笑着看向夏灵玉。

"龙哥、蒋姐,通过刚才的分享,我确实学到很多,接下来我对蒋姐提到的几个问题聊聊我的感受。首先是询盘数量和质量的问题,我个人的感受是,询盘的数量和质量是跟几个因素有关的,比如说关键词的设置,搜索结果页面的排序,咱们发布产品的描述,当然了,也跟买家所在的区域有关系。通常,欧美买家询盘的数量和质量都是不错的,而中东地区和非洲地区的买家质量相对差一些。如果我们的客户主要锁定在欧美地区,那我们可以考虑把中东地区和非洲地区的买家屏蔽掉,但是如果我们的产品在中东地区和非洲地区有很好的市场,也主要想开拓这些区域,那就不能放弃。我们可以通过我刚才讲的几点做一下改善,来提升询盘的质量。我们也可以通过买家询盘的内容,来判断其是否有诚意,是否需要认真回复或者尝试合作。接下来,夏灵玉会与咱们的外贸负责人详细沟通,把需要提升和改善的点一步一步落实到位,我会监督的。我相信接下来咱们询盘的数量和质量都会有提升。

"第二个问题是关于订单的数量和金额的大小。我想有一点，我们一定是达成共识的，那就是大客户也是从小客户培养起来的。换位思考，我们接到一个大的订单后，也绝不会直接全部发给一个毫不了解、还没有建立起信任的工厂。万一出现什么闪失，不仅丢了客户，更重要的是丢了自己的信誉和品牌，这就得不偿失了。国外的买家客户也是这样的思想，他们接到一个比较大的订单后，也会考虑把风险降到最低。他们很有可能把一个大订单切分成几个小订单，分发给几个不同的工厂，这样不仅降低了成本，而且还控制了风险。等到与某个或某几个外贸公司长期合作，建立起信任后，才会把一个大订单直接给这家外贸公司。不知道龙哥和蒋姐是否同意我的观点？"杨五力解释得有理有据。

江有龙和蒋慧慧对视了一眼，默契地点了点头。

"关于第三个问题，样品被骗的问题，我所了解的情况是现在大部分供应商提供样品都是有偿的，而不是所有的样品都是免费的，这已经是很早以前的思路了。咱们可以把样品当作是最小的订单，而且价格肯定要比批量的高出不少。当然啦，如果客户最终确实下了批量订单，我们可以把样品的费用从货款中扣除，等于是免费提供了样品。这种做法在我们的客户当中已经很普遍了，我们也不建议所有的样品都免费提供，那样风险很大。在一些相对落后的国家和地区，也确实存在一些素质不高的买家，他们往往通过骗取样品的方式，在当地进行零售以赚取利润。所以我刚才建议的方法可以有效规避这样的风险，也可以大幅度减少我们的损失。龙哥，蒋姐，你们觉得呢？"

"这确实是很好的建议，我们一直忽视了这个问题，我们的思想还是有些保守，我个人觉得这个建议特别好。"江有龙回答道，旁边的蒋慧慧也点头赞同。

"好的，关于服务我们以后一定会改进，每个月我们的VIP专员都会至少上门一次，与咱们的外贸负责人和团队进行详细沟通，包括但不限于关键词的优化、产品的描述、外贸团队管理的制度和技巧，以及最新的资讯和信息等。龙哥，蒋姐，你们觉得怎么样？"

"好吧，这个我们相信。再过一段时间，我们的合同就要到期了，如果我们续约的话，你这边能给我们多少折扣呢？"蒋慧慧问道。

"龙哥、蒋姐，情况是这样的，公司有统一的制度和政策，我们对所有的客户都要一碗水端平，你们知道的，外贸这个圈子也不是很大，稍微有点儿风吹草动，大家就都知道了。所以，我们一定会保证公平对待所有客户，不会特殊对待。"杨五力机灵地回答道。

"小兄弟，你怎么这么不相信我们呢？你给我们申请好的政策，我傻啊，我去跟别人说阿里巴巴给我多少多少优惠，你说呢？"蒋慧慧有点不高兴了。

"蒋姐，您说得特别有道理，我刚才的意思是，像这样的事情呢，公司有完善的流程，不是哪一个人能做主的，就是我们上海的总经理，也没有这样的权限，也得层层上报，以免全国各个区域价格不统一导致混乱。咱们换位思考，我想您一定能理解吧？"杨五力随机应变道。

"好了，小杨，你回去尽量帮我们申请吧，我相信你的能力。其实呢，我们对阿里巴巴总体是满意的，也确实成交了不少订单，虽然订单都不是很大，我想以后肯定会越来越好的。就像你说的，大客户也是小客户慢慢培养起来的，哪一个大客户也不能一下子冒这么大风险，把特别大的订单直接给我嘛，这也要我们诚信的积累，我是能接受这个观点的。所以呢，以后你们服务好一点，多联系我们，多关心我们，多给我们一些好资源，我们效果越来越好，你们不也越来越发达嘛，这就是水涨船高啊！对吧，小杨同学？"江有龙爽朗一笑。

"龙哥说得太有道理了，我们是英雄所见略同啊！所以呢，我有强烈的三个相信。我相信我们接下来的服务一定会越来越好，一定会让你们满意的。我相信我们的合作一定会越加紧密，咱们凯旋木业的生意也一定会越来越红火，阿里巴巴也会给咱们带来越来越多的订单。我相信咱们阿里巴巴一定会成为全球最卓越的公司,能够帮到更多的中小企业,实现让天下没有难做的生意。这一点我深信不疑,当然了,前提是我们先把现在的服务做好。"

杨五力的话让大家都笑了起来。

"你们阿里巴巴的人嘴上功夫都特别厉害,都是跟马云学的。不过做销售、打市场、搞管理,也确实需要这样,这一点我们也得向你们学习。好了,今天就这样了,我们接下来还有别的安排,就不奉陪了。"江有龙站起身来说道。

杨五力和夏灵玉起身告辞,两个人靠着百折不挠的精神和勇气,完美解决了凯旋木业的投诉,为12月的完美收官打了漂亮的一仗。

杨五力怀着舒畅的心情、持续的激情和顽强的斗志,以身作则,兢兢业业,带领东方明珠团队顺利完成了此前设定的目标。

2005年,虽然坎坷,但完美收官。

2006年,挑战不断,但充满希望。

[第十一章]

新经理赵智伟

2006年，对于阿里巴巴来说，注定是快速发展的一年，是由量变到质变的一年。一方面阿里巴巴的知名度和影响力不断提升；另一方面市场逐步成熟，中小外贸企业的负责人慢慢地认可了电子商务这样的模式，也意识到这是大势所趋，必须顺势而为。此外，早期通过电子商务开拓国际市场的中小企业已经尝到了甜头，也直接或间接影响了周围一批中小外贸企业。一时间，有些地区和城市甚至出现了阿里巴巴中国供应商销售人员来不及上门收款，需要雇人到工厂或者外贸公司收款的现象，这更加预示着2006年是阿里巴巴的腾飞之年。

2006年新年伊始，阿里巴巴中国供应商销售团队的各个区域都相应提拔了新主管，以应对市场爆发式的增长，少的提拔两三位，多的则达到10位以上。阿里巴巴大上海区域则一次性提拔了9位主管——提拔方宝昆为松江超人战队的主管，外聘苗四野为嘉定华野战队的主管，提拔司中华为浦东1组华夏战队的主管，提拔黄文龙为浦东2组日升昌战队的主管，提拔马正芳为市区天马战队的主管，提拔孙贤达为市区血狼战队的主管，提拔张英健为市区狼族战队的主管，提拔葛日金为宝山斗金战队的主管，提拔王云峰为金汇战队的主管。这些主管各有各的优势，各有各的特质。方宝昆有人格魅力，领导力强；苗四野管理经验丰富，冲劲十足；司中华柔中带刚，不偏不倚；黄文龙沉稳老练，领导有方；马正芳销售能力强，有激情，善总结；孙贤达善于个性化管理，使每个人都能发挥最大潜力；张英健虽然不能先知先觉，但是学习能力突出；葛日金客情维护经验丰富，平易近人；王云峰是销售冠军出身，谈判能力强，方方面面都能以身作则，口碑好，遇到与同事有客户归属冲突的时候，也喜欢主动退让，这一点与杨五力一样，有一定的大局观。

阿里巴巴中国供应商管理团队在这个时候也进行了组织架构的调整，上海区域经理杨九江由于出色的业绩和管理，被调至广东大区担任总经理，公司提升常州区域的优秀主管赵智伟担任上海的区域经理。赵智伟担任销售人员的时候，业绩就特别突出，善于思考，勤于实践，勇于创新；担任销售主管期间，善于标准化管理，设计和创造了各种管理工具，有非常好的管理理念。他的管理具有系统性、理论性和可实践性，上可开天眼，下可接地气，这一点在阿里巴巴中国供应商销售团队中是得到普遍认同的。所以公司提升他来接管上海区域大家普遍看好，而对于赵智伟来说，这也是实至名归、水到渠成的事情。

赵智伟一上任，就召集上海所有主管开了一个新年启动大会，包括东方明珠的杨五力、十里洋行的李慧琳、钦帮战队的程雅钦、金牛战队的张巧颖、超人战队的方宝昆、华野战队的苗四野、华夏战队的司中华、日升昌战队的黄文龙、天马战队的马正芳、血狼战队的孙贤达、狼族战队的张英健、斗金战队的葛日金、金汇战队的王云峰，再加上大富翁自由战队的代表陈天瑜和上海的新政委张月惜，一共16个人。大家在会议室从早上9点开始，一直战斗到晚上10点，全面梳理了上海的定位、目标和计划，期间赵智伟也进行了特别重要的心得感悟分享。

"各位同学，我今天先用三个兴奋来表达我此刻的感受。第一个兴奋是因为我能够有机会来上海，负责这个让无数人向往的、美丽的上海滩。我想到一句话，就是'梦在上海，拼在上海，家在上海'，真心期望咱们大上海的所有同学都能够通过自己的辛勤劳动在上海成家立业，拥有美好的生活，让父母放心，让家人安心。"赵智伟发自肺腑的感受和祝福瞬间赢得所有人的好感和认同，掌声响起。

"第二个兴奋是因为看到我们大上海有这么好的一个团队，有这么多优秀的管理人员，还有好几十位又红又专、根正苗红的销售人员，这是我们大上海最宝贵的财富。我觉得我特别有福气，这么多的人才，如果是我自己一步一步培养，需要好多年，所以我要感谢公司对我的信任。

"第三个兴奋是因为市场。通过我们大上海的业绩可以看出，我们的市场在逐步成熟，我们05年实现了业绩百分之百的增长。我们的客户池和潜在客户数量的绝对值，在全国绝对是数一数二的。大上海是中小外贸公司和外贸工厂的基地，土壤肥沃，这里对我们来说就是一个大金矿。就市场而言，除了浙江、广东，其他任何城市都无法与我们相提并论，这是我们在座所有人的福气，我们一定要珍惜。

"接下来我分享三个心，分别是野心、决心和恒心。野心，就是我们平常提到的企图心和梦想。我个人觉得野心有先天的，也有后天受环境影响产生的。野心到底怎么理解？我觉得可以从我们的人性去理解。人性当中最重要的一点就是显要感，也就是说，每一个人在内心深处都希望比周围的人、比自己熟悉的人更有成就，更有价值，更受别人尊重。人们可以允许一个陌生人有成就，但却无法容忍一个身边人的晋升、暴富或者取得荣誉。这是因为同一层次的人之间存在着对比，存在着名、权、利的冲突，而陌生人却不存在这方面的问题。这就是显要感在作祟。当然啦，有的人为了获得显要感，付出了难以想象的艰辛，最终获得财富和成就。也有的人，只是把自己想获得的显要感放在内心深处，心动有余，行动不足，这些人就是我平常讲的'语言的巨人，行动的矮子'，是幻想家。因此，我们要想在铁军团队中脱颖而出，获得属于自己的成就和尊重，实现自己的价值，获得显要感，就必须有成为人上人的野心。

"第二个心是决心。我个人理解的决心，是你对自己的目标愿意付出多少努力。我们看到的是，下100%决心的人与下99%决心的人，结果可能会差10倍。有100%决心的人不到最后一刻绝不会放弃。不仅在江苏、浙江、广东，也包括我们上海，我了解到很多团队在破纪录的时候，破100万，破150万，破200万，破300万纪录的时候，都是在一个月最后一天，甚至是最后一小时完成的。咱们上海东方明珠团队的杨五力主管，刚接手团队第一个月就冲破了100万的业绩，而且团队只有六杆枪，一下子就冲到了咱们沪苏大区的第二名，让人眼前一亮。我了解到杨五力在那一个月每天出去陪访，协助团队拿了不少业绩，真正做到了以身作则。杨五力带领的新东方明珠团队第一个月是在最后一小时，打车把40000元现金从浦东送到浦西江苏路招商银行，最终突破百万的。这是什么？这就是100%的决心，不到最后一刻，绝不放弃。来，我们一起为杨五力和东方明珠团队鼓个掌，谢谢大家！"

大家钦佩地看着杨五力，热烈地鼓掌。

"好，各位，谢谢。有99%决心的人到最后一天感觉没有什么希望也就放弃了，这也是我为什么说有100%决心的人和有99%决心的人，结果可能差10倍的原因。至于那些有90%、80%、70%决心的人，就更不用谈了。所以请大家一定要记住这句话：有100%决心的人和有99%决心的人，结果可能有10倍的差距。

"第三个心是恒心，我个人的理解是，你100%决心的状态能维持多久？我看到好多同学在公司的各种启动大会之后特别兴奋，但是也就过了三五天或一周就偃旗息鼓了。接下来我给大家分享两个电影片段，这两个片段均来自一部电影，叫《肖申克的救赎》。

"《肖申克的救赎》这部电影主要讲的是一位银行家安迪（Andy）被指控枪杀了妻子及其情人，最终罪名成立被判入狱，但是安迪坚持不懈，用了20年的时间在自己的监狱房间里挖了一个通道成功越狱。坚持20年，成功挖掘一个通道，这个就是我想与大家分享的'恒心'，大家觉得怎么样？"赵智伟意味深长地问道。

所有的与会人员无不啧啧赞叹。

"接下来我强调的一个关键词是工具。工具分为销售工具和管理工具，我今天在这里不提销售工具，主要强调一下管理工具。大家首先要明白主管和销售最大的区别在哪里。大家记住，销售是通过自己的努力，通过自己的双手直接拿到结果；而销售主管是通过销售人员的双手间接获得结果。正是基于这一点，我们要对销售人员作业的过程进行了解、指导和把控。很多销售主管，尤其是新任主管，不知道从哪里下手进行管理和把控，也不知道用什么方法，更谈不上利用管理工具了，想到哪儿做到哪儿，一天到晚天马行空，毫无系统性。首先，我们要关注三大方面的问题，一是我们管理什么？二是我们想实现什么样的目的和结果？三是我们通过怎样的方法和手段来实现？这些问题我建议大家学会使用一个工具——思维框架图，也就是我们常说的思维导图。大家按照面线点的思路，把所有的事项按照一定的逻辑关系梳理清楚，再做相应的计划，这样比较好。我们关注的所有大问题，都可以称之为一个面，由这个面往下分支，可以称之为线，再往下落实到很多细节和具体的事情，可以称之为点，这就是我说的面线点的思路。我举个例子，'道'一定是我们的管理大面之一，也就是我们常说的文化。其最重要的三条线是目的、内容、传承，这三个可以称之为线。由线再细分为点，目的最重要的三个点是战略、组织、个人。内容最重要的三个点是核心文化、公司理念、共同语言。传承最重要的三个点是人员、层次、工具。我这里想强调一点，就是任何一条线或一个点都可以成为一个面，再由面分成线，线分成点，或者可以理解为大面和小面、主线和支线、大点和小点。也就是说面线点不会只是三个层次的结构，这里面可能有七八个、十几个，甚至数十个层次，我这样说大家能明白吧！比如说文化传承的层次有六个，分别是知道、理解、执行、监督、考核、传承。核心文化又包括使命、愿景、价值观。那我们的管理有哪些大的面呢？我个人认为至少有六个大面，分别是道、法、人、物、能、钱。道是指公司文化，法是指公司的相关制度，人是指员工的选拔和任用，物是指资源的整合和管理，能是指提升员工的知识和技能，钱是指业绩管理。由这六个面，再细分为线，线再细分为点，我们可以画一个大大的思维框架图。我们简单思考一下，法的主线可以包括公司纬度、部门纬度、供应商纬度。人的主线，很多企业是这么分的：选择人、使用人、培育人、留住人。我自己关于人是分了六个层次，与大部分人的想法是有差异的，分别是选择人、吸引人、留住人、使用人、培育人、发展人，这部分内容以后再与大家分享。物，总体可以分为内部资源和外部资源两条主线。

"至于能，我刚才提到了，可以分为三条主线，包括知识、技能、经验。那最后一个钱，就是业绩管理，主要的三条主线可以是业绩指标、业绩结构、业绩策略。关于思维框架图我今天说了这么多，大家应该明白怎么操作了，大家还有什么问题吗？"赵智伟环视一周问道。

"我们是不是要自己画一个思维框架图，把能够想到的都罗列出来，这样可以指导我们更好地工作？"杨五力心直口快，立马问道。

"这个问题非常好，我的答案和建议也是这样的。我们确实需要抽出一定的时间，静下心来把自己的方方面面、点点线线以思维框架图的形式表现出来。这样一方面可以指导我们的工作，另一方面也可以让我们的工作更具系统性。那接下来，我给大家分享一个把控销售人员过程的工具，我把这个工具叫做七联动。也就是说，把销售人员在一天中最重要的几个动作，以不同的数字串联起来，这就是七联动。比如说，1家老客户回访，2家有效新客户拜访，30通有效电话，整理4个成功客户案例，筛选50家客户的电话资料，陌生拜访6家客户，早上进入客户管理系统捡7家其他同学开放或者系统强开的客户。我再与大家讲一下红苹果和青苹果的概念，一位销售只要当天做到一个环节，就能得到一个虚拟的红苹果，反之，就得到一个虚拟的青苹果。如果这位销售当天完成了七联动，那他就能得到七个虚拟的红苹果；如果这位销售当天没有完成七联动的任何一个环节，那他就会得到七个青苹果。我们可以设计一个表格，上面有几个不同维度的信息，比如时间、销售人员的姓名、七联动的内容、贴红苹果和青苹果的空格等，可以把这样的表格贴到每个团队的文化墙上，这样就可以做到可视化。某位销售当天得到的红苹果越多，就证明他的过程做得越扎实。相反，某位销售当天得到的青苹果越多，就证明他的过程是不能满足期望的。这样的做法也起到了相互激励和监督的作用，达到了事半功倍的效果。好，接下来就请所有的主管配合我，下定决心一起推七联动这个项目，大家有不同的意见和问题吗？"赵智伟盯着方宝昆问道。

"关于七联动的内容，所有的销售主管都要统一吗？还是说每个团队可以有自己个性化的内容设计？"超人战队的方宝昆询问道。

"方宝昆的这个问题问得特别好，关于这个问题，我有三个建议：一是七联动的内容设计我主张整个上海区域统一；二是我们在不同的阶段，为了实现阶段性的目标，可以调整和优化七联动的内容；三是七联动的决策和推进由整个上海自上而下进行。这样咱们每位销售主管手里就有一把尚方宝剑，管理起来就有一个杠杆和工具，大家意下如何？"所有主管一致赞同。

"好的，今天会议的最后还有三部分内容。一是大家头脑风暴讨论一下咱们上海区域今年的定位、目标、计划，这是整个上海区域今年最重要的内容。二是给大家提个小要求，今年的春节比较早，我要求大家在春节回家之前给各自团队队员的父母去一个电话，以表达我们对队员的认可和期望，表达咱们阿里巴巴上海公司对所有父母的问候、感谢和祝福。三是我要预告一件与培训有关的重要事项，与在座的都有关系。接下来，我们分成4个小组，一个小组4个人，利用一个小时的时间完成咱们上海区域今年的定位、目标、计划的讨论。"

大家经过激烈、充分、深入的讨论，最终确定了上海区域的年度定位、目标、计划：

一、定位：成为阿里铁军全国业绩前三名的区域。

二、目标：完成年度1.5亿的业绩。

三、计划：1.尽快招聘到90位有野心、能吃苦、善于沟通的销售精英；2.完善销售培训体系，做到月月有培训，周周有分享，一年完成12次每次一整天的销售培训；3.提高广告业绩占比，由去年的21%提高到25%；4.提高续签率，由去年的75%提高到80%；5.加强价值观的培训和宣导，每次会议必须培训价值观；6.提高会议营销、网商沙龙举办的频率和规模，把会议营销分成三个不同的规模和层次，分别是Mini、Meeting、Magic（见表2）。

表2 会议营销的三个层次

会议营销层次	会议人数规模	会议举办地点	会议相关备注
Mini 小型会议	1～5人	公司会议室	可每天举办，灵活机动，把公司资源用足。
Meeting 中型会议	20～50人	上岛咖啡VIP贵宾室	一个团队每个月一次，预算充足，定好计划，风雨无阻。
Magic 大型会议	200～500人	五星级酒店大会议室	上海区域一年两次，借助总部、客户、团队的力量，做出影响力。

"好，各位，我们顺利完成了咱们上海区域今年定位、目标、计划的讨论，谢谢大家！我们今年就严格按照刚才达成的共识，坚决执行，达到目标，有没有信心？"赵智伟志在必得地大声喊道。

"有！"所有销售主管意气风发地回应道。

"太棒了，你们真棒！第二个问题，我刚才已经提到了，今年的春节比较早，我要求大家在春节回家之前给团队所有队员的父母都去一个电话，政委会把各个团队收集上来的员工爱心小档案给你们，里面有你们所有队员的父母的联系方式。"

"今天最后一个问题，我要预告一场重要的培训，与在座的都有关系。大家都能感受到，我们阿里巴巴已经驶入了快车道，我们应该感到荣幸。我们在对的行业，在对的公司，同样也在对的方向。1月份新年伊始，我们全国几十个区域一下子提拔了数以百计的销售主管，以应对巨大的市场需求以及业绩增长的压力。公司决定让所有新晋升的销售主管按照区域集中，封闭式培训两天，时间是2月18日和19日。我们上海新晋升的主管要到杭州去培训，包括去年下半年晋升的主管杨五力和张巧颖也得去。据我了解，这次培训有四个环节：一个是我们阿里巴巴十八罗汉之一，我们的首席人力官彭蕾的分享，内容我现在不是特别清楚；二是咱们ICBU（国际事业部）副总裁李旭辉的分享，内容大概与销售主管的角色有关；三是咱们阿里巴巴首席运营官关明生关于文化的培训；四是公司安排了咱们阿里铁军全国销售冠军贺海友的分享，这个我想大家肯定是特别期待的……"赵智伟话还没有说完，大家已经激动地鼓起掌来。

"好了，既然大家都这么兴奋，那就做好一月份业绩的冲刺。良好的开局是成功的一半，我们齐心协力，战斗2006！最后我们一起呐喊三声'大上海，必胜'！"赵智伟伸出右拳，目光如电地呼道。

"大上海，必胜！大上海，必胜！大上海，必胜！"

本次销售主管启动大会圆满结束，所有的同学都热情高涨，对2006年充满了期待。

[第十二章]

彭蕾《做一名合格的阿里人》

不经意间,2006年的春节已近在眼前。杨五力为了达到赵智伟的要求,特意买了大年三十回老家河南驻马店的车票。杨五力从上海区域政委张月惜那里拿到了东方明珠团队的爱心小档案,一打开文档,惊喜不已,团队所有同学父母的联系方式和通讯地址赫然在目,甚至还包含了其父母、爱人和孩子的生日信息,杨五力对政委团队细心的工作钦佩万分。

杨五力计划专门拿出一整天的时间,来给团队所有同学的父母打拜年和祝福电话,这个时间就确定在大年三十的前一天,即1月27日。考虑再三,杨五力决定先从穆易春的父母开始,一是因为穆易春在过去一年的绩效、执行力和配合度都非常高,而且有超强的要性和团队的荣誉感,杨五力非常满意;二是因为穆易春的老家在辽宁鞍山,东北人给杨五力的感觉是豪爽、好客、直率，所以杨五力希望第一个电话能够得到充分的信心和热情。

杨五力把自己反复琢磨的问候语、祝福语和说辞又在心里面嘀咕了几遍，喝了三大口浓茶，又双手握拳呐喊了两声。反正公司此刻也没有其他人，他可以"随心所欲，为所欲为"，做各种古怪动作和鬼脸，或者吼上一段《让我一次爱个够》。这些都做完后，杨五力擦了擦额头上和手心里的汗，稳稳地坐在工位上，拨出新年第一个问候和祝福的电话。

"你好，你哪旮旯的？找谁啊？"电话那端传来了浓浓的东北口音，一位大叔洪亮的声音，传递出慈祥与和善。

"您好，是穆叔叔吗？我是阿里巴巴公司的杨五力，是您女儿穆易春的主管，这不，我打电话来给您拜年了！"杨五力虽然是在打电话，但是满脸都是灿烂的笑容，热情洋溢地问候道。

"哎哟，这怎么使得，哪能劳驾你们领导打电话过来呢？是不是我们家穆易春给你们惹麻烦了？"穆叔叔又是惊喜又是忐忑。

"这是哪儿的话，怎么可能呢。穆叔叔，我给您打电话主要是有三件事情。第一件事情是代表我们阿里巴巴上海公司给您拜年，祝您老和阿姨在新的一年身体健康，万事如意，天天开心。第二件事情是感谢您和阿姨帮我们阿里巴巴公司培养出这样一位好员工，穆易春有几个特质特别明显，比如有要性，我清楚地记得穆易春从销售助手转为销售人员后，第一个月就给自己定了明确的目标，一定要做到10万的业绩，做到金牌。最后，他克服一切困难，真的在第一个月的最后一天，到账了10万。穆叔叔，易春真的非常优秀！她的执行力特别强，配合度特别高。我平常布置的工作她都是率先完成，绝不会偷工减料，非常懂事。她还特别勤奋好学，她跟咱们全国业绩前十名的销售冠军几乎都保持着密切联系，经常能够学到特别好的方法和经验，自己做好的同时也分享给团队，特别有团队意识。穆叔叔，我们真心感谢您和阿姨帮我们阿里巴巴公司培养出了这样一位好员工，真是太感谢了，谢谢您！"杨五力诚恳地说道。

"我们也谢谢你们呀,是你们阿里巴巴的领导管理有方,教得好。以后易春若有什么做得不到位的地方,还望你们多多包涵,多多指导。"穆易春的父亲非常客气,话语中充满了感谢和感恩。

"穆叔叔您放心,我们阿里巴巴有团队合作的文化,我们会互相学习,一起成长的,您放心吧!最后一件事情就是我们想邀请您有时间到咱们阿里巴巴上海公司来参观指导,给我们提些建议。"杨五力继续说道。

"那我先谢谢你们啦,咱们东北离上海那是老远了,还真不一定有时间去。不过等易春回上海的时候,我会让她带些东北的特产——野生黑木耳,市面上很难买到真的东北野生黑木耳,给你们阿里巴巴的领导尝尝,也表示我们的感谢。"

"穆叔叔,我谢谢您的好意,不过我们阿里巴巴是有制度的,不能接受礼物,所以您千万别让易春带黑木耳过来,我不能犯错的。"杨五力一听要送东西连忙推辞道。

"哪有那么严重啊,几斤野生黑木耳也不值几个钱,这也是我的一点心意,这点面子你们还是要给我的吧!"穆易春父亲的话很真诚。

"那好吧,穆叔叔,先谢谢您了,到时候我会与我们阿里巴巴的同事一起分享。最后再次祝您和阿姨新年快乐,身体健康!"

杨五力结束了与穆易春父亲的通话,接下来,他又给其他9位同学的父母打了拜年电话。所有的拜年电话打完,杨五力觉得口干舌燥,筋疲力尽。他收拾完桌面上的东西,用清洁抹布把桌面擦了擦,清洗了喝水的杯子,然后检查了办公室所有的门窗是否关闭,所有的电源是否切断。全部确认后,杨五力提起背包,扫视一周,右手握拳喊了三声"战斗",确认公司大门关闭无误后飞奔回家,带着怀孕4个月的老婆甄少青在大年三十这天踏上了回河南驻马店老家的列车。

春节期间,杨五力少不了与东方明珠的同学互动,也给阿里巴巴上海公司的其他主管和赵智伟经理发送了祝福短信。大年初一这天,杨五力利用手机多方通话功能，和东方明珠的同学们在电话里相互拜了年，整个团队其乐融融。杨五力在过年期间，也惦记着2月18日19日新主管的培训，满怀期待。

春节过完，阿里巴巴上海公司的同学们陆续回到了工作岗位上，公司在2月6日——大年初九这天，进行了年后第一场大型启动会议，上海公司的所有同学都参加了。会议最重要的部分是各个团队的目标和士气展示，每个团队都不甘示弱，展示了十足的霸气和精气神。启动会议结束后，各个团队按照自己的计划开始了战斗。

2月17日，上海、江苏、浙江区域所有新晋升的主管和政委共计60多位同学在杭州集合，开始为期两天的新主管封闭式培训。大家拿到培训日程表后发现，培训安排与之前赵智伟经理说的一致，首先是阿里巴巴十八罗汉之一彭蕾的分享，主题是《做一名合格的阿里人》；接下来是ICBU（国际事业部）副总裁李旭辉的分享，主题是《新任销售主管的角色和职责》；再下来是首席运营官关明生的分享，主题是《阿里巴巴六脉神剑》；最后是阿里铁军全国销售冠军贺海友的分享，主题是《我是如何成为销售冠军的》。看完培训日程表，大家都感受到了公司对这次培训的重视，受到了莫大的鼓舞。

第一天上午是首席人力官彭蕾的分享，彭蕾看上去很有亲和力，温文尔雅。

"同学们，大家早上好。首先恭喜各位能够成功晋升为咱们阿里巴巴的管理人员，对你们来说，新的征程已经开始了。阿里巴巴的发展已经进入了第8个年头，经过前面7年扎实的积累，我们已经驶入了快车道。这一次，咱们阿里巴巴中国供应商团队在全国一次性提升了数百位销售主管。为了提升整个团队的战斗力，保持我们优良文化的传承，公司特别安排按照区域给新晋升的主管和政委系统化地培训一下，因此才有了这两天的安排。

"我的分享有三部分，分别是我个人的简单介绍，与淘宝相关的几个问题以及如何成为合格的阿里人。

"我先简单介绍一下自己，我是地地道道的重庆妹子，高考后进入浙江商学院学习，毕业后在浙江财经学院当了5年大学老师。1997年，我嫁给了比我高两届的师兄孙彤宇，他也是淘宝的创始人之一。当时孙彤宇结识了马云，兴致勃勃地要跟随马云去北京创业，我便毅然决然地辞掉了大学老师的工作，随夫开始了人生的另一个阶段，我也成了'随军家属'。后来，大家都知道了，马云在北京创业失败了，我和丈夫又跟随马云来到杭州。在1999年2月的时候，也就是在杭州湖畔花园马云的家中，我有幸作为'十八罗汉'之一，见证了阿里巴巴诞生的历史时刻。

"接下来我聊聊与淘宝有关的几个问题！原因是淘宝现在是大家最关注的，也是最感兴趣的话题，当然了，不是因为我与淘宝的特殊关系。

"第一个问题是事件。这个事件是2003年6月12日，美国eBay正式入主易趣，eBay投资了1.5亿美元全资控股易趣，之前是在2002年，eBay以3000万美元收购了易趣33%的股份。

"第二个问题是关注。事实上，马云一直关注着美国eBay，尤其是在eBay收购了易趣33%的股份以后，这种关注度就更高了，平常在会议中提到eBay和易趣的频率也更高了。在2002年年底，马云发现了威胁，这个威胁是宣称自己是C2C网站的易趣网上，出现了并非个人对个人的大宗交易。而就在那个时候，eBay收购易趣的风言风语已经在互联网圈内传开了。

"在马云的观念里，电子商务本来就不存在人为制造的B2B和C2C的明确界限，因为个人对个人的交易做大了，实质上与企业对企业的交易并没有本质的区别。而在2002年年底发生的这种现象，表明这个时刻真的已经来临了。再接下来就传出了eBay收购易趣的动向，我们的弦就绷得更紧了。后来就发生了马云与孙正义在东京见面的那一幕，马云与孙正义的看法是高度一致的：在亚洲，正如软银通过雅虎日本击退eBay一样，阿里巴巴也是可以击退eBay的。于是，做一个C2C网站的构想基本上就定下来了。

"最后我们聊聊如何成为一位合格的阿里人，我用几个关键词来说明这个主题。第一个关键词是'使命感'，我们阿里巴巴自始至终是一家使命感驱动的公司。这个不仅体现在我们的使命'让天下没有难做的生意'上，也不仅体现在'六脉神剑'，也就是我们的六大价值观上，更重要的是，每当我们阿里巴巴遭遇重大挑战，甚至是生死存亡的时刻，我们的使命感就会越发强烈。使命感，我个人理解有三个内涵，一是责任，二是价值，三是利益。责任是为国家、为社会、为老百姓解决实际困难和痛点，在道义上主动担当；价值是基于责任，一个企业所提供的产品和服务的综合性价比；利益是带给国家、带给社会、带给老百姓具体的好处。在2003年的非典战斗中，我们阿里巴巴的表现是最为突出的。

"关于我们阿里巴巴与非典的这场战役，我想同学们已经通过各种渠道了解了不少。非典的这场战役彰显了我们的使命感，我们坚持我们的使命绝不动摇，那就是'让天下没有难做的生意'。而且，通过这场战役，我们阿里人都明确和加强了一个价值观念，那就是我们六大价值观之一的'客户第一'，给客户的承诺，我们要矢志不渝，坚守承诺，完成托付。

"我想为大家传达三个关键点，一是我们阿里巴巴自始至终是一家使命感驱动的公司；二是客户第一是我们的核心价值观，我们必须坚守承诺，完成托付；三是具有强烈的使命感是成为合格阿里人的第一个基本条件。那成为合格阿里人的第二个基本条件是'诚信'。关于诚信，大道理我就不多讲了，我想强调的是与诚信有关的问题，公司都是零容忍，与诚信有关的问题都是公司的高压线，谁碰谁死。在我们中国供应商团队中我发现了几个案例特别痛心，这些同学都是团队和区域的销售冠军，但是出于侥幸心理违背了我们诚信的价值观，我们作出对这些同学开除决定的时候是爱恨交加，无以言表。有的同学为了保持月度销售金牌，拿自己的钱为客户垫合同款；有的同学为了获得订单，私下给外贸公司经理或总监输送回扣；有的同学为了促单收款，搞阴阳合同，欺骗客户和公司；有的同学在客户管理系统中输入虚假拜访记录；等等。这些不诚信的行为我们阿里巴巴都是零容忍的，查到一个开除一个，查到一个辞退一个，绝不手软。没有规矩，不成方圆，我们要为我们共同的伟大事业负责，我们要为我们阿里巴巴所有的员工负责，我们也要为我们阿里巴巴所有的客户负责，正道致远，所以，诚信是成为合格阿里人的第二个基本条件。

"成为合格阿里人的第三个基本条件是拥抱变化，在我们阿里巴巴，不变的永远是变化。我们强调的是超强的执行力，能够做到指哪儿打哪儿。我了解到在咱们中国供应商团队，有的同学加入公司3年，调动过4次；也有的同学加入公司5年，调动过8次。刚到一个新地方，团队刚刚培养成熟，又突然接到调令开赴其他市场开疆拓土，这样的案例不胜枚举。这里面有几个内涵，第一个是上一个台阶看问题，下一个台阶做事情；第二个是公司利益永远大于团队和个人利益；第三个是执行力也是一家公司的核心竞争力；第四个是主动创造变化，让个人和团队持续成长。所以，我们在拥抱变化方面强调五个层次，第一是适应公司的日常变化，不抱怨；第二是面对变化，理性对待，充分沟通，诚意配合；第三是对变化产生的困难和挫折，能自我调整，并正面影响和带动同事；第四是在工作中有前瞻意识，创立新方法、新思路；第五是创造变化，并带来业绩突破性的提高。这是成为合格阿里人的第三个基本条件，即拥抱变化。

"那成为合格阿里人的第四个基本条件是什么呢？答案是团队协作。在我们阿里巴巴，我们不推崇个人英雄主义，我们重视团队协作，重视教学相长，重视借力使力。'非典'这么大的挑战，如果不是我们阿里巴巴卓越的执行力和超强的团队协作精神，我想我们的结果是难以想象的。所以，在团队协作方面我们也强调五个层次，第一是积极融入团队，乐意接受同事的帮助，配合团队完成工作；第二是决策前积极发表建设性意见，充分参与团队讨论，决策后无论个人是否有异议，必须从言行上完全予以支持；第三是积极主动分享业务知识和经验，主动给予同事必要的帮助，善于利用团队的力量解决问题战胜困难；第四是善于和不同类型的同事合作，不将个人喜好带入工作中，充分体现'对事不对人'的原则；第五是有主人翁意识，积极正面地影响团队，提高团队的士气改善团队的氛围。

"好了，由于时间关系，我今天与大家就分享这么多，祝福在座所有的同学都能够在管理的岗位上一帆风顺，持续提升，都能够顺利完成今年的目标，在我们阿里巴巴的事业上每年都能迈上一个新台阶，谢谢大家！"

彭蕾的分享结束了，虽然她在分享过程中没有与大家进行互动，但是所有的同学都沉浸其中，受益匪浅。杨五力虽然加入公司已经一年多了，但是因为所有的时间都投入到了业务上，仅对彭蕾分享的内容略知一二，完全不知道阿里巴巴在战胜'非典'过程中是这样的顽强和神奇。杨五力内心涌动着骄傲，他骄傲能够在这样一家伟大的公司中学习和成长，与大家并肩战斗；他骄傲在抗击'非典'中阿里巴巴团队体现出来的阿里精神，这种精神是众志成城，这种精神是团结协作，这种精神是互助互爱；他骄傲阿里巴巴现在已经是一家全球领先的电子商务公司，最好的时代，朝阳的行业，一流的公司。杨五力心里美滋滋的，甜蜜中夹杂着庆幸。与此同时，他也暗暗下定决心，一定要严格奉行公司的价值观，绝不抱侥幸心理。这是自己一生中最重要的机会，绝不能由于贪婪而失去这次让自己功成名就的珍贵机会。他下定决心一定要把东方明珠团队带好，以身作则，全力以赴，一定要让团队的兄弟姐妹们在大上海这个寸土寸金的国际大都市活得有尊严。他下定决心一定要配合好赵智伟经理的工作，并与其他10多位主管互帮互助，一起努力让上海区域成为全国三甲的团队。

彭蕾分享结束后，也到了午饭时间，班主任通知大家去吃午饭，下午2点培训室集合。下午的课程是ICBU（国际事业部）副总裁李旭辉的分享，主题是《新任主管的角色和职责》。杨五力加入阿里巴巴公司之前，李旭辉曾经通过电话面试过他。李旭辉的思路非常清晰，往往一语中的，杨五力是领教过的。当初电话面试结束后，杨五力一度担心自己不能通过，因为李旭辉提的几个问题他觉得自己回答得并不好，幸运的是，李旭辉最终还是给自己开了绿灯。所以，杨五力与其他主管一样，期待着下午副总裁李旭辉的分享。

[第十三章]

李旭辉《新任主管的角色和职责》

"同学们好,我是 Elvis,李旭晖,公司的副总裁。首先恭喜各位能够荣升咱们中国供应商团队的销售主管和政委。我今天与大家分享三部分内容,第一部分是咱们中国供应商产品的发展历史,第二部分是咱们中国供应商团队的成长历程,第三部分是新任销售主管的角色和职责。在与大家分享第一部分内容之前,我先做个简单的自我介绍。"李旭辉是中国台湾人,说话有台湾人独特的味道。

"我是 2000 年加盟咱们阿里巴巴的,之前在一家著名的跨媒体贸易营销公司服务长达 10 年。我毕业于国立台湾海洋大学轮机工程系,学士学位。我 2000 至 2001 年担任公司的总监;2001 至 2002 年出任资深总监;2002 至 2003 年出任公司的副总裁;2004 至 2005 年晋升为公司资深副总裁;2005 年 10 月我荣幸地被委任为咱们阿里巴巴网站运营部与客户服务部资深副总裁。

"以上就是我的简单介绍，接下来我聊聊今天分享的第一部分内容，就是咱们中国供应商产品的发展历史。我想咱们部分同学是知道的，中国供应商这个产品与咱们马总在北京与中国国际电子商务中心合作期间推出的网上中国商品交易市场、网上中国技术出口交易会、中国招商、网上广交会和中国外经贸等一系列站点是有渊源的。

"由于咱们马总在中国黄页上面打响了知名度，1997年12月份，外经贸部邀请马总的团队为其开发网站，马总深思熟虑后决定北上，团队成员加上马总自己和夫人在内一共是8人。1998年10月5日，纺织品配额招标系统在中国国际电子商务网投入运行，全国首次实现了纺织品配额电子招标。当时多个部委的领导观看了电子招标开标演示，几位领导还表扬、慰问了马总及其团队。

"后来由于理念上的差异，中国国际电子商务中心方面提出要建大内网，而马总强烈反对，要求做互联网。马总想要实现的是互联网平台的核心价值——开放和共享，而对方则更希望凭借其强势的行政资源实现两个目标——垄断和控制。如果上升到企业文化的层面上说，马总想要的是自由，而对方想要的是服从。1998年年底，马总与团队决定回杭州创业，于是阿里巴巴横空出世，中国供应商产品也延续了网上中国商品交易市场、网上广交会等产品的思想和思路。以上就是咱们中国供应商产品的发展历史。

"今天我与同学们分享的第二部分内容是咱们中国供应商团队的成长历程。同学们都知道B2B、B2C、C2C是什么意思吧？"李旭辉环顾一周问道。

"B2B是企业对企业，B2C是企业对个人，C2C是个人对个人。"宁波的主管孙劲夫举手回答道。

"是的，回答得非常好，全部正确。咱们阿里巴巴是B2B的商业模式，中国供应商产品是为外贸企业提供线上线下全球推广的一种服务，我们还有另外一个产品是提供国内推广的，叫诚信通，这个大家应该都知道。中国供应商销售团队就是专门为售卖中国供应商产品而成立的销售队伍,这个还要追溯到2000年。

"2000年年初,马总就像哥伦布预言有新大陆一样,给中国算了一卦:'中国,一定会成为世界工厂!'此前的1999年年末,中国刚刚结束了一场长达数十年的'马拉松'战役。在那年的11月15日,中美双方就中国加入世贸组织(WTO)达成协议,两个大国从此正式结束了双边谈判。2001年年底,中国正式成为世贸组织成员。我们阿里巴巴从2000年10月开始,就组建了中国供应商产品销售团队,在长三角经济圈的很多城市里疯狂'扫荡'。我们为外贸企业提供线上和线下的全方位推广服务,线上为外贸企业建立虚拟展厅,就是永不落幕的广交会,线下全球范围内邮寄和发送行业手册和光盘。

"咱们中国供应商销售团队历史上的第一个客户是连云港翠苑食品有限公司,总经理叫刘青春。把第一个中国供应商产品卖出去的功臣是程雅钦,现在是上海区域钦帮战队的销售主管。刘总分享过,他说当时觉得自己被马总骗了。在2000年11月底,刘总被我们阿里巴巴的销售经理程雅钦连续3个月锲而不舍的精神打动了,最终买下了我们阿里巴巴历史上第一个'中国供应商'产品,但是签订合同之后仅几秒钟,刘总就后悔了,心想'这玩意真的有用吗?自己是不是被这帮能说会道的家伙给骗了?'不过,最后的事实证明,刘总每年向欧洲出口数百吨花菜,90%以上的客户来源于我们中国供应商产品。所以说,我们中国供应商产品实实在在、真真切切地帮到了数以万计的中小外贸企业。

"提到咱们中国供应商团队,就不得不提一个人,他就是李琪。李琪的故事我可以与大家简单分享一下。那还是马总创办中国黄页的时候,大概在1996年年初,中国黄页在招聘员工,正好那年李琪从中山大学计算机系毕业,回家乡杭州探亲,无意中看见了这场招聘会。李琪因为技术扎实、工作严谨、作风务实,立马被负责面试的中国黄页的股东之一何一兵相中,仅仅几天之后，李琪就到中国黄页来上班了。那个时候，马总没在杭州，在外地出差。李琪虽然长相不怎么帅气，也不太爱说话，但非常喜欢钻研技术，他的技术天赋很快在公司里凸显出来，迅速成长为一员干将。后来，马总去美国出差，便把李琪一起带去了。在美国，马总和李琪一起参观了中国黄页租用的服务器，并去了硅谷考察，参观了雅虎公司，接触到了许多国内没有的新玩意儿、新技术。从美国回到杭州后，李琪立即着手建设中国黄页自己的网站和服务器，并很快做出了中国黄页自成立以来自主开发的第一个页面，可以说，在中国黄页，李琪不仅是技术骨干，而且是大功臣。

"可惜的是，后来马总与中国黄页的合作方杭州电信发生了矛盾，马总决定离开中国黄页，带领一部分骨干北上与国家外经贸部合作。而李琪由于家庭原因没有跟随马总去北京，后来创办了杭州伟业网络技术有限公司，担任法人代表和CEO，这家公司主要做互联网通讯软件，主要业务是网络传真。马总带领团队回杭州创立阿里巴巴后，2000年互联网泡沫破灭，公司急需一个能够产生现金流的产品，自己必须能够造血，而且，这个部门必须要有一位出色的领军人物，打造一支过硬的销售团队，于是，中国供应商产品和诚信通产品应运而生。当时，李琪在杭州伟业已经磨炼出了一支能打硬仗的销售团队，这支团队里有俞朝阳、雷必群、方大新等，陆兆禧则是当时伟业公司的广州代理商。"

李旭晖刚说完，下面惊呼声一片。

"所以说，大家可以感受到李琪打磨的这支销售团队有多么强大了吧！为了能够得到李琪及其团队，并让李琪加入阿里巴巴后负责中国供应商团队，咱们阿里巴巴就收购了杭州伟业公司。2000年年初，李琪以技术副总裁的身份加入阿里巴巴公司，就负责中国供应商团队。2000年，大批大批的互联网企业倒闭，在我们阿里巴巴生死存亡的时刻，李琪带领中国供应商团队成为了公司最大的奶牛。2002年我们收支平衡，赚了1块钱；2003年我们每天销售额100万；2004年我们每天赢利100万；到了2005年，就是去年，我们做到了每天纳税100万。这是个奇迹，尤其是2002年、2003年，大量中小互联网企业没能挺过互联网泡沫的破灭，或倒闭，或裁员，但是我们阿里巴巴反而逆势做到了赢利，这真是一个奇迹！这与中国供应商和诚信通团队的奋斗是密不可分的，这其中，李琪战功显赫，功德无量。

"好了，同学们，前面的内容算是与大家开个场、破个冰，下面我们正式进入今天的分享主题《新任主管的角色和职责》。我先与大家分享三个现象：第一个现象是Topsales往往成不了Top主管，这个我想大家都看到活生生的案例；第二个现象是新任主管刚开始往往都是大Sales和消防员，这个与思维惯性和角色转换有关；第三个现象是新任主管对业绩的苛求远远大于对团队梦想的激发和技能的提升，这个与团队长远的目标和规划息息相关。那关键问题是为什么会出现这三个现象？这就是我们今天要探讨的话题。

"我下面与大家分享一个故事，这个故事叫《宓子贱对话巫马期》：春秋时期，鲁国的单父县县长缺位，于是鲁国的国君请孔子推荐一位学生，孔子推荐了巫马期。巫马期上任后工作十分努力，废寝忘食，兢兢业业工作了一年，单父县大治。不过，巫马期却因为长期劳累过度病倒了，于是孔子推荐了另外一位学生宓子贱。宓子贱弹着琴、唱着小曲就来到了单父县，他在官署后院建了一个琴台，终日鸣琴，身不下堂，日子过得很滋润，一年下来单父县同样大治。后来，巫马期很想和宓子贱交流一下工作心得，于是他找到宓子贱。巫马期羡慕地握着宓子贱的手说：'你比我强，你有个好身体啊，前途无量！看来我要被自己的病耽误了。'宓子贱听完巫马期的话，摇了摇头说：'我们的差别不在身体上，而在工作方法上。你做工作靠的是自己的努力，可是事业那么大，事情那么多，个人力量毕竟有限，努力的结果只能是勉强支撑，最终伤害的是自己的身体。而我用的方法是调动能人给自己做工作。事业越大，可调动的能人就越多；调动的能人越多，事业就越大，于是工作越做越轻松。'大家听完这个故事，是不是有一些感悟呢？哪位同学可以分享一下？"李旭晖笑眯眯地望着大家问道。

杨五力立马举手应道："这个故事我有三点感受。第一点感受是，作为主管，不应该始终冲在第一线，要给自己留出学习和成长的时间；第二点感受是，要善于发现和培养优秀的人才，这样团队的力量才会不断壮大；第三点感受是，销售主管要有一个强健的身体，这样才能长期为组织作贡献。"

"这位同学说得很好，还有其他同学要发言吗？"李旭晖继续问道。

宁波的政委徐娜娜举手示意，说道："作为管理者，工作的重点在于管理，而不是一线的执行，更不是代替下属做工作。管理应该做关于计划、组织、领导、控制和协调的事情，当然还包括团队的文化建设。"

"这位女同学非常专业啊，真棒！"其他主管和政委也鼓掌表示赞同。

"好的，我想在座的同学各自都有不同的感受，那今天这个主题我就分四大模块与大家做深入分享。这四大模块分别是：一、主管的价值定位与管理技能；二、团队的目标管理；三、授权和督导；四、教导技巧。有两个问题需要大家按照小组讨论10分钟，然后每个小组长汇报讨论结果。一个问题是到底什么叫管理？另外一个问题是销售主管应该扮演哪些角色？最重要的角色是什么？大家可以开始讨论了。"

经过10分钟热火朝天的讨论，各个小组长汇报了各小组的讨论结果。

"谢谢各位小组长的汇报，我们来做个总结。管理的核心内涵是管人和理事，管人在先，理事在后。也就是说，管人如果做得好，事情自然理得顺，反之，就会事倍功半。因为在组织中，人一定是最重要的因素。那又怎样把管人做好呢？答案是神形兼备，内外兼修。一定要在思想、精神、理念、价值观上达成绝对的一致，这就是我们经常说的志同道合。至于主管应该扮演哪些角色，最重要的角色是什么，这里有好几十个答案。我个人的心得是，辅导员和教练一定是最重要的角色，辅导员的关键点是知识和技能的提升，而教练则在于自我认知和自我激发。前者解决能力问题，后者解决意愿问题，两者相得益彰，相辅相成，事半功倍。

"这个主题第一个模块的内容是主管的价值定位与管理技能，主要涉及6

个问题：1. 主管所面对的管理挑战；2. 创造主管价值的四个角色；3. 主管的任务与基本心态；4. 主管需具备的核心技能；5. 如何成为杰出的主管；6. 主管的工作方式。关于第一个问题——主管所面对的管理挑战，我个人观察和总结下来，主要存在以下几个重点：

"第一个是工作目标不明确或经常变动。这里面有几个内涵，一是不知道，就是自己和团队根本就不知道工作的目标是什么；二是不清晰，知道了目标，但是没有足够维度信息的说明和展示，比如缺少具体数据、时间、衡量标准或者具体人物分工等；三是常变动，知道了清晰的目标，但是由于主管不够坚定，信心不足，短期没有达成阶段性的目标，就恐慌性地不断调低目标，导致自己和团队萎靡不振，自信心下降。

"第二个是不能有效要求团队贯彻自己的命令。这里面也有几个内涵，一是团队对主管还没有充分接受和认可；二是团队对主管的决定和命令表面认可，内心抗拒，这就是我们常说的阳奉阴违；三是整个团队的向心力和凝聚力存在问题，必须全面进行团队建设。

"第三个重点是工作很忙但效率低质量不佳。这里面也有几个内涵，一是过程漂亮，结果垃圾，这是方法和策略的问题；二是主管授权和分工做得不够，没有利用好团队的力量；三是管理工具没有用到极致，工作流程标准化存在需要改善的地方。以上是我针对第一个问题的简单总结，需要大家认真思考，对照自己的情况找出提升的方法。

"第一个模块的第二个问题是创造主管价值的四个角色，我们从两个维度、四个类别来看。两个维度是'时'和'物'，'时'分为长期和短期，'物'分为对人和对事，这样我们就可以得出下面的四宫格（见图3）。

"从这个四宫格我们可以看到，从短期和对事来说，我们主管的角色是绩效创造者，我们必须为公司创造业绩和利润，这是个人、团队、公司的生存之本。从短期和对人来说，我们主管的角色是激励教导者，刚才我们说的辅导员和教练可以归属这个模块。对于激励教导者这个角色来说，我们要实现

	长期		
对事	④ 变革管理者	③ 文化塑造者	对人
	① 绩效创造者	② 激励教导者	
	短期		

图 3 创造主管价值的四个角色

四个层次的目标，一是让员工想做，二是让员工能做，三是让员工做好，四是让员工做优。让员工想做，关键点是梦想、意愿和目标；让员工能做，关键点是知识、技能和方法；让员工做好，关键点是过程、数据和资源；让员工做优，关键点是文化、氛围和环境。从长期和对人的角度来说，我们主管的角色是文化塑造者，关键点是坚定使命、相信愿景、执行价值观。通过价值观案例、优秀事迹讨论会、各种资源和工具等把公司文化穿插、渗透其中，滴水穿石，铁杵磨针。从长期和对事的角度来说，我们主管的角色是变革管理者，关键点是创新、产品和模式。当然，作为新任主管，这个角色暂时不要考虑太多，我们只要做些务实又可行的创新和变化就好。比如，有些主管在会议营销方面特别有创新精神，也取得了很好的结果；有些主管在续签的思路上有创新，别人只谈一年的续签，而他全部推广两年的续签方案，对客户、对自己都是双赢，团队的业绩也自然是同区域其他团队的 2～3 倍。以上内容就是创造主管价值的四个角色，大家好好体会一下（见表3）。

表 3 激励教导员工的四个层次

第四层次：让员工做优。关键点：文化、环境和氛围。
第三层次：让员工做好。关键点：过程、数据和资源。
第二层次：让员工能做。关键点：知识、技能和方法。
第一层次：让员工想做。关键点：梦想、意愿和目标。

"这个模块的其他几个重点问题我点到为止，如果全部展开，时间肯定不够。第三个重点是主管的任务和基本心态。主管的任务包括：1. 绩效管理；2. 计划控制；3. 解决问题；4. 有效沟通；5. 激励员工；6. 培育人才；7. 工作改善。基本的心态有六点：1. 达成意愿的决心；2. 突破现状的信心；3. 理念和使命感；4. 效率意识；5. 一份工作两份回报；6. 良好的判断。第四个重点，主管必须具备的核心技能，我用四个'力'来表达，分别是团队领导力、主动沟通力、目标管理力、部署指导力。团队领导力的关键点是决策、组织和激发；主动沟通力的关键点是主动、倾听和反馈；目标管理力的关键点是定目标、追过程、拿结果；部署指导力的关键点是授权、分配和信任（见表4）。

表4 主管必须具备的四个核心技能

部署指导力	关键点：授权、分配和信任。
目标管理力	关键点：定目标、追过程、拿结果。
主动沟通力	关键点：主动、倾听和反馈。
团队领导力	关键点：决策、组织和激发。

"第五个重点是主管的工作方式，这部分内容我用'五到'来表示，一是身到，二是眼到，三是口到，四是手到，五是心到。身到的核心内涵是亲临一线，了解和洞察需求，积极融入，与团队有歌一起唱，有舞一起跳，有书一起读；眼到的核心内涵是察言观色，看气氛，看环境，看精神；口到的核心内涵是嘘寒问暖，提出问题，了解心境；手到的核心内涵是记录关键信息，表扬竖起大拇指，鼓励用手拍拍肩，握手表达很信任；心到的核心内涵是用心感悟，真心关怀，传递爱心（见表5）。

表 5　优秀主管以身作则之"五到"

身到	亲临一线，了解和洞察需求，积极融入，与团队有歌一起唱，有舞一起跳，有书一起读。
眼到	察言观色，看气氛，看环境，看精神。
口到	嘘寒问暖，提出问题，了解心境。
手到	记录关键信息，表扬竖起大拇指，鼓励用手拍拍肩，握手表达很信任。
心到	用心感悟，真心关怀，传递爱心。

"以上就是第一个模块的内容，接下来是第二个模块，主题是目标管理。其实这个模块，我想各位的区域经理已经反复强调过，是老生常谈的内容，我就分享几个关键点。一是关于目标管理的内涵，这个内涵其实就是通过目标的设定、计划、执行、考核等来改善员工和团队的绩效，与此同时，关注员工的能力、心态和发展。

"第二是关于'PDCA'工具的使用。'PDCA'我们常称之为'戴明环'，几个英文字母的内涵分别如下：P 是计划（Plan）、D 是执行（Do）、C 是检查（Check）、A 是调整（Action）。原本的内涵是在质量管理活动中，把各项工作按照制订计划、执行计划、检查实施效果依次进行，然后将成功的纳入标准，不足的进行改良和优化，在下一个循环中解决。这个工具在我们销售管理中非常好用，我们可以当做目标管理的工具，'PDCA'可以分别理解为：目标设定、行动展开、绩效考核和绩效改善（见图 4）。

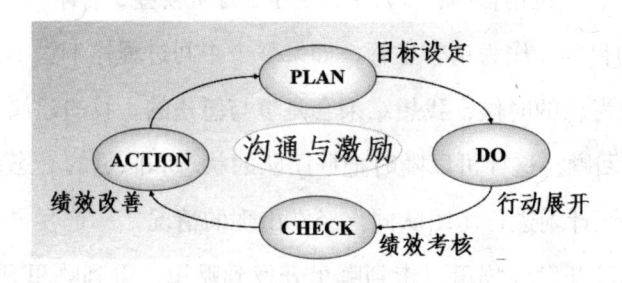

图 4　目标管理之 PDCA

"在我们销售管理中，P计划（Plan），也就是我们说的目标设定，必须包括几个维度的信息，后面我会提到SMART，也有相关的信息。几个维度的信息至少包括时间、数量或金额，再或者是比率，比如3月份，新签5个客户，销售金额40万，续签率85%。D执行（Do），这个环节要注意氛围的营造，我们要做好早启动、晚效率。早启动提升大家的精气神和信心，明确每个人当天的目标；晚效率的高低直接决定第二天过程的好坏。氛围的营造，我觉得诚信通团队就做得很好，只要哪一位同学的合同款到账了，不管多少，主管都扯着嗓子吼一声，'张三同学到账2800，李四同学到账5400'，然后团队的每一位同学都一起摇晃着类似拨浪鼓的东西表示庆祝和恭喜，气氛很好。你们再看，诚信通团队每一位同学的桌子上都摆放着富贵竹、绿萝等寓意富贵的摆件，办公区有各种发财树。你到了诚信通团队，就好像到了一个小森林，简直就是绿色的海洋。咱们中供也有一个做法很不错，就是在办公区挂一个大大的铜锣，哪位同学当天签单收款了，主管在晚上就举行一个'敲锣仪式'，让那位签单收款的同学重重地敲一下那个铜锣，让铜锣发出哐啷哐啷的清脆声音。如果这位同学当天签单收款两笔，就重重地敲两下，签单收款几笔，就敲几下，其他同学围在旁边报以热烈的掌声和欢呼声以示祝贺。

"C检查（Check），关键点是目标设定完成，开始执行之后，到时间节点之前，要定期做总结回顾，以发现不足和落后的地方。

"试想一下，一位销售同仁3月1日定了3月份要签5个客户、收款40万、续签率85%的目标。作为销售主管，如果整个中间过程你不管不问，到3月31日你做绩效考核的时候，我想结果会是事与愿违的。我的建议是，一周大回顾，一天小回顾，这样可以随时把握团队的状态和队员的心态，以及各种数据是否在按照计划进行。团队同仁经常出现的情况，一是客户开发方向不明确，想到哪里开发到哪里，走到哪里开发到哪里，看到哪里开发到哪里，漫无目的。二是当天晚上为第二天准备的电话筛选资料往往以少充多，以次充好，蒙混过关，抱有侥幸心理，主管有时候说两句还不服气，但业绩却往往是最差的。三是 AB 类客户积累的速度特别慢，有的同仁一个月也积累不了 3 家 AB 类客户，这个问题很可能出现在客户开发的策略上，行业纵深开发不够。有的 Topsales 一个月就能开发 10 家以上 AB 类客户，而且行业纵深开发特别强。像在服装、文具、礼品、纺织品、汽配、玩具、工艺品等行业，有的同仁每个月都能签下几家同行业的客户，这就是行业纵深开发。销售主管需要引导团队，在目标和计划设定中就应该予以明确。四是有些同仁不会利用促销资源，前面没有任何包装和铺垫，就直接利用促销资源去逼单，这样做毫无疑问是事倍功半的，客户也很容易被逼死。五是，有的同仁不敢逼单，不敢提出签单要求，尤其是新员工，经验不足，信心不够，主管应及时发现，适当地协助其拿到结果。

"A 调整（Action），我们可以理解为绩效改善，就是找出亮点与不足，亮点是否可以形成标准继续提高？不足的部分如何改善？在数量、质量、时间、方法、策略、技能上面是否可以做到改变和优化？然后再形成新一轮的'PDCA'，如此反复下去就可以实现绩效的持续提升。

"说完'PDCA'，我跟大家说一下'SMART'（见表 6）和'5W3H'，这个在我们制定目标和计划中要用到。'SMART'的内容是：S 是 Specific，意思是具体明确的；M 是 Measurable，意思是能够衡量的；A 是 Achievable，意思是可以达到的；R 是 Relevant，意思是相互关联的；T 是 Time-Bound，意思是设定期限的。也就是说，一个合格、科学的目标需要符合以上 5 个原则。

表 6　目标设定之 SMART 原则

S	Specific，具体明确的
M	Measurable，能够衡量的
A	Achievable，可以达到的
R	Relevant，相互关联的
T	Time-Bound，设定期限的

"接下来说一下'5W3H',也叫'八何分析法'(见表7),这个工具在解决计划结构、进行客户分析和市场分析上,是非常好用的。5W分别是What做什么,Why为什么做,When何时完成,Who谁来做,Where在哪里做。3H分别是How如何做,How much做多少,How feel结果预测。'Smart'和'5W3H'我就不做展开了,大家各自的区域经理一定隔三岔五就会提起。

表7 5W3H 八何分析法

5W	What 做什么,Why 为什么做,When 何时完成,Who 谁来做,Where 在哪里做。
3H	How 如何做,How much 做多少,How feel 结果预测。

"第三个模块的主题是授权督导。这里首先强调三个关键点:一是管理是通过他人来完成工作的;二是主管最大的价值是激发每个部属最大的潜能;三是善用部属优点是授权的关键。其次分享一下主管授权的六个层次,分别是:

Level 1. 由主管指挥,分派下属工作　　　　（执行式授权）
Level 2. 赋予部属权力,但要加强训练其能力　（培训式授权）
Level 3. 赋予部属权力,有时需要检查及指导　（指导式授权）
Level 4. 赋予部属权力,但要注意激励　　　　（激励式授权）
Level 5. 充分授权,及时提示,给出报告　　　（回顾式授权）
Level 6. 对团队授权,鼓励其自主运作　　　　（开放式授权）

"以上授权的六个层次与以下不同纬度的信息有关,包括事项的紧急重要性、简单复杂性、难度高低性。对于部属来说,以上授权的六个层次与部属的能力、经验、特长、绩效、品德、影响力等不无关系。作为主管,在授权的时候，需要把握不同层次与不同纬度信息的对应和匹配。

"同时，我们也可以看出，授权的六个层次由低到高，被授权的人或者团队的自主权也是同步由低到高的。最低的授权层次是执行式授权，被授权的人或者团队只有执行授权事项的权利，而没有任何自主权和决策权。最高的授权层次是开放式授权，被授权的人或者团队不仅有执行授权事项的权利，而且享有与该授权项目相关的所有自主权和决策权。

"可以授权的几项工作内容与大家交流一下，包括新员工的培训、会议沙龙的举办、团队活动的安排、中餐晚餐的预定、行业成功客户案例的收集等，大家要因材施教，因材授权。

"今天分享的最后一个模块的主题是教导技巧，同样，这部分内容在各个区域也是被反复提及的。首先强调两点，一是做永动机，不做飞轮。这句话的内涵是，通过我们主管对部属的辅导和教导，让部属寻找和挖掘到令自己取之不尽用之不竭的原动力，成为永动机，而不是飞轮，一旦没有外力作用，没有人跟进，没有人督促，没有人激励，就成了算盘珠子，在那儿一动不动。二是了解部属，因材施教。我们把所有的部属按照两个维度分成四宫格，两个维度分别是工作能力和工作意愿，这样我们就得到了下面的四宫格（见图5）。

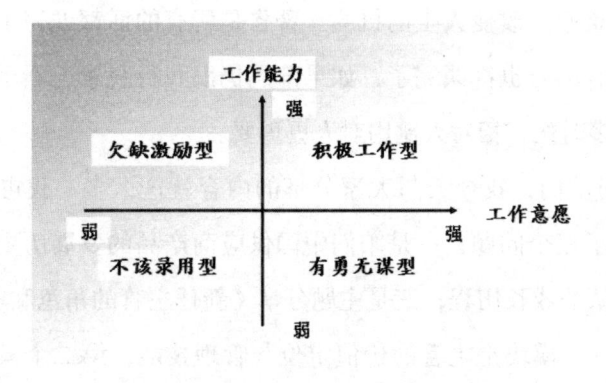

图5 工作能力和工作意愿的四宫格

"从四宫格我们可以看出，工作能力强工作意愿也强的部属属于积极工作型，这个象限的部属，我们主管的工作重点是授权、方向、对标。授权其承担团队更多、更重要的任务和职责；为其指明方向，指明下一个目标具体是什么；在大区或者全国帮其找一位对标人物，这个对标人物一定是大区或全国前10到前3的人，激励这些部属在一定的时间内接近或赶超对标人物。工作意愿强但工作能力弱的部属属于有勇无谋型，这个象限的部属，我们主管的工作重点是指导、引导、教导。指导具体的工作流程和销售技巧；引导业绩倍增的思路和策略；教导其自我发现和自我觉醒，使之成为善于总结和创新，不断成长的有勇有谋的部属。工作能力强但工作意愿弱的部属属于欠缺激励型，这个象限的部属，我们主管的工作重点是鼓励、参与、协作。鼓励的重点是激发部属的梦想和企图心，不断描绘和强调咱们阿里巴巴的使命和愿景，以及我们所承担的社会责任，还有我们有可能获得的荣耀和成就。最后工作能力弱工作意愿也弱的部属属于不该录用型，这个象限的部属，我们主管的工作重点是疏导、解释、警告。疏导是了解和确认部属的职业规划，如果我们阿里巴巴是符合其职业规划的，那他还能找到比阿里巴巴更优秀的公司吗？现在不努力，还要等到什么时候？解释是说清楚我们的商业模式、竞争优势、工作形式，让部属认识到眼下就是幸福，眼下就是巨大的机遇，眼下就是千载难逢的改变人生的机会。警告是所有的话都说完了，所有的努力都做了，所有的心也都谈完了，如果部属仍旧我行我素、不思进取，那就果断辞退。很多时候，招对人比用对人更重要。

"好了，同学们，我今天与大家分享的内容就这么多。我再简单总结一下，我主要谈了三个问题：一是咱们中国供应商产品的发展历史；二是咱们中国供应商团队的成长历程；三是主题分享《新任主管的角色和职责》，包含4个模块，第一个模块是主管的价值定位与管理技能，第二个模块是目标管理，第三个模块是授权督导，最后一个模块是教导技巧。同学们，我希望今天分享的内容，大家能认真思考，逐步吸收，慢慢领悟，也再次恭喜各位能够成为咱们中供团队的管理干部，祝大家生意兴隆，鹏程万里，谢谢。"

　　李旭辉的分享，让所有的新任主管和政委对中国供应商产品的发展历史、中国供应商团队的成长历程以及新任主管的角色和职责有了进一步的认知和理解。

　　一天的培训课程结束了，信息量很大，大家都觉得收获颇多。

　　明天分享的两位重要嘉宾，一位是首席运营官关明生，他分享的主题是《阿里巴巴六脉神剑》；一位是中供全国的销售冠军贺海友，他分享的主题是《我是如何成为销售冠军的》。

　　同学们翘首以盼。

[第十四章]

关明生《阿里巴巴六脉神剑》

"同学们好，我是Savio，关明生。"

伴随着浑厚而富有磁性的声音，关明生开始了第二天上午的分享。

"同学们，我今天分享的主题是《阿里巴巴六脉神剑》，主要是关于咱们阿里巴巴文化体系建设的内容，我先从三个'BTOC'说起。

"在分享三个'BTOC'之前，我做个简单的自我介绍。我1969年毕业于英国剑桥郡工业学院，之后获得拉夫伯勒科技大学和伦敦商学院的工程学和科学硕士学位。然后，我开始了长达25年的国际企业管理职业生涯：先是在美国通用电气公司工作了15年，我把该公司的医疗器械在中国的销售收入从零提升至7000万美元；随后，我又在财富500强企业BTR PLC及Invensys PLC担任中国区总裁；我加入咱们阿里巴巴是在2001年1月份，担任首席运营官。

"下面我聊聊三个'BTOC'到底是怎么回事。1999年10月,由美国高盛牵头,包括富达投资、瑞典Invest AB和新加坡的政府科技发展基金在内的一批投资机构,联合给我们阿里巴巴注入了首期500万美元的风险投资。这是马总拒绝了38家风险投资商之后,阿里巴巴发展史上的第一笔天使投资。紧接着,短短几个月之后,日本软银的孙正义给我们阿里巴巴投资了2000万美元,于是公司开始了全球的冒进之路,开始了在全球跑马圈地的疯狂扩张。公司在日本、韩国建立合资公司,在美国建立研发中心,在欧洲设立办事处,在香港建立总部……2000年3月中旬,美国纳斯达克综合指数开始暴跌,连续3天暴跌100点以上。随着纳斯达克的崩盘,中国互联网企业普遍受到严重打击。

"2000年10月的头三天,马总率领公司高管,在西湖的西子宾馆召开了一次闭门会议,对公司的战略和发展方向进行了一系列的重大调整。后来,这次事关公司生死存亡的会议,在公司内部被称作'西湖会议'。就是在这次'西湖会议'上,马总和公司的决策层作出了三个'BTOC'的战略决定,这三个'BTOC'的内涵分别是:Back To China(回到中国)、Back To Coast(回到沿海)、Back To Center(回到中心)。'Back To China'是要全面收缩战线,撤站、裁员;'Back To Coast',是指将公司业务重心放在沿海六省;'Back To Center'是指回到杭州总部。

"可以说,我是受任于败军之际,奉命于危难之间!我在2001年1月6号飞到杭州,两天之后的1月8号,便正式走马上任了。上任后的当天,我问首席财务官Joe蔡'我们的账上还有多少钱?'Joe很坦率地说,'还剩不到700万美元,如果按照现在的'烧'法,能不能维持半年都是个问题。'听到这个回答,我心里就有数了,必须立即节流,即收缩、裁员、节约开支。

"裁员我们先从大本营——杭州开始,当时,在杭州的英文网站,有一个三十来岁的比利时员工,拿着高达6位数(美元)的年薪。尽管他很敬业,但这个价码,对于大多数月薪两三千元的杭州本土员工来说,实在是个难以望其项背的天文数字。于是,我找他谈话,开门见山地告诉他,'我们阿里巴巴已经付不起你的工资了,如果你要继续留下来也可以,薪水必须减半,作为补偿,你在公司的股份可以提升三倍'。但最终,这个比利时小伙子没能接受,眼泪哗哗地离开了。

"就这样,在公司生死攸关的特殊时期,我们为公司做了瘦身大手术,目的就是要让公司熬过那个互联网最寒冷的冬天,哪怕是跪着,也要熬过去,这是源于公司最强烈的使命感——让天下没有难做的生意。

"好,以上就是关于三个'BTOC'的故事。说完三个'BTOC',我们再聊聊'三大运动'。'三大运动'分别是'延安整风运动''抗日军政大学'和'南泥湾大生产'。

"从2000年下半年到2001年年底,大裁员之后的我们并不是无所作为。马总说,从2000年下半年到2001年西湖论剑,我们做了三件大事:'延安整风运动'、'抗日军政大学'和'南泥湾开荒'。

"下面就先说说'延安整风运动'。何为'延安整风运动'?用马总的话概括就是统一思想,灌输价值观。什么是阿里巴巴共同的目标?要做80年持续发展的企业,成为世界十大网站之一,只要是商人都要用阿里巴巴。我们告诉员工,如果认为我们是疯子请你离开,如果你专等上市请你离开。因为我们要做80年的企业,使大家浮躁的心一下子静下来了,这时候我们有一些员工离开了。

"好,以上就是'延安整风运动'的情况,下面再聊聊何为'抗日军政大学'。我们阿里巴巴的'抗日军政大学'是名为'百年大计'和'百年阿里'的两个培训班,阿里巴巴要在三年之内培养出一批人才。人是最关键的产品,所以,我们要在三年内带出我们的队伍。我们盼望着三年内培养出最优秀的互联网员工。

"我觉得想要把公司系统做出来,培训很关键。2001年4月我们开始培训,当时公司真没几个钱,但对培训的投入很大,先培训主管,然后是中层、高层。培训课程是请外面专业公司设计的,我和马总参与,孙彤宇和彭蕾也参与了,18个创始人都去听课。

"销售人员不能招进来就去卖产品,于是我们做了一件很重要的事,就是办销售培训班,自己办!后来李琪把它改名为'百年大计'。厦门、青岛、深圳、宁波、上海、北京各个办事处的人都到杭州接受一个月的培训,工资800元,包吃包住。我和马总主讲价值观、方向;彭蕾讲阿里巴巴的历史;李琪、金建杭、张英都去讲;李旭辉和孙彤宇讲产品和销售技巧。培训课程基本上是一半讲价值观,一半讲销售技巧。通过培训,员工了解了阿里巴巴的使命、愿景和价值观,了解了公司的历史,信心大幅提升。2001年10月底,第一届'百年大计'培训班的学员毕业。

"正是通过培训,通过'百年大计',阿里巴巴从激情创业走进了制度运营。培训使一大批技术出身、销售出身的干部懂得了现代化管理,使广大员工认同了阿里巴巴的价值观。

"说完'延安整风运动'和'抗日军政大学',最后谈谈何为'南泥湾大生产'。马总说,我们的销售队伍、我们的产品必须出来,没有人会再投资了,我估计后面的灾难会更多,我们要有充分的准备,不要等机会来了,我们却没有准备好。

"从某种意义上讲,整风和培训都是为了大生产,大生产的成败关乎我们阿里巴巴的命运,关乎公司最终能否熬过冬天,迎来春天。我们正是在这个关键时刻召开了自己的'遵义会议',确定了公司的盈利模式和主打产品;正是在这个关键时刻,我们开始组建销售团队,开始了'中国供应商'的销售大战;也正是在严酷的互联网冬天,我们完成了决定公司生死和命运的三大举措,奠定了迎接春天的坚实基础。从这个意义上讲,我们要感谢互联网的冬天。然而对于大多数互联网企业来说,冬天毕竟是冷酷无情的。正是在那个冷酷的冬天,中国几千家互联网企业中的90%都倒下了。我们最终熬了过来,这里体现了我们坚持到底,永不放弃的精神。

"好了,'三大运动'说完了,我想大家肯定都有不同的感受,哪位主管可以聊一聊自己的感受?"

"我们阿里巴巴真了不起,好样的!"宁波主管孙劲夫说道。

"马总审时度势,领导有方;Savio,您眼光深邃,功力深厚。没有你们,就没有现在的阿里巴巴。"江苏主管张海霞慷慨陈词。

"谢谢这位美女同学,公司有现在这么好的发展是所有同仁共同努力的结果。下面我进入今天的分享主题《阿里巴巴六脉神剑》,在谈'六脉神剑'之前,我先聊聊'独孤九剑'。

"2001年,我加入公司后,有一天,我问马总:'咱们阿里巴巴有没有价值观?'马总说有。我继续问他:'写下来没有?'马云说没写过。在当时,公司实行的是口口相传的师徒制,这种做法已经无法保证企业文化的统一和传承,何况是一帮哈佛、耶鲁的毕业生在听一群杭州师范学院的毕业生讲课。最后,在我的主持和建议下,在100多位高管和主管的积极参与下,公司总结出了九条价值观:群策群力、教学相长、质量、简易、激情、开放、创新、专注、客户第一。这就是我们初期的九大价值观,是我们阿里巴巴第一次将自己的价值观明确提出并写下来,马总称之为'独孤九剑'。马总说,中国的企业都会面临从少林小子到太极宗师的过程,少林小子的功夫每个人都会打几下,太极宗师的功夫有章有法,有阴有阳。

"这套价值观总结出来以后,公司在全国各地分公司的文化墙上都贴上了。马总告诉新来的同事,谁违背这九条,立即走人,没有别的话说。在这种环境下,公司拥有了良好的工作氛围。

阿里巴巴"独孤九剑"

群策群力 教学相长 质量 简易 激情

开放 创新 专注 客户第一

"但是，马总提出的 2002 年赢利一块钱的目标是如何实现的呢？我们聊一下这个话题，因为这正是我们阿里巴巴坚守价值观的结果。当时的业务环境是，你不给 20% 的回扣，根本没有人和你做生意。给回扣意味着我们阿里巴巴能够迅速做出营业额；如果不给回扣，赢利一块钱根本就是一句空话。所以，在 2001 年，我们特意安排了一整天的时间讨论这个问题。一番唇枪舌剑之后，公司做出了重要决定：谁给客户一分钱回扣，不管他是谁，请他立刻离开。正是这个当时不太起眼的决定，使得我们阿里巴巴在中小企业里特别受欢迎。我们做生意不给回扣，而是把这些钱投入到吸引更多买家、做更好的服务、开发更好的产品中。为了严肃'军纪'，我们辞退了不少当时业绩非常优秀的销售人员，因为他们违背了公司的价值观。就这样，到了 2002 年年底，公司如愿实现了赢利，这就是公司坚守价值观的结果。

"聊完'独孤九剑'，我们再聊聊'六脉神剑'。那是在 2004 年 7 月，公司 B2B 人力资源副总裁邓康明加盟公司，出任集团副总裁，负责整个集团的人力资源管理。加入公司后，邓康明的第一刀就砍向了'独孤九剑'。他说，这一套价值观的描述，没有完全展现出我们阿里巴巴的个性，我们正在从几百人成长为几千人，未来甚至有可能要增长到数万人，'独孤九剑'并不便于大范围推广，要想让数万人脱口而出，朗朗上口，'独孤九剑'必须简单化。

"经过与集团高层反复讨论，在 2004 年 9 月，邓康明组织了一个 300 人左右的专题会议。会议结束时，'独孤九剑'已经渐渐集中到了六个方向。2004 年 10 月，由马总最终拍板，原来的'独孤九剑'精炼成了'六脉神剑'。

> **阿里巴巴"六脉神剑"**
> 客户第一　团队合作　拥抱变化　诚信　激情　敬业

"对一个年轻的公司来说，空洞的说教并不能改变人的思想，要想改变人的思想，必须先改变人的行为。公司的'六脉神剑'就从改变员工的行为入手，将每一条价值观都细分出了5个行为指南，加起来一共是30项指标，而这30项指标，就成为了价值观考核的全部内容。这就是我们'六脉神剑'产生的过程。

"从'独孤九剑'到'六脉神剑'，并不是简单的数字游戏，而是意味着我们阿里巴巴的价值观正在逐渐规范和标准化。这种价值观教育使我们的职业经理人能为了公司利益不计较个人得失。我看到的是，在咱们中国供应商团队，有的同学加入公司3年却调动过4次，有的同学加入公司5年却调动过8次。到一个新地方，团队刚刚培养成熟，又突然接到调令开赴其他市场开疆拓土，这样的案例数不胜数，这就是价值观在起作用，这就是企业文化。

"下面，我把咱们'六脉神剑'，即咱们阿里巴巴六大价值观的核心内涵与大家分享一下。我先分享一下我的三个理念：一是企业文化是一家企业的灵魂；二是企业文化中最重要的内容就是价值观；三是一家企业价值观执行的深度与这家企业卓越的程度成正比。

"我问大家一个问题，到底什么叫价值观？如何给价值观下定义？哪位同学可以回答一下？"Savio微笑着问道。

杨五力第一个举手回答道："我认为价值观就是公司所有人共同遵守的行为准则。"

"这位同学很棒，回答得很好。就价值观的理解来说，大家可以把它一分为二，一个是'价值'，一个是'观'。'观'表达的是一种判断或者取向，'价值'可以理解为对事物的认定，对是非的判定。那'价值观'从字面上就可以理解为是人们认定事物、判定是非的一种取向或思维。举两个最简单的例子，在马路上吐痰，有的人认为这是违反社会公德的事情，坚决不做，但是有的人却认为这是无所谓的事情。所以，在马路上、公交车上，你经常会看到随地吐痰的情况发生。同样的，对于红灯，即使在没有车行驶的情况下，有的人认为也不能过马路，而有的人却觉得无所谓。这就是人们认定事物、判定是非的一种取向或思维。在财富方面，同样也有两种截然不同的价值观。有的人认为，人无外财不富，所以在企业或者其他组织里，经常做一些假公济私、中饱私囊、索贿受贿的事情，这是由他的价值观决定的。那另外一种价值观，就是君子爱财，取之有道，他们是靠诚信、靠货真价实、靠真才实学、靠稳健经营，获取应有的财富。他们不是中饱私囊，而是两袖清风；他们不是坑蒙拐骗，而是正直诚信，这也是由他们的价值观决定的。

"在企业里，我们可以把价值观当成我们的行为准则。也就是说，我们有明确的规定，什么事可以做，什么事不可以做。我们经常听说，有些公司有高压线制度，有红线制度，触碰高压线和红线的事都是不可以做的。如果你触碰了，你就会受到最严厉的处罚，也就是一定会被辞退。更严重的，可能要承担刑事责任，被送到监狱里也是有的。

"价值观有三个明显的特点，我与大家聊聊。第一点是价值观具有正反对立性，有人讲诚信和诚实，就有人讲失信和欺诈。讲诚信诚实的人和企业比比皆是，但坚持失信欺诈的人和企业也不在少数，秦池酒和三株口服液就失败在这一点上。对个人和团队来说，电信欺诈、金融欺诈事件不绝于耳。这是第一点，价值观具有正反对立性。第二点是价值观具有行为有效性，也就是说，价值观只有在行为中体现出来，才能彰显其真正的价值。如果我们只把价值观当成空洞的口号贴在墙上，挂在嘴上，而实际行为却没有坚守价值观，这是没有任何意义的。社会上有很多企业的负责人，嘴巴上天天说诚信、讲责任，但是却没有做过几件跟诚信和责任相关的事，这就是说价值观是具有行为有效性的。第三点是价值观具有稳定持久性，核心内涵是一家企业的价值观可以坚持100年200年不变，因为这是企业的灵魂。没有见过哪个企业每年更换价值观的，价值观一定是持久的坚守，伴随着企业一起成长，助推企业实现基业长青。迪斯尼的SCSE文化坚持快100年了，第一个S是安全，C是礼貌，第二个S是表演，E是效率，迪斯尼的核心文化就是'让人们更加快乐'，人家一直都是这么做的，没有变过。这就是我与大家分享的价值观的三个特点。

"下面我把咱们阿里巴巴六大价值观的核心内涵与大家交流一下，涉及每个价值观的各个层次我不再展开，各个区域的大政委、小政委会隔三岔五跟大家复习和交流的。

"客户第一的核心内涵是：客户是衣食父母。这包括几个层次的理解：一、我们是一家现代服务业公司，我们靠服务吃饭；尊重客户才能得到服务的机会，本条的关键就是尊重与服务。二、服务是真正的上品；提供有价值的服务才能赢得尊重；服务包含从网站运营、技术开发到销售、客户服务的整个链条；每个客户都是你的唯一，你的同事也是你的唯一。三、客户第一首先要明确谁是自己的客户，客户的定义包括内部客户和外部客户，如购买产品服务的客户、在工作中和你合作的同事、供应商、应聘者等；员工在工作中必须以客户目前和潜在的需求为导向去思考问题，解决问题。

"团队合作的核心内涵是：共享共担，平凡人做非凡事。这包括几个层次的理解：一、最欣赏唐僧团队。每个人的作用不一样，每个人都有缺点，但是却能够历尽艰辛，共经磨难，取得真经；要学会欣赏同事，可以不成为朋友，但是可以成为好同事；要尊重同事，给同事建设性的意见，而不是挑剔；好的团队是磨合出来的。二、要做好团队合作，首先要明确团队的含义。团队可以是你目前所在的部门、小组，也可以是临时成立的项目小组，涉及的范围包括团队内和跨团队。团队合作要持平凡人的心态，作为团队的一分子，不仅要积极参与团队建设的活动，对同事礼貌，更重要的是要理解团队成员，能够通过良好的沟通达到优先级的协同，使结果良好，平凡人做非凡事。三、本部门合作好，跨部门合作时本位主义严重也不行，反对僵化的团队合作。团队合作的思路是从积极融入认同同事（乐于接受同事的帮助），到参与团队讨论，到主动提供帮助，到和各种类型的同事合作，到能够影响团队的氛围，从易至难，难度不断增加。

"拥抱变化的核心内涵是：迎接变化，勇于创新。这包括几个层次的理解：一、唯一不变的是变化，拥抱变化，是阿里巴巴发展的灵魂；我们处于变化的时代和行业，拥抱是一种心态；创新意味着做别人想做而没做的事情，做别人做了而没做好的事情，做别人想也没想过的事情，don't be the top, create the top；能够建立行业的标准和游戏规则是创新的极致。二、'危机'是危险的时候才有机会，要有乐观的心态面对任何危机和挑战；从日常很小的变化，比如更换办公座位、更换经理、调换部门、调换岗位，到较大的异地调动；工作方法的改善，从手工作业到使用计算机系统；公司策略性变化造成的公司重组，从被动接受变化到在工作中主动创新皆属于变化的范畴。三、被动接受变化最起码要做到不抱怨，然后能够诚意配合，能够影响和带动同事。不抱怨并非意味着遇到问题不能讲出来，这里讲的是要选择正确的渠道去反映，而不是在团队里一味地抱怨，抱怨对解决问题没有丝毫帮助，反而会使团队气氛变坏。拥抱变化不仅仅是被动地接受变化，更高的境界是在对工作充分了解的情况下，能够采纳更富有创新性的解决方案，同时使绩效突破性地提高。

"诚信的核心内涵是：诚实正直，言行坦荡。这包括几个层次的理解：一、坚守承诺，言出必践（KPI，社会责任感都是承诺）。诚信所包含的意义广泛，从为人正直、不说谎到正确反映问题、提出建设性意见，到不议论同事，到勇于承认错误、承担风险与责任，到勇于指出并纠正别人侵害公司的行为。二、在公司工作诚信的最低要求是不说谎，诚实，为人正直；诚信分不及格不意味着员工不诚实，而往往意味着没有通过正确的渠道反映问题，或者给同事提出意见时伤害了同事，没有做到直言有讳。三、诚信的最高境界是没有不好的人，只有不好的体制。能够通过流程和体制预防是最好的，举报不是目的，更重要的是制定政策进行预防。

"激情的核心内涵是：乐观向上，永不放弃。这包括几个层次的理解：一、真正的激情是热爱、可持续、积累，愿意为之付出；今天的最好表现是明天的最低要求；激情在遇到困难和挫折时更能体现；可以损失一个项目，但不能放弃做人的原则和做事的理想。二、几十年如一日地做一件事情，每天都像第一天上班一样，这才是真正的激情；年轻人的激情来得快，去得也快，遇到困难就放弃，不是真正的激情，是空的。三、激情的含义从认同企业文化开始，到不计较个人得失，到不断地自我激励、始终乐观、且影响同事，到不满足于既得的成绩，不断追求更高的目标，这是对内心舒适度的巨大挑战；生于激情，死于安乐。

"最后一个价值观是敬业，敬业的内涵是专业执着，精益求精。这包括几个层次的理解：一、自己的工作自己热爱。尊重、热爱自己的工作，才能不断地钻研自己的工作；待在公司天天觉得工作不好，骂着这家公司，讨厌这份工作，还不如放弃。二、要有必要的职业操守。我们坚信今天很残酷，明天更残酷，后天很美好，但是绝大部分人死在'明天晚上'，所以你必须每天努力，勤奋未必能让你成功，但是不勤奋一定不会成功。敬业不是简单的加班加点，而是一种将工作当作事业，不断钻研、精益求精的过程。三、按时下班是应该的，不按时下班也是应该的，只有工作没完成是不应该的。老黄牛式的加班加点，没有结果和业绩，不是公司所倡导的；如果能通过不断提高专业能力，达到不需要加班也有业绩，是最理想的状态。我们为不懈的努力而鼓掌，但是按结果付薪。

"以上就是我分享的六大价值观，也就是'六脉神剑'的核心内涵。我想大家可能会觉得枯燥、空洞、有些形而上学，但是，如果公司所有人都能够真真切切地理解并执行，那么我们的使命和愿景的实现，是绝对有希望和有保证的，这些都是我真实的感受。

"好了，由于时间关系，我最后再与大家分享两个思想就结束今天的交流。一个是在企业里面，要重奖'明星'和'牛'，绝杀'野狗'；另外一个是要培养员工的农夫心态，弱化员工的猎手心态。在我之前服务的公司GE的文化里，我们按照两个维度把所有员工分成4个象限，一个维度是业绩，另一个维度是价值观。业绩和价值观都超出期望的员工，我们称他们为'明星'；业绩和价值观都满足期望的员工，我们称他们为'牛'；价值观低于期望，业绩超出期望的，我们称之为'野狗'；价值观超出期望，业绩低于期望的，我们称之为'小白兔'；业绩和价值观都低于期望的员工，我们称之为'狗'（见图6）。

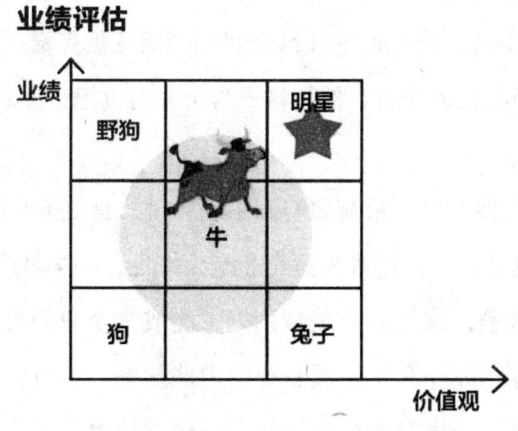

业绩评估

野狗		明星
	牛	
狗		兔子

纵轴：业绩　横轴：价值观

图6　业绩和价值观的评估

"我个人有个观点，企业用人，在于分明。在我们身边，永远簇拥着好坏参半的谋臣，企业里，同样充斥着优劣难分的员工。如何去辨识，择善而用呢？我的态度是一定要心狠手硬，划清忠奸，留在企业的，只可以是'明星'和'牛'，不可以是'野狗'。一般中小企业，员工人数从几十到几百不等，说多不多，说少其实也不少。只有让企业上下团结一心，人人齐力发挥所长，我们前面说过的目标与使命才能实现。不过，员工素质参差不齐，关键是要根据业绩和价值观，把所有员工分清类别，优秀者重赏，落后者'枪毙'。关于这个方面，我有两点感受，同学们可作参考。

"一是赏'明星'杀'白兔'。'牛'在图中所占的面积最大，即一般企业中大部分员工属于这一类。他们拼命做事，干劲十足，也甚威风，无论业绩还是价值观，'牛'都是中坚分子。这批人当中，有的假以时日会脱颖而出，

第十四章　关明生《阿里巴巴六脉神剑》　　165

跃升为'明星'。'明星'业绩高，干出成绩之余，价值观亦完全符合企业精神，这样两者皆出色的员工，是企业的焦点所在，凤毛麟角，主管应多奖赏，以他们为其他员工的榜样。除了以现金为奖励外，亦可以奖励股份做长期引力，留住他们，并委以重任，让他们继续上进。第三类是'小白兔'，这批人价值观极度符合企业精神，可惜业绩差。当主管的，可以给予这些'小白兔'两至三次机会，尝试培训他们。这批人之中，可能有的能发展成'牛'，甚至是将来的'明星'。不过，若他们的业绩经过培训后依然停滞不前，就当狠下心肠，立即解雇。否则长远来看，他们将成为企业的负担，亦对'明星'及'牛'不公平。

"二是'野狗'要打靶。最需要心狠手硬对付的是'狗'与'野狗'。'狗'即业绩差价值观也差的人，这批人对企业毫无好处，一早就应炒掉。至于'野狗'比较让人伤脑筋，这批人业绩特别好，能成为企业的支柱，可是他们的价值观与企业相悖，亦完全不遵循企业的游戏规则，这对企业来说是十分危险的。比如说，有的销售员业绩非常好，但经常抢单，甚至贿赂，价值观与企业完全相悖，纵使他们可以把最好的客户带来，可他们同时也可以把客户全部带走，对企业造成不可挽回的伤害。这种人是最危险的，最要防范的。主管不能手下留情，应把'野狗'公开枪毙，让企业员工有所警戒，不敢蓄意逾越游戏规则。

"那又如何防止'野狗'猖獗横行呢？企业要有一套妥善的系统。有一家企业，用了一个非常值得参考的方法，那就是企业的所有销售员，使用的都是企业下发的电话号码，比如含有138、888、128等吉利的数字，既好听又易记的号码。一旦销售员离职，这个电话号码就得交回企业，这样，就算'野狗'集体离去，有客户拨打号码，依然直接拨回企业，由企业员工跟进，留住客户。这个方法又简单又保险，非常好。

"以上是我分享的第一个思想，就是在企业里，要重奖'明星'和'牛'，绝杀'野狗'。我要分享的第二个思想是要培养员工的农夫心态，弱化员工的猎手心态。大部分销售员认为自己是猎人，要去杀去冲，争取客户订单，就好像打猎（Hunting）一样，却忽略了自己同时也是个农夫，需要默默耕种，才会有固定的收获。销售员就像生活在原始世界，天天要面对弱肉强食的激烈竞争。那么，成功的销售员，究竟是猎人还是农夫呢？

"销售员把自己看成是猎人，去杀去抢，有其利与弊。狩猎的确符合人类的动物天性，人类是弱肉强食的动物，天生有猎杀的本性。狩猎可以马上满足胃口，满足追捕及杀戮的快感，简单说，就是'爽'。不过，狩猎也有其弊。狩猎的结果不可预测，你不一定是胜利者，可能会在追捕中受伤。受伤以后不但不能保护自己，同伴亦不愿意与你为伍，甚至把你看成猎物，趁你虚弱时吃掉你。用美洲豹举例，假若受重伤，它可能会由追捕山猪改为追捕小白兔，有一顿没一顿的。因此，狩猎带不来可靠的补给，并且难以计划。

"不少销售员以为销售就是去冲去杀，即时争取客户订单，其实不然。像猎人捕杀，只能解决短期所需，不停地杀才能不停地有收获，一旦松懈或受伤，补给立刻中断，非常危险。每一个订单都是短暂的，长远来说根本没有保障。比如说，以电话销售方式售卖保险，销售员每次只花约两分钟在一位客户身上，客户买生意就成，客户不买就拨下一个电话。这样根本不持久，很快客户名单也就耗尽了。因此，销售员应该平衡狩猎与耕种，平衡短期利益与长期利益。短期的狩猎可以带来即时的客户及利润，但长期恒久的耕种，更可带来稳定的客户及收益。

"那耕种的关键步骤是什么呢？依次是垦荒、播种、施肥与灌溉、保护、收割。从销售角度看，垦荒至保护都是投资，最后的收割是回报。投资是漫长的，收割是漫长期待后的结果。那么，销售员最愿意看到的是什么呢？当然是不停地收割！最聪明的农夫，并不仅仅投资一块田地，他把心血分散在不同的田地上，平衡地耕耘不同的土地。在开垦第一块田地之后，等待收割之时，就应开垦第二块田地；第二块田地开垦播种以后，亦要筹备开垦第三块田地，就这样不停地开垦。第一块田地收割以后，接着就是第二块田地的收割，以此类推，收割将是一块接一块，连绵不断的。好的销售员应该像这样的农夫，只要时间编排妥当，就能不停地收割。销售员手头应同时跟进多个客户，一个接一个地编排进展，跟进一个客户以后，应清楚接下来要跟进的是哪个客户。就算不是每个客户都能达成交易，起码天天有可以接洽跟进的客户。

"当然，销售员像农夫之余，还要兼顾狩猎。因为销售员要真正签下订单，就像在弱肉强食的世界里打仗，需要一份勇气。销售员需要冒险，不能放弃打猎。耕耘以后也需要拼搏去收割，就像插秧后要割稻，种梨后要摘果一样，得有进取的行动。一个好的农夫每天做什么？他一天之内不是只垦荒或收割，而是每天同时进行垦荒、播种、施肥与灌溉、保护与收割。好的销售员也一样，每天跟不同的新客户接触，同时与旧客户签订单。好的销售员有非常好的生活与工作习惯，非常自律，有强健的身体，准时工作，准时休息。优秀的销售员不会只靠一个客户的订单，一个订单落空了，还有其他的补上，非常有计划。总的来说，销售员要的是什么？是固定的收入，是不断地续签，是最高的客户满意度。用一句话总结：耕种是成功的最佳途径！这就是我分享的第二个思想：培养员工的农夫心态，弱化员工的猎手心态。

"好了，同学们，我今天喋喋不休地讲了不少。谢谢所有同学如此耐心、认真地学习和倾听，为自己热烈地鼓个掌吧！"

杨五力不由自主地站起来，使劲拍打着双手，其他同学也跟着站起来，掌声持续，经久不息。

"谢谢同学们，我今天分享的内容主要有：三个'BTOC'、'三大运动'、'独孤九剑'、'六脉神剑'、两个思想，还需要同学们慢慢消化。最后祝福大家都能带出一支团结、正气、爱学习、有战斗力的团队，再次谢谢大家！"

关明生的分享结束了，下午的分享是中供全国的销售冠军贺海友的分享，主题是《我是如何成为销售冠军的》。公司安排贺海友最后分享是要给大家打足鸡血，同学们心领神会。大部分参加培训的主管和政委都没有见过贺海友，也都十分期待一睹全国冠军的独特风采。

[第十五章]

贺海友《我是如何成为销售冠军的》

中午，同学们用完餐后，有的回到教室小憩，有的与团队成员打电话交流，有的看书整理笔记，还有几个人围在一起聊家常。下午是这次培训的最后半天，不少主管当月的业绩没有同步进展，心里甚是着急，希望下午的培训尽快结束，好回到区域拼命战斗。

一点半到了，只见一位霸气十足、气宇轩昂的男士拎着黑色双肩包大步流星走进教室，颇有军人的气魄。大家都知道，眼前这位就是大名鼎鼎的全国销售冠军贺海友。杨五力打量了一下贺海友，只见他脚穿黑色军靴，下身穿浅蓝色牛仔裤，上身穿深绿色加厚外套，身高1.75米左右，皮肤略黑，但健康有光泽，大背头，头发'一丝不苟'，丝丝分明。班主任简单介绍后，贺海友便开始了分享。

"亲爱的同学们,大家早上好!"贺海友的开场中气十足,声若洪钟,穿透力极强,同学们为之一振。

"好,很好,非常好,YES!"大家异口同声地回复道。

"同学们可能比较奇怪,我为什么用'早上好'跟大家打招呼,现在明明已经是下午了。我这样做,最重要的原因是期望大家时刻保持积极阳光的心态。我们早上都精力充沛、精神饱满,所以,用'早上好'更能激励自己,感染他人。

"感谢公司给我这么好的机会与大家分享我的一些心得感受,今天我分享的主题是《我是如何成为销售冠军的》。我在2003年12月业绩做到了115万,全年业绩突破了630万,不谦虚地讲,这绝对是我们阿里第一人。

"2003年年初我给自己定了1440万的目标,我做了极为详细的规划,无论对于公司还是对于团队和我自己,都是绝对的开天眼。由于我全年坚定地执行,加上我几位助手的默契配合,还有区域和团队的鼎力支持和协助,我最终完成了630万的业绩。"

这个时候,台下掌声四起,如潮水一般,这掌声中蕴含着认可蕴含着羡慕蕴含着激动。

"接下来,我就与大家聊聊我的成长经历。我来咱们阿里巴巴之前,曾经做过18种工作,可以说是在不断磨砺中跌跌撞撞成长起来的。2001年11月12日,我正式进入阿里巴巴,在进公司之前我曾是公司中文站点的免费会员。2002年,公司在杭州招商宾馆举行年度KICK OFF会议,我记得当时上台领奖的年度冠军、亚军、季军都是女孩子。看着她们上台领奖,我在台下非常激动。记得当时我和在宁波做销售的陈天瑜说,'明年一定不是女孩子上台,我们凭什么比她们差!这个舞台应该是我们的天下!'我们两个击掌为誓!

"我开始做销售后,去了萧山,当时大家都认为萧山是不可攻克的市场,很多销售到这个地方坚持不了多长时间就放弃了。仔细想来,我其实也是被当时的浙江大区经理阿干忽悠过去的。我上岗之后,干老大对我说:'我觉得你很厉害，是一位销售高手，所以我决定把一个最好的市场给你。'但干老大并没有对我说这个地方很多人不做了，我当时被一种至高无上的信任激励，做销售就是要勇往直前。

"我去萧山之后，刚开始住在萧山车站旁边的一个旅馆里，一天的费用是20元。当时在萧山，只有我一个销售员，我孤军奋战，每天早上7点出门，晚上7点回到住处，一般在周三晚上回杭州公司打印客户资料，晚上12点之前又赶回萧山旅馆。这样往返了一段时间之后，就有一些成绩出来了，于是我干脆在萧山车站旁边租了一套房子，就这样每天奔波在萧山各个乡镇的工业区和大街小巷。

"2002年，上半年还是在跌跌撞撞中走过来的，对冠军的欲望没有那么强烈。那时候，我总觉得自己离冠军不远不近的，好像能摸着，好像又够不着。而且2002年有两个月我吃了鸭蛋，到账0，当时心情非常沮丧，我下定决心以后决不可以吃鸭蛋。其中有一个月签单16万多，但是其中几单由于没有及时收款导致后来合同作废，我自己还痛苦了一段时间。后来，我就下定决心，不管什么时间签单都要做到当场收款，不收款的合同我宁可不签，之后我也确实没有签过不收款的合同。不过很开心的是，那个时候我和几个冠军的交流比较多，大家时常会交流一些心得和工作方法。我记得跟我交流最多的是深圳的赵智伟、广州的黄续光和永康的罗大友。

"2002年下半年，由于一个人在萧山孤军奋战感觉自己进步不大，我回到杭州，希望更多地学习和提升自己，但我并未放弃销售业务。在此期间，我参加了公司和社会上举办的一些励志培训，我从培训中找到了学习的方向和工作的原动力。回杭州以后，我的业绩开始稳定增长，于是更大的激情和自信也随之而来。到11月低的时候，我的总业绩和第一名黄续光相差大约30万，我决定尝试冲刺年度冠军。

"12月上半月，我们基本是四足鼎立的状况，我的目光盯住了第一个进入百万俱乐部的黄续光，并没有关注和我业绩差不多的罗大友。那段时间，我们四个人基本上每天通电话。黄续光、赵智伟和我都是很坦率地交流，只有罗大友一直在忽悠我，说他没有可能冲刺第一名，第一名肯定是我的啦！因为那个月我的业绩在月初确实很猛，被他忽悠之后我也有点得意。可没有想到这个家伙厚积薄发，在永康做了一场小型以商会友的活动，那场活动的结果是8个客户全部跟他签单，当月他的业绩竟然做到了破天荒的82万，让我们所有人目瞪口呆。最后，他成功超越我们所有人拿下了年度冠军的奖杯。从这次的事件中，我学习到了该如何对待竞争对手。"

台下的同学们因为贺海友的幽默和坦诚哈哈大笑。

"2002年我是以第四名的身份进入公司百万销售俱乐部的，虽然很遗憾没有进入全国三甲，但我还是非常开心。因为前面三个人来公司都比我早一年，我是一个新人，能够做到这样的成绩已经很不错了，而且大部分业绩是下半年回杭州后取得的，上半年基本上是在浑浑噩噩中度过的。在颁奖会上，我被公司请到台上做分享，面对台下那么多销售，我激动而又自信地向所有人做了一个承诺：我贺海友2003年的目标是全国销售冠军，如果2003年我做不到全国第一，我就对不起台下所有关心我的人，对不起自己和自己的小团队。"

"下面我重点聊聊我和马总的赌约以及跳西湖的事情，我想这一定是大家特别感兴趣、特别关注的。2003年2月，公司诚信通部门举行年度KICK OFF联欢会时，我作为当年诚信通年度KICK OFF特邀嘉宾出席，休息的时候我在黄龙饭店的大厅里碰到了马总，他是每逢大会必到的，随后我们就闲聊了起来。后来，我和马总聊到了1440万的销售目标和执行细节。我问马总：'03年我全年的奋斗目标是1440万，海南之行规划的年度目标不变。如果我03年做到1440万，你会怎么看？'马总十分惊奇地看着我说：'我不要求你做到1440万，你先做到365万，一天一万。'当时我的脑海中只有1440万的目标，并未把马总说的365万当回事，便未作任何思考就和马总说：'这个目标一点问题都没有。'马总接着说：'光做到这个目标还不行，同时续签率也要做到。'我问做到多少，他想了想说：'那就 80% 吧！'我说，这不太行得通，因为我知道第一年签的一些客户外贸基础比较差，有一些客户已经有迹象不想续签了，但是为了赢得马总的赌注——其实说这些话时我还不知道赌注是什么，只是有冲动想和马总打一个赌——我说，那这样吧，75% 的续签率怎么样？365 万到账业绩。我又问马总：'那我们两个人的赌注是什么呢？'马总摇头表示不妥，也不知出于什么原因，他想了想说：'这样吧，78% 的续签率加上 365 万到账业绩。'也就是说我必须两个目标都达到才能全赢，两个目标都没有达到我就输了，其中一个目标达到就算我赢一次。我对马总说：'这样吧，我答应你这个要求，如果我达到任何一个目标，你要在全世界任何一个我想去的城市单独请我吃饭；如果我其中任何一个目标都没有达到，算我输，我就脱光衣服跳西湖，时间由你定。'就这样，我和马总打了这个赌，如果我输了，就在最冷的天气穿三角裤沿着西湖跑一圈，然后跳下去；如果我赢了，让马总在全世界任何一个我想去的城市请我吃一顿饭，费用他全包！这就是我和马总的赌约。

"其实在那个时候，一天做一万是很困难的事情，何况要做到 365 万，每个工作日要有 1.5 万到账才行。但是因为有了罗大友单月突破 82 万的先例，给我开了天眼，而且在三亚之行时我自己的规划也做得比较全面，更何况我还制定了 1440 万的年度目标规划和执行细节，每个月 120 万的战斗目标，所以我信心满满。其实我知道，当时所有人都认为我是个疯子，彻底的疯子。

"和马总打完赌后三天，我就开始对海南之行 1440 万的目标做进一步的周全规划，我决定还是以 1440 万的目标去战斗。因为根据我的规划，1440 万都没有什么问题，何况 365 万呢？所以也就把这个目标抛在脑后了。

"在座的不少主管之前与我电话沟通过，想要了解我规划的一些细节，我就与大家分享一下吧，现在想想还真的是有些疯狂。当时我第一期规划的目标是 2371 万，而非 1440 万，因为我觉得按照 2371 万的目标去执行，最终 1440 万是一定可以做到的。

第十五章　贺海友《我是如何成为销售冠军的》

"我 2003 年规划的细节是：2003 年要达到 2371 万的目标，成交客户 340 家，AB 类客户 1210 家，需要筛选客户 9216 家，平均每个月 768 家，平均每个星期 192 家。要达到目标，首先需要做市场和建团队，在发挥到极致的情况下才能够达到目标。下面是更细致一些的规划：

"关于市场策略，就是把市场详细化，新的目标市场，需要开发的客户数：

萧山区（210 万人民币 / 年）100 家 AB 类客户；

临安区（210 万人民币 / 年）100 家 AB 类客户；

富阳区（210 万人民币 / 年）100 家 AB 类客户；

临平区（210 万人民币 / 年）100 家 AB 类客户；

余杭区（210 万人民币 / 年）100 家 AB 类客户；

桐庐区（小区）（84 万人民币 / 年）40 家 AB 类客户；

建德区（小区）（84 万人民币 / 年）40 家 AB 类客户；

杭州市（432 万人民币 / 年）240 家 AB 类客户；

上海市（100 万人民币 / 年）60 家 AB 类客户；

原来跟进的客户（210 万人民币 / 年）100 家 AB 类客户；

老客户续签（192 万人民币 / 年）40 家 AAA 客户；

客户转介绍（240 万人民币 / 年）40 家 A 类客户；

总计：2371 万，成交客户 340 家。

"这里要说明一下，这些规划，必须在团队密切配合的情况下才可以做到。全年开发 A 类客户计算出来是 1210 家，但是要减去前两个月浪费的 200 家，也就是说在 3 月份后实际开发量为 1000 家 A 类客户，因为这个时候已经是 2 月份了。我的思考是：如果前两个月可以做到 80 万的话，那么在后 10 个月里必须做到 2291 万，平均每个月要做到 229 万，每天要签订一个 13 万的订单。从开发量来说，是可以达到的，因为做到 2371 万的话只要再开发 980 家 A 类客户就可以，按换算率来看，是可以达到总目标 2371 万的。关于老客户续签和客户转介绍，我规划了 80 家，这 80 家客户只要我的助手张清月跟进并签合同就可以了。

"关于团队的规划是这样的，团队总规划人数是 6 人，5 个助手。具体分工如下：我当时已经有两个助手了，只要新增 3 个即可。CALL 客助手的目标任务关键是时间管理，我们要做的是寻找客户资源，培训他们的沟通技巧和与不同类型的潜在客户沟通时的说辞。我们平均每个工作日需要和 48 个客户预约沟通，并且要做到 25% 的成功率，即 12 个，再有 50% 的到场率，即 6 个，4 天下来，最终会有 24 家 A 类客户赴约来我们公司参加每个星期一次的销售演讲会。

"新助手辅导的安排是，张清月花 1/2 或者是 1/3 的时间来辅助 CALL 助手，完成 2 月和 3 月的目标任务，争取通过我的质量考核。3 月底第三和第四个新增助手到位并参加培训，他们的主要工作是配合 CALL 客助手完成质量和数量的考核，争取在质量和数量上达到我签单的基本要求。同时第一 CALL 客助手的工作要转变成电话跟踪客户和培训辅助第三助手达到 CALL 客数量和质量的考核，同时分出 1/2 的时间来做客户，参加我们公司培训后的电话分析跟进，并安排我前往该公司再次拜访和签单。4 月前第一助手张清月完成辅助工作，进入正轨后她就全力做客户的后续服务工作。

"我自己的工作时间也做了详细规划。每个星期我会花一天时间锻炼自己的演讲能力，因为在公司举办的以商会友培训会上，我还需要周双山主管的辅助演讲和陈星探区域经理的配合，我计划到 4 月我要单独组织以商会友活动。同时我会花 4 天时间再次跟进参加过以商会友培训会的客户，做好拜访和签单的进一步工作，每天可以安排 2～3 家签单目标。但是，这里有个问题，每个星期来的 24 个客户，我最多完成 8～12 家跟进拜访，还有 12 家左右需要让第一 CALL 客助手来完成签单工作，这个时候我要考虑让第一 CALL 客助手做替补，扮演临门一脚的角色。"

"关于客户分类和甄别的前期工作需要注意的几点是：一是了解客户做外

贸的可能性和需求非常重要，在甄别的过程中最先要了解客户产品出口的可能和其产品在阿里巴巴的热门程度。好的客户必须具备有需求、有钱、有外贸人员的条件。

"针对不同类型的客户我们的说辞也要相应的改变：针对主动咨询的客户的说辞是怎样的？针对诚信通会员的说辞、针对五洲资源的已签约客户的说辞和未签约的成熟客户的说辞，以及在其他地方找到的客户的说辞都要加以区别。我会在自己的说辞中加入其他同事的一些说辞，同时还会学习行业产品的成功说辞，但前提是一定要对咱们阿里巴巴的推广有深度的了解。

"客户开发量方面，我的思考是：按每个工作日搞定6个来公司参加培训的A类客户来换算，就是$48 \times 4 \times 25\% = 12$个，再按50%的赴约率，那么一个星期来公司参加培训的A类客户是24家，这是按照4个工作日来计算的，要扣除一个工作日用于客户集体谈判和交流，换算下来，一个月需要确定来公司参加培训的A类客户96家，那就需要每月甄选$48 \times 4 \times 4 = 768$家客户（按一个月4个星期计算）。

"按照这样的思路和规划，我们一年需要确认来公司参加培训的A类客户是1210家，换算以后是甄选9216家客户，也就是768×12月$=9216$。一个月的工作日按照18天计算，一年的工作日为196个，12个月 $\times 18$天-20天的3个长假。这里要注意，每个星期有5个工作日，减去客户来参加培训的一天，要安排所有的助手去和客户沟通，所以只能安排每个星期4个工作日。

"在我们售后服务的时间管理方面，由第一助手张清月和第二助手杨丽晨负责售后服务和跟进签约客户的培训工作。这里，我会有两个要求：一是每个月举行一次老客户的售后服务培训，在周六或者周日举行；二是每个工作日服务两家已签约客户。这里面还要包括帮助客户联系拍产品照片的摄影公司、整理填写相关资料、整理培训客户的资料等。

"下面是我关于客户细分的详细说明：

"1. 在5个重点区域，需要把乡镇细分，每个区域要找出经济强镇10个，把潜在客户找出来。每个乡镇最少要找出10家左右ＡＢ类客户，最少要签单2～3家。5个区域×100家AB类就是500家，按照30%的成功率等于150家×平均6万签单金额=900万/年。广告的计划是150家×30%成功率=50家×平均3万广告金额=150万/年。

"总计：900万+150万=1050万/年。

"2. 桐庐和建德区域适当减少，每个区域需要开发40家ＡＢ类客户，合计是80家。80家×30%成功率=24家×6万/家=144万/年。广告金额是24家×30%=8家×3万=24万/年。

"总计：144万+24万=168万/年。

"3. 杭州市需要花大力气开发，每月开发20家ＡＢ类客户，每星期开发5家。12个月×20家=240家×30%成功率=72家×6万=432万/年。

"4. 上海市适当开发，年销售目标是100万人民币，但是上海未列入我Ａ类客户的开发日程表。

"5. 原来在跟进的客户，争取挖掘出100家ＡＢ类客户，在CRM系统里仔细分析后会有一个数据。100家×30%成功率=30家×6万=180万/年，广告金额是30家×30%成功率≈10家×3万=30万/年。

"总计：180万+30万=210万/年。

"6. 对原有的已经签合同的客户进行二次开发，让每一个老客户转介绍一个新客户，共计40家，每家金额在6万以上，按照80%的成功率，就是32家×6万=192万/年。广告金额是32家×30%成功率≈9家×3万=27万/年。总计：192万+27万=219万/年。

"7. 续签40家×80%续签率=32家×6万=192万，这个金额已经包含了广告的金额，重点要考虑的是服务怎么做。

"综合以上规划，如果要完成总业绩，就需要把上面细分的Ａ类客户1210家全部执行完成，筛选客户总数是9216家，每个月768家，每个星期192家。

"有句话讲，计划赶不上变化，在我们阿里巴巴，不变的永远是变化。由于公司当初有个制度，就是给王牌销售员最多配两个助手，所以我决定想办法打破公司的常规，要求公司给予我 5 个助手的支持，以实现我的年度目标。虽然我的主管周双山和大区经理陈星探共同努力为我争取，但公司最终还是决定只给我两个助手的支持。鉴于此，我决定调整自己 2003 年的团队目标和行动方案。三人团队一定要达成的目标是 588 万，就是 BASE 保底目标是 588 万，DREAM 目标，也就是我们的梦想目标是 1000 万，续签率目标是 80%，这个数字也远远高于我和马总打赌的 365 万。目标定出来后，我就把 1000 万的梦想目标细分到每一个月，初期把 3 月份的起点目标定为 50 万 / 月。先做到这个目标再向更高的目标冲刺，这个起点目标比我之前创造的月度最高到账 38 万还要多 12 万。

"其实，这个起点目标对当时的我来说是相当有难度的，我想必须要打破常规来行动。既然这样，那首先要做的事情就是把目标视觉化，在我家的梳妆台上、写字台上、我的床前、洗手间等地方，全都贴着我的年度 1000 万的战斗目标和当月的战斗目标。在每个目标旁还贴着一句激励的话，无时无刻不在激励着我：Yes I can！并且我把月度目标细分到每一周，然后又把每周的目标细分到每一天，把目标倒计时表也贴在墙上。

"为了让自己每天保持亢奋的状态，我又去参加了各种激励培训，包括陈安之的成功学培训、他的弟子丁华军的培训，我还买了一个小录音机，买陈安之的录音带来听。我早晨起床第一件事就是，睁开眼睛伸手把录音机打开，听到陈安之那无限激情的演讲我就立即亢奋起来，从睁开眼睛到一跃跳起用的时间不到一秒钟。抬头就能看到我当天战斗的目标和月度战斗的目标，每次看到这些目标的时候我就会心潮澎湃，热血沸腾。我去洗手间洗漱时，镜子上方的战斗目标和'Yes I can！'总是能够激励我。为了达到当年的战斗目标，我决定提前买车。2003 年 4 月 18 日，我去汽车城买了一辆 20 多万的日产蓝鸟，我决定要让自己插上翅膀快速飞翔。我每天上车的第一件事就是听陈安之的演讲,我要求自己从起床到拜访客户的途中,必须保持高度亢奋,这样有利于我对目标的坚定和行动力的持续。就这样,我从3月份50万的起点开始,到8月份一举突破和马总打赌的365万的目标,我只用了8个月的时间就完成了和马总的赌注目标。做到365万时,我和我的小组得到了首席运营官关明生的亲自款待。记得关总专门从香港买来了红酒,还带着两位副总裁李琪和李旭晖作陪,那感觉用一句东北话来说就是杠杠地。关总为此还给我写了一首打油诗,这种激励让我更加努力,快速奔驰。我到年底一举突破了630万的业绩,其中12月份单月再次新高达到115万,然而遗憾的是续签率没达到78%。我把太多精力放在新客户的开发上,尽管对老客户也花了很多时间去服务,包括给客户招聘外贸人员、提升外贸人员的业务能力等,但由于2002年签客户时,给了部分客户比较高的期望,也由于很多客户是第一次做电子商务,经验不足,导致老客户的续签率没达标。这也使我意识到,我们在选择客户、服务客户方面需要提升和改变。

"其实现在想想,客户选择我们阿里巴巴的外贸推广平台,第一年更多的是与国外买家进行沟通和交流,逐步与买家熟悉,赢得信任,因为国外客户积累需要一个过程。另外还要关注外贸团队业务人员的成长,这个也是非常关键的。很多客户都是第一次做外贸,在和我们签约之后,不太重视外贸人员的成长,很多外贸业务人员是刚从大学出来就被招聘进公司做外贸的,从而导致第一年的业绩比预期的要低,和最初的期望值相差甚远,所以部分客户没有续签,导致我的续签率差了两个百分点。

"下面我就说说西湖的那一跳吧。那是2004年的2月7日,是很冷很冷的一天。那天是一个同事结婚的喜庆日子,对于我来说,也是一个值得纪念的日子。我去参加这个同事的婚礼时遇到了马总,在婚宴上,我去向马总敬酒,席间就谈到了这个赌约。马总说:'老贺,你续签率差两个点,但是365万业绩做到了,请你吃饭,我是照请不误,但西湖一定要跳,这是功不可抵过,要不今天晚上就兑现这个赌约?'我当时也喝了一些酒,趁着酒劲对马总说:'跳就跳,男子汉大丈夫一言九鼎!要知道2月7日那天很冷,外面的温度在5度左右,但说了就要做到。我和马总随即往香格里拉旁的西湖边走去,当时很多同事在婚礼现场,大约有三四十人,同时马总可能通知了公司负责摄像的同事过来摄像,场面颇为壮观。我的两任经理都到了,马总要求他们陪我一起跳西湖。我在湖边先跑了大约一公里暖身,然后在众目睽睽之下,脱得只剩下一件短裤,扑通一声跳下湖去,顿时人声鼎沸,灯光乱闪。马总赶快跑过来,招呼我们上来。

"我们三人上岸后,马总在人群中讲了一段话:'今天这个日子值得纪念,它已成为我们阿里巴巴历史上非常重要的事件。第一体现诚信,承诺了就要兑现,该奖的奖,该罚的罚。第二体现团队精神,贺海友的两个经理,周双山和陈星探都来陪绑。续签是我们的生命,希望以后不要再有这种事,我非常钦佩贺海友……'

"这就是我们阿里巴巴的文化,把续签率当作生命线,把服务客户放在第一位,这是我一辈子都记得的痛和一辈子的使命、责任。我觉得非常对不起那些没有续签的客户,因为是我让他们涉足电子商务外贸业务,但我却没有做到更好的服务,让他们对电子商务失望了。我对不起他们,如果有机会,我一定再去服务他们,给予他们更好的服务。

"现在回过头来看,我最想说的一句话是:为了实现自己的梦想,要执着而坚定地去实现和超越,永不退缩!永不放弃!永不言败!所以,我想给在座的同学们几个建议。

"第一是持续学习并付诸行动,有很多人一生都在不懈地努力,以实现追求的梦想,过上随心而动的生活。我2001年11月入职阿里巴巴做销售员,在2002年7月到2003年5月,我参加了很多激励培训,看了超过100本销售方面的书籍。我每次去书店都会带回5~10本销售和管理方面的书籍,并且学以致用,书看多了我觉得自己都可以写销售方面的书了。现在看销售方面的书籍,看了目录我就知道里面大概会说哪些内容。我在想,如果有一天我也写一本销售方面的书籍的话，一定写得比这些书更生动、更实用。我和马总的赌注就是看了一本书之后的行动。在2002年12月底时，我去参加公司百万俱乐部海南游，在萧山机场我买了一本销售方面的书籍，书名是《如何赢得亿元订单》。我在飞机上看了这本书，受到启发，便做了一个03年的年度规划，每个月的业绩目标是120万，年度业绩目标是1440万，并且在海南三亚请教了Savio之后，就拿出了一个详细的规划和行动方案。Savio告诉我，如果要达到这个疯狂的目标，必须围绕三个重点来行动：策略、市场、团队。我前面分享的规划内容就是源于Savio建议围绕的三个重点，最终我做了630万的业绩。

"我给大家的第二个建议是，用更高的目标去要求自己，哪怕这个目标没有完成，但并不会阻碍我挑战下一个更高目标的欲望。我当初设定的月度战斗目标是50万，其实第一个月我只做了30多万，离50万的目标还差近20万，但我决定打破常规。这个月50万的目标没有做到，我就挑战更高的目标80万。因为我觉得如果照着50万的目标去战斗，做了30多万，那如果是80万的目标呢？是不是可以做到50万或60万呢？果然，确定了80万的战斗目标之后，我当月做到了65万。就这样，在不断失败中寻找新的突破点。当我确定100万的战斗目标时，就做到了80万，确定150万目标的时候，做到了115万。

"第三个建议是，及时奖励自己和惩罚自己，并不停地学习，学以致用，不断改良自己的销售方式，提升自己的销售技能。当自己每一次突破一个新的高度时，我都会及时奖励自己，通过奖励自己来获得对自己的肯定。

"如果没有完成自己的目标，就要及时问自己：我错在哪里？有哪些可以补救的措施？然后通过不同的销售渠道去学习，不断改良自己的销售模式。公司一直沿用的以商会友模式，就是我在一个激励培训公司学习之后，第一个在公司应用起来的。我们把潜在客户约到公司或者茶楼，利用公司主管、经理、总监等有效的资源来和所有潜在客户做深层次的交流和讨论，让客户快速了解公司的产品和功能,通过客户与客户的交流让客户帮我们做销售,最终达到三赢的目的。

"那如果没有做好或者没有达到自己预定的目标,我是如何惩罚自己的呢?我记得,有一个月销售业绩不太理想,那时候我的业绩不太稳定,金牌、银牌、铜牌交叉进行。2002年4月,我的目标是做到金牌,如果做到了,五一假期就要奖励自己去旅游,但结果是我离自己设定的目标差2万元,于是,五一假期我就在家里蒙头睡了两天,心里非常自责,甚至想到了辞职。但我最终还是决定走出自责的阴影,于是去西湖边反省、静思了很久,看着湖水发呆,在郁闷和自责中总结失败点,找到改进点,太阳落山的时候我已经开始畅想自己的未来了,因为阿里之梦我还未圆。所以,我给大家的建议是:当你失败时,你一定会有自责和反省的行为,而这绝对是一种困境中的成长,千万别自闭。找一个环境好的地方静一静,想办法改变暂时的沮丧和烦恼,待在一个封闭的环境里很容易被困住,走出去就有机会改变自己。

"给大家的第四个建议是,今天最大的成就是明天最低的要求。从2003年1月到12月底,我都是一路高歌猛进,荣获7次月度全国销售冠军,5次月度销售亚军,4个季度销售总冠军。公司ICBU国际事业部的部门销售奖项中的17个冠军大奖我包揽了11个,2003年我就从没做过季军。在8月中旬就突破了和马总打赌的365万销售业绩,在12月份,又取得了月销售115万的月度最好成绩,至12月31日,突破了销售额历史新高,到账630多万,比2003年销售亚军高出整整240万,比和马总打赌的365万高出265万,每天平均签单1.73万,每个工作日平均签单2.86万。这一年,我向所有阿里人证明了自己!我是可以做到的!Yes I can!这正应了当年Savio说的一句话:心有多大,舞台就有多大。

"最后还有两个建议,第五个建议是感恩的心。感谢当年招我进公司的浙江大区经理干智伟,没有他的引领和保荐,就没有我的今天。感谢副总裁李琪和李旭辉,是他们俩一路鞭策我成长。还要感谢我的历任主管和经理,他们除了教会我销售技能，也教会了我怎么做人。还有我的两位最可爱的助手张清月和杨丽晨，我们三人的协同作战堪称天衣无缝。还有其他所有的同事，他们无时无刻不在鼓励和帮助我成长。当然还有两个人是我要一辈子去感恩的，一个是首席运营官关总，他每一次和我击掌庆祝都是对我最大的肯定和鼓励，他赠给我的打油诗一直鼓舞和鞭策着我；另外一个是创建了阿里巴巴的马总，因为有了阿里巴巴，让我有机会展示自己，也因为有了和他的赌约，才激发了我的销售潜能，成就了这段历史。我觉得人生最美好的东西不是你拥有多少财富，而是你经历过多少磨难，你是否持之以恒地去拼搏和努力过，未来你还有多少激情和梦想去创造新的奇迹。

"最后一点建议，也是我的座右铭，就是'没有过去'。我喜欢在每一个零起点扬帆起航，远航需要勇气和永不言败的激情。谢谢大家，今天现场，还有一位神秘嘉宾，我想请他与大家分享一下，他就是我 2003 年的经理陈星探，我们掌声有请！"贺海友伸出手邀请陈星探上台。

陈星探与贺海友握手后说："谢谢老贺，今天正好被他抓住，一定要让我过来说两句，我就简单谈谈我对老贺当时跳西湖的感受吧。2003 年，我负责杭州区域，老贺是我们团队的一员大将，他的工作经历激励和影响了很多同事。他让我们知道，在这个世界上没什么不可能。

"所谓英雄莫问出身，老贺没有辉煌的背景，就是一个从零开始的 Top Sales，我们是一群平凡人，做着非凡的事情。作为他的上司，也作为他坚强的后盾，我们以伙伴的方式共同追求梦想。在那个竞争异常残酷、电子商务还没有被大众接受的年代，这个团队具备的就是坚定的信念和超强的使命感。

"从阿里诞生那天起，我们已经为自己、为客户提出了百年服务的承诺。没有续签，就意味着我们公司没有被客户长期接受，目光短浅的公司不会有长期的梦想，没有梦想的公司不会是一家 Great company，甚至连 Good company 都称不上。

"老贺这一跳，是为他的'客户第一'付出的代价，是光荣的惩罚！老贺这一跳，跳出了我们的承诺精神，跳出了我们的简单理念，更跳出了'客户第一'的使命感！

"我的一跳，也是为我们的'客户第一'付出的代价。在工作上，我是他的上司，但同时他也是我的客户。作为上级，下属的成长是我的责任。冬天的西湖很冷，但却能让我清醒。我们是一个团队，'客户第一'不是一个人的责任，是大家要共同承担的责任。犯错不可怕，可怕的是逃避和拒绝承认错误，为实现102年的梦想，我们要有敢做敢当、敢想敢拼的战斗精神。在任何时候都不要忘记，我们和员工是一个团队，荣誉永远属于员工，责任永远属于我们自己。My company is my life! 我的分享就是这些，再次恭喜老贺，恭喜大家，谢谢。"

至此，两天的培训课程圆满结束。经过两天的培训，所有参与学习的新任主管和政委都感觉收获满满，对公司的发展历史、中国供应商团队的成长历程、公司的文化、管理的理论和技能、销售的知识和技巧等，都有了更深的理解，真是不虚此行。

班主任宣布培训结束后，大家集体合影留念。然后同学们满心欢喜地返回各自的前线，继续未完的战斗。

[第十六章]
杨五力与赵智伟的冲突

　　杨五力回到区域后,没来得及休息就投入到追赶业绩的战斗中。赵智伟经理在接下来的主管会议上让去杭州学习的同学一一做了分享。各位主管各抒己见,畅所欲言,大家共同的感受是:公司用心良苦,特别重视新主管的成长。所有的主管都表态:一定会努力拼搏,以身作则,不辜负公司的培养和信任;大家一定携起手来,把大上海区域打造成全国最团结、战斗力最强、最富创新精神的区域。

　　进入3月份,杨五力接连遇到几件不开心的事情,很大程度上影响了他的心情和状态。

　　首先是东方明珠团队的元老之一夏灵玉辞职了,这让杨五力颇感惋惜。夏灵玉是杨五力的前任主管周秀兰一手培养起来的,虽然业绩不是特别好,但是她积极乐观，执行力强，一直都是良好团队氛围的积极创造者和维护者，是团队不可缺少的开心果和润滑剂。由于夏灵玉的家族企业需要她去贡献经验和智慧，杨五力知道留不住，也就同意了她的辞职，但内心却五味杂陈。

其次是杨五力和区域经理赵智伟发生了不愉快。06年开年上班后，杨五力的老婆甄少青心血来潮，开始为杨五力做爱心便当。每天早上杨五力上班走的时候，甄少青已经为他准备好了一个手提袋，里面是她精心准备的午饭，而且每天变花样，西红柿炒鸡蛋、尖椒牛柳、宫保鸡丁、红烧茄子、麻婆豆腐等，都是杨五力喜欢吃的，此外还有苹果、蔬菜沙拉、水煮蛋等。杨五力拎着手提袋出门，感觉拎的不是盒饭，而是满满的爱意。

到公司后，杨五力把爱心便当放进公共冰箱，就开始团队的早启动会议，之后就背着包与团队的战友一起出门拜访客户了。由于杨五力几乎每天上午都在外面陪访，中午是不可能特意回来享受爱心便当的，而晚上为了与被陪访的同学交流当天的工作心得，总是在外面和同事一起吃晚饭。就这样，连续好多次，杨五力是如何把手提袋拎出家的，就是如何把手提袋拎回家的。刚开始甄少青是理解的，但是总这样，甄少青就开始抱怨了，她建议杨五力上午不要去陪访，可以自己理理思路，做做总结，下午再去陪访，这样的话，爱心便当不就可以享受了吗？也不枉她用心良苦地准备那么长时间。

在这件事上杨五力确定也觉得内疚，同时认为甄少青的建议也有一定的道理，再加上在杭州培训的时候，副总裁李旭晖反复提醒参会的各位主管，不要让自己成为大Sales，要提高对授权的重视，主管要不断总结和成长，否则团队是不会成长的。这样综合考虑下来，杨五力决定接下来三天上午不去陪访，自己要静一静，理理思路。

第二天上午，东方明珠团队举行完早启动会议后，杨五力按计划没有出去陪访，开始着手整理前一段时间在杭州培训的资料，做3月份的团队培训计划和人员补充计划和人员补充计划。到上午10点钟，整个阿里巴巴上海办公室就只剩下了四个人，分别是区域经理赵智伟、上海区域小政委张月惜、负责录入合同的协调冯彩云，还有一个就是杨五力。沪苏大区总经理吕重庆与大政委邓香香的办公室也在这里，但是他们全国各地到处飞，很少在上海。

上午 10 点半左右，杨五力正在聚精会神地整理资料，赵智伟找政委张月惜谈事情，突然看到杨五力还在公司，很惊讶。

"哎，杨五力，你怎么在公司？怎么没有去陪访？"赵智伟满脸疑惑。

"哦，我今天上午没有安排陪访，准备下午去。"杨五力立即起身回答道。

"你不去陪访，那你做什么呢？"赵智伟继续问。

"是这样的，上午我计划了三件事情，一是整理前一段时间在杭州培训的资料，包括彭蕾的、李旭辉的、关明生的，还有贺海友的，内容比较多，我想再整理消化一下；二是考虑人员补充的问题，夏灵玉离职了，现在团队空缺一位，我计划向张月惜提招聘需求；三是做团队这两个月的培训计划。"杨五力不紧不慢地回答。

"兄弟，你说的这些事情哪需要白天在公司做啊？你晚上回来再做也是可以的，这样也不耽误陪访啊！"很明显，赵智伟不高兴了。

"赵老大，您说得对，接下来我会这么做的。"杨五力爽快地答道。

两个人说完，赵智伟去找张月惜谈事情了，杨五力继续整理手中的资料。

中午，赵智伟、张月惜和冯彩云要下楼去吃饭，看到杨五力还在埋头苦干，赵智伟就邀请杨五力一起去。杨五力因为带了爱心便当，便婉言拒绝了，并告知赵智伟今天自己有带饭过来。赵智伟听到这个，好像突然意识到了什么，脸色立马沉了下去，没再说什么。

午饭后，赵智伟把杨五力叫到了自己的办公室。

"你小子是不是为了吃你的什么爱心便当而不去陪访啊？"赵智伟单刀直入地质问道。

"怎么可能呢？不会的！"杨五力直摇头。

"我一直以来几乎每天都出去陪访，留给自己思考和总结的时间太少，觉得自己成长特别慢。前一段时间在杭州培训，Elvis 反复强调，主管要懂得授权,要培养团队独当一面的能力,千万不要做大Sales,那样的话,自己和团队都不会成长。所以,我这几天想上午自己沉淀一下,理理思路,做一下总结,下午出去陪访,我就是这样想的。"杨五力继续解释道。

"你这话说得没错,兄弟,你这个月的业绩目标是多少?现在做了多少?"赵智伟咄咄逼人地追问道。

"这个月我们东方明珠团队的目标是150万,现在做了30万。"杨五力不卑不亢地回答道。

"那就是啊,目标是150万,现在才做了30万,还有120万的差距。你应该先拼命陪访,帮助团队做到150万以后,再花时间去思考、总结也来得及啊!"赵智伟的话语中已经有训斥的味道了。

"现在才10号,这个月还有20天呢,时间还很宽裕呀!"杨五力的回答夹杂着委屈。

"我只相信我看到的,拿到结果再放手,这就是我的态度。"赵智伟的回答很坚定。

"那主管也不能像机器一样天天陪访,难道就不能给自己留些时间思考、总结?"杨五力愤愤不平地反驳。

"主管的主要工作就是陪访,就是协助团队拿结果,否则要你们主管干什么?"赵智伟坚持自己的观点。

"好的,我明白了,我知道该怎么做了。"杨五力勉强回应后离开了赵智伟的办公室。

他心里很憋屈,去洗手间用凉水洗了把脸,左右看了一下洗手间没人,他右手握拳,对着镜子上下挥舞,同时歇斯底里地喊了三声"战斗!战斗!战斗!"。喊完以后,他觉得好受多了,回到自己的办公桌,简单收拾了一下就出去陪访了。

在接下来的周末,杨五力没有像之前那样去加班,而是在家里呼呼大睡了两天。

经过周末两天的调整，杨五力精神多了，周一团队早启动会议结束后，他就出去陪访了。跑了整整一天，陪访了两位队友，一共拜访了十几家客户，傍晚6点左右，杨五力和队友风尘仆仆地赶回了公司。

杨五力刚放下包就被赵智伟叫到了办公室。

"说说看，你今天做了什么？"赵智伟一脸严肃。

杨五力辛辛苦苦跑了一天，拜访了十几家客户，连口水都没来得及喝，本以为会得到关心和鼓励，没想到吹来的是一股冷冰冰的寒风，顿时心里哇凉哇凉的。

"赵老大，我有个建议，如果您觉得我哪方面做得不好，就直接告诉我，我改！但是不要用这样的语气和态度对待我，我受不了，咱们和气生财不好吗？"杨五力郁闷又无奈地说。

"你这个月目标达不到怎么办？"赵智伟责问道。

"我这个月的目标是150万，如果真的没有达到，到时候我请你吃饭，500元标准。"杨五力勉强微笑道。

"你也不要请我吃饭了，如果你没有做到150万，你这个主管就不要做了，去做Sales吧。"赵智伟跷着二郎腿，往椅背上一靠，目光犀利地盯着杨五力。

这句话犹如晴天霹雳，惊得杨五力目瞪口呆，半天没有缓过神来，他的忍耐已经达到了极限，于是爆发了。

"赵老大，你这种做法让我很难接受，如果我真的没有实现目标，你可以罚我请主管团队吃饭，或者罚我跳脱衣舞都行。可是你说做不到150万我这个主管就不要做了，如果这样的话，这个主管我现在就不要做了，你看着办吧！"杨五力怒目而视，满腹怨气。

"你这是什么态度？"赵智伟十分诧异，他万万没有想到杨五力是这样的反应。

"你先看看自己是什么态度！"杨五力也针锋相对地说。

气氛空前紧张，杨五力看谈不下去了，猛地站起身来，甩头走了。他再一次去了洗手间，先用凉水洗了把脸，然后把头放在水龙头下面，闭着眼睛用凉水冲洗了好几分钟。杨五力双眉紧锁，呼吸急促，左右摇了摇头，头发上的水珠四处乱溅。他抬头看着镜子里的自己，简直就像疯子一般。之后，他又双手握拳，上下挥舞，同时用尽全身的力气对着镜子大喊了三声"战斗！战斗！战斗！"。喊完以后，他再看镜子里的自己，面色就如关公一样，让人望而生畏。

几天后，又发生了一件事情，让杨五力更加郁闷。

由于东方明珠和钦帮战队的办公区紧紧相连，杨五力自然和钦帮战队的主管程雅钦走得近些。杨五力经常请教程雅钦销售和管理的经验和方法，程雅钦的管理很细腻，而杨五力的管理就显得特别粗糙。另外，程雅钦是阿里巴巴中国供应商历史上第一个签下客户的人，杨五力对她特别佩服。两个人经常讨论，相互学习，有时也会开无伤大雅的玩笑。这天，程雅钦通知公司近期的一次活动，杨五力在回复程雅钦的短信中，除了回复确认参加还开了一个玩笑，加了一句"My darling"。也真是无巧不成书，程雅钦的老公不经意间发现了这条短信，于是与程雅钦狠狠吵了一架。程雅钦为了解释这个误会，找到公司的政委张月惜，希望张月惜作为证人帮忙澄清一下。自然，张月惜报告给了赵智伟经理，于是赵智伟在两次主管会议上都提到了这件事情，这样的做法让杨五力羞愧万分，无地自容。更让杨五力难受的是，在两周后王云峰主管的婚宴上，正当上海的主管围坐在一起谈笑风生时，赵智伟突然又提到杨五力发短信的事情。杨五力的脸瞬间涨得通红，正好他面前有一杯斟满的红酒，他二话没说，一饮而尽。

接连发生的几件事，让杨五力意志消沉，情绪低落，整个人都没了精神。

这天傍晚，杨五力正在与队友沟通客户跟进的事，大区总经理吕重庆出现在他面前。吕重庆面带微笑，轻轻拍了一下杨五力的肩，示意他到自己的办公室。

"杨五力，最近你的情况我已经了解了，我也找赵智伟单独聊了，狠狠地说了他。我跟赵智伟讲，像杨五力这样的人哪能这样强压呢？应该深入沟通，找到问题的关键点，通则不痛。两个人都不舒服，一定是有误会或者理解上有偏差，也就是沟通不到位。类似的情况在江苏的几个区域也发生过，我觉得很有必要在之后的大区主管会议上，好好与大家聊聊，让大家明白，打造一支卓越的团队，打造一支我们中供这样的铁军，关注点应该是什么？具体的细节和工具有哪些？这些问题，我会认真与大家交流。

另外，我与赵智伟交流的时候，他对你是特别认可的，尤其是你带团队总是以身作则，充满激情，他特别欣赏。所以，我们不能因为一点小误会，就进入恶性循环，那太不值了。恶性循环没有赢家，只会双输。至于我对你的看法，那就更不用说了，你做主管就是我一手提拔的，我在各种会议上都提到过你，尤其是你的激情，很打动我。在我们这样的电子商务销售行业，这种激情是难能可贵的。一天二天的激情不值钱，一个月两个月的激情也不稀奇，难能可贵的是，一年二年三年始终如一，时时刻刻保持这样的精神、这样的意志、这样的激情。连我都佩服你，所以你要好好干，不仅要在我们沪苏大区的舞台上放光彩，更要在全国的舞台上证明自己，为团队、为上海、为大区赢得荣誉，赢得骄傲，赢得自豪！相信你一定可以做到，一定可以的！"

吕重庆站起身紧紧握住杨五力的右手，左手重重地拍了一下杨五力的右肩，充满期待地望着杨五力。

杨五力在吕重庆的鼓励下如释重负，压在他心里多日的愁苦情绪一扫而空。他的激情又回来了，他答应吕重庆绝不辜负其期望，然后精神抖擞、脚步轻盈地离开了吕重庆的办公室。

杨五力带领东方明珠团队经过艰苦奋斗，顺利完成了3月份的目标。

4月份，在沪苏大区主管的季度会议上，大区总经理吕重庆做了关于团队建设的主题分享。

"各位经理、各位主管，在与下属沟通和团队建设方面，我近期在咱们沪苏大区发现一个现象，我用几个关键词来表达。第一个是'粗暴'，表现在与下属沟通的态度和方法上。有的人是为了惩罚而沟通，不是为了解决问题；有的人是带着脸色和有色眼镜去沟通，全然忘了尊重；有的人是抱着故意刁难的心态去沟通，绝不是鼓励、辅导、支持，这都是粗暴的表现。

"第二个是'角色'。有的经理和主管认为自己扮演的是领导的角色，上级的角色，主管的角色，而没有意识到自己同时也扮演着支持者、服务者、辅导者的角色。与下属沟通，他们不是去扣动员工的心灵扳机，而是去敲打员工的大脑神经。

"第三个是'立场'。有的经理和主管处理问题和做出决策时，偏向于从立场出发，而不是从利益出发。利益是什么？是沪苏大区整个大家庭的利益。在团队利益、区域利益和大区利益之间，大区利益永远是第一的。立场是什么？是看待问题和处理问题的出发点、观点和态度。有个人的立场、团队的立场，也有区域的立场；有同学的立场、老乡的立场，也有同事的立场；有过去的立场、现在的立场，也有将来的立场；等等。但是，问题是，有的经理和主管在员工沟通、团队建设与发展方面，更多的是站在个人和团队的立场上，而不是站在区域和大区的立场上；是站在同学和老乡的立场上，而不是站在战友和同事的立场上；是站在过去和现在的立场上，而不是站在将来和发展的立场上。

"整个沪苏大区就是一个大团队，就是一个大家庭。在团队利益、区域利益、大区利益之间，我们必须把大区利益放在首位，站在大区的立场上，站在发展的立场上思考和解决问题，这样，我们沪苏大区才有可能成为最卓越的大区。当然，这离不开我们沪苏大区的团队建设，也离不开在座所有经理和主管的通力协作。下面我就与大家分享一下我在团队建设方面的心得和感悟。

"我分享的第一个关键词是'阶段'，即团队建设和发展的四个阶段。团队建设和发展的四个阶段分别是：初创期、成长期、稳定期、成熟期。团队初创期的特点是：士气高、希望大、依赖性强。团队刚刚组建，团队成员士气高昂，对自己、对团队的未来和发展都满怀信心，充满希望。同时，由于团队是初创的，部分新员工还没有经过系统化的培训，工作能力还比较低，所以，这些员工对主管的依赖性比较强。

"这里我想提醒的是，何谓初创期？你自己组建所有的人，从零开始，是初创期；你空降到一个新的团队，对于你来说，这个团队也是初创期。空降到一个新团队的主管，我个人认为，最主要的工作应该是积极融入团队，详细了解每一位战友的成长历程、习惯、爱好、梦想以及擅长和不足的地方。通过真诚和深入地交流，拉近大家彼此内心的距离，从而实现团队向心力、凝聚力的提升，让整个团队成为利益共同体、荣誉共同体，甚至是命运共同体。在这个过程中，主管也建立起了自己的威信和威望，赢得了团队成员发自内心的认可。

"相反，如果主管不做这些基础工作，直接利用手中的权力去强压团队成员，很容易遭到队员的抵触和反感。即使队员表面风平浪静，内心的暗流也在涌动，一旦其有选择的机会，就会离开这个团队，抛弃这位主管。所以说，人与人之间的距离可以看上去很近，但并不代表心的距离近，这是两码事。

"另外，初创期的团队，有可能会出现几个问题。一、由于团队成员热情高涨，急于做出成绩证明自己，所以团队都聚焦在业绩上，这就可能会忽略一些重要的问题，比如团队制度的制定，比如对每位成员的详细了解，这会导致后面要不断查漏补缺。二、团队初创期，由于团队成员之间相互还不够了解，主管对团队成员没有设定明确的目标和工作标准，主管自我设限，想等到对人和事都熟悉以后再设定，殊不知这会导致团队成员目标不明确，成长比较慢。三、团队的新成员往往是抱着尝试的心态在工作，容易放弃，主管担心如果这些员工离开，自己几个月的努力就会付之东流，于是对新员工抱放养的态度，不会全力以赴对其进行辅导和培训。等到这些新员工熬过试用期，自己出单了，下定决心大干一场时，主管才会给予特别的重视和支持。

有这样心态和做法的主管，团队往往会流失一些特别有潜力的人才。这些人才在入职初期，只是想得到主管方向上的指引、经验上的分享以及关键时候临门一脚的协助，但是，就是这样，他们也得不到，最后只能无奈、遗憾地离开。这不是很可悲的事情吗？

"所以，在团队的初创期，我给大家几个建议。一、创造多维度的沟通机会，可以一对一，也可以一对多，但是要记住，多谈心，少谈话；多开心，少开会。二、制定团队达成高度共识的发展目标，落实数字、时间、人物等各项工作。三、制定覆盖团队所有成员，按照不同纬度编排的培训计划，除了有梦想，还要有能力。四、帮助团队成员迎接新任务带来的挑战，给方向，给经验，给资源。五、针对遇到的问题及时制定相应的对策，比如在反对意见、竞争对手、成功案例等方面，可以通过团队的头脑风暴、集体研讨解决，也可以跨团队、跨区域请求指导和帮助。六、及早规范团队的管理，没有规矩不成方圆。只有公司的高压线制度是不够的，各个团队和区域应该尽早制定相对应的、个性化的制度和规范，比如考勤制度、行程制度、奖罚制度等，必须做到有法可依，违法必究。这就是我针对团队初创期给大家的六个建议。

"团队成长期的特点是：磨合、动荡、分化。磨合是每一个初创团队都要经历的时期。志向、文化、性格、习惯等都要在这个时期快速磨合。团队成员能否进行有效磨合，并顺利渡过这段敏感期，对团队主管的综合能力是一个巨大的考验。在这一阶段，团队成员会感受到现实情况与原来期望存在的差距，士气开始低落。就像很多同学在'百大'学习的时候踌躇满志、激情高涨，等回到区域后，一个月便歇菜了。三个月试用期结束后，有的'百大'流失了30%的人，有的甚至会流失50%，这就是现实与梦想的巨大差距。此外，由于时间有限，有的团队成员能力仍然较低，而部分有悟性、有能力、有潜力的成员则快速成长起来，个别成员会脱颖而出，于是团队内部便形成了分化。

"在团队成长期，团队成员有几个明显的行为特征。一、感到现实与期望之间存在差距，思想出现波动；二、由于对困难估计不足，心理有落差，对现实产生不满，开始抱怨；三、由于团队成员都想活下来，都渴望通过试用期，但是资源有限，于是团队成员之间出现争权夺利的现象；四、个别团队成员可能无法忍受这么大的工作强度或者说是作业模式，也有的可能是嫌收入低，于是选择离开；五、由于团队的动荡，团队中开始出现'小团体'。这些'小团体'有的是以'司龄'为纽带，有的是以'年龄'为纽带，还有的是以'性别''籍贯''爱好'等为纽带。这些'小团体'在名、权、利、物等方面会产生冲突，不利于整个团队的建设。

"所以，在团队的成长期，我给大家几个建议。一、以身作则。赚钱才是硬道理，出单了，赚钱了，团队成员的信心自然会提升，团队氛围也自然会好。怕就怕大部分团队成员不出单，满腹牢骚，这样团队氛围也好不了。我们所有的主管都是销售高手，这个阶段是你们发挥销售特长的好时候。把落后的、没有出单的、信心不足的团队成员的客户一个一个地详细了解，帮助他们把客户分类。作为主管，你们要掌握他们所有的 AB 类客户，跟他们一起拜访、跟进、逼单，直到签单收款，然后再去帮助下一个。如果团队 80% 的人都能出单，都能活下来，那这个团队度过磨合期就会快一些，成长也会快一些。团队成员大量流失，十之八九是因为业绩，所以，业绩为王，赚钱才是硬道理。

"二、帮助团队成员建立短期目标，细分到每一天，然后把团队总体目标与团队每一位成员的目标挂钩，增强团队的凝聚力。三、确立和维护团队的规则。好事不出门，坏事传千里，负面消息用不了一天团队就都知道了，甚至是整个区域就都知道了。所以，在个人与团队之间，必须明确团队利益第一，任何人都不允许有损害团队利益和形象的言行。另外，杜绝阳奉阴违的现象。有些人开会不说话，也不表达意见，当团队做出决定了，这些人就开始在背后说小话了，这种人最讨厌，因此，必须在团队内明确，要通过正确的渠道和流程，准确表达自己的观点。在公众场合，说话要直言有讳；在私下里，说话必须直言不讳，不要绕圈子。就怕有些人把头都绕晕了，也没有切入正题，那就麻烦了。

"四、鼓励团队成员遇到问题和困难拿出来讨论，请大家自由发表自己的建议，调动大家的积极性，好多金点子就是通过大家的讨论被挖掘出来的。五、对团队中的积极表现要给予认同，比如高拜访量、晚上加班、周末加班、主动学习等，对消极表现也要及时纠正，以便形成良好的团队氛围。六、提高团队成员的知识和技能，除了有梦想，还要有能力，这样才能提升战斗力。七、在团队内部不断强调对事不对人，有些人特别讨厌，经常对人不对事。要让团队所有人都认识到，人与人之间是有差异的，优秀的团队可以做到求同存异，抓大放小。团队内部更不能有歧视，不能因籍贯而歧视，不能因学历而歧视，不能因性别而歧视，也不能因高矮胖瘦、黑白美丑而歧视，这是团队建设最基本的内容，必须做到，否则，皮之不存，毛将焉附？

"团队经历成长期后，大家通过磨合进入稳定期。团队稳定期的特点是：习惯、环境、业绩。对团队的人员习惯了，对团队的制度习惯了，对团队的管理也习惯了。同时，对公司的环境、作业模式和企业的文化也逐步适应了。经过几个月的积累和沉淀，团队成员的知识和技能都有了一定程度的提升，团队有了一定的业绩。进入稳定期，团队成员的心态基本稳定下来，但团队中有可能会出现冲突，之前的小团队也有可能升级为派系，这都源于利益、资源、机会等的争夺。在团队中，能力比较强的成员开始显现出来，团队主管的主要精力也会从关注个人和氛围，过渡到督促业绩上来。但是，在这个阶段，有些主管会暴露缺点，比如工作懈怠、投机取巧、自己的管理能力跟不上等。

"在团队的稳定期，我的建议是：一、团队主管要建立起良好的品牌和形象。公司和其他团队对主管的认可能大幅提升团队成员的信心和荣誉感，所以团队主管要培养自己在公司的口碑和影响力，这不仅关系到团队具体工作的开展，也会影响到团队主管在团队内的权威性。二、继续帮助团队成员学习良好的沟通方式，通过正确的渠道和方式准确表达自己的观点，认真听取其他团队成员的意见和想法，言者无罪，闻者足戒，同时做出积极的反馈。这样做有利于消除团队成员之间的不信任，让团队形成团结合作的良好氛围。

"三、这个时期可以做一些授权，可以在团队内推行师徒制。如果团队里有老员工，可以让他们协助带新员工；如果没有，就让先成长起来的优秀员工与落后的员工组成工作小组，相互学习，相互鞭策。这样做，不仅显示了对老员工或者先成长起来的优秀员工的认可，也可以锻炼他们的管理能力，为他们未来的发展奠定基础。适当地给团队成员授权，一方面，可以使团队主管有更多的时间考虑团队的管理和发展；另一方面，也可以使团队成员拥有更多自主权，增强大家的积极性和责任感。

"四、更多地激励团队成员。可以在团队内反复强调公司的人才四象限，这个大家都知道吧？价值观和业绩都超出期望的就是公司的'明星'；价值观和业绩满足期望的就是'牛'；业绩好，但是价值观不符合预期的就是'野狗'；价值观符合预期，但是业绩不好的就是'小白兔'；价值观和业绩都不符合预期的就是'狗'。主管和经理都要不断鼓励团队成员去做'明星'和'牛'，只要发现团队成员的亮点和优秀事迹，就要第一时间给予表扬，最好公开表扬，因为积极的信息向下传，消极的信息向上传。氛围好了，信心足了，同学们更有可能做出好成绩。

"稳定期之后团队将进入成熟期。成熟期的特点是：高产、高涨、高兴。知识和技能的提升、客户和市场的积累带来高产，团队业绩达到新高度；团队融合了，关系融洽了，整个团队的氛围空前高涨；有了名，有了利，有了爱，团队其乐融融，高兴万分。

"进入成熟期，团队成员也有几个明显的行为特征：一、能够伴随团队进入成熟期的，价值观和业绩基本都能够满足期望。20%的人成为'明星'，70%的人成为'牛'，还有10%的'小白兔'，他们基本上都能够胜任自己的工作。随着企业文化逐步深入人心，团队成员从知道、理解进入了全面执行的层次，团队的制度和规则进一步强化并落地，使得团队派系观念淡化，甚至消除，团队成员精诚合作。团队成员对未来都充满了信心，团队达到了巅峰时刻。

"团队成熟期也会出现问题，团队主管容易被成绩和荣誉冲昏头脑，放松对团队的管理，看不到团队中隐藏的问题。比如有些团队成员开始小富即安，有了钱，就有可能寻花问柳、拈花惹草。也有的团队成员由于特别出色的业绩，目中无人，对公司内外的人都气势汹汹，咄咄逼人。这些都是隐患，有的主管没有察觉。

"针对团队的成熟期有可能出现的问题，我的几个建议是：一、如果团队已经达到了当初确立的目标，那团队可以再次沟通，再次达成共识，共同制定更高、更具有挑战性的目标，以使团队始终处于忧患之中。我始终相信，生于忧患，死于安乐。二、帮助团队成员制定个人发展计划，鼓励个人成长和发展。三、可以推进'上一个台阶'计划，团队的'明星'可以推向区域的'明星'，区域的'明星'可以推向整个中供的'明星'，给他们争取在区域和外区域学习、分享的机会和平台，让他们身入其中，他们的梦想和企图心自然会升级，环境会改变他们。四、团队主管必须时刻保持清醒的头脑，及时发现团队潜在的问题和矛盾，并及时给予解决。以上就是我给大家分享的团队建设和发展的四个阶段及其相应的特点、行为特征、问题和建议，请大家认真思考，并对照自己的团队，找出改进点，在后期的工作中进行改善。

"下面我讲一下高效团队的七个特征和低效团队的七个特征，这部分内容我不做展开，大家可以对照各自团队的情况去思考。高效团队的七个特征是：一、具有明确的团队目标；二、团队内部资源共享；三、团队成员的角色分配恰当；四、团队成员沟通顺畅，团队氛围良好，避免不想说、不愿说、不敢说（见表8）。五、志同道合，拥有共同的价值观；六、团队成员具有强烈的归属感和荣誉感；七、团队主管会进行有效的授权。这些就是高效团队的七个特征。

表8 团队沟通的"三不"现象

不想说：事不关己，高高挂起。不闻不问的人把工作当作业的心态。
不愿说：积怨、冲突、对抗导致沉默不语。积极表达的人把工作当做职业的心态。
不敢说：担心被打击、被报复，担惊受怕。敢说敢为的人把工作当做事业的心态。

"低效团队的七个特征是：一、团队没有共同的目标；二、团队内部封闭作业，各自为政；三、团队角色单一，成员之间无法做到互补；四、团队沟通不畅，无渠道、无氛围、无心情；五、没有共同的价值观，业绩至上；六、团队一盘散沙，表面和气，实质没有向心力和凝聚力；七、团队缺乏有效授权。

"我顺便再提一下团队建设中应避免的六种情况。第一要避免物以类聚，人以群分。在团队合作中，有些成员喜欢以自己的好恶来决定与他人的交往，这会使团队成员之间缺乏合作，或使一个团队被拆分为几个'意气相投'的小团伙。我在团队成长期也提到了这个问题，这非常不利于团队的合作，应该通过各种渠道增进团队成员之间的了解，比如举行各种形式的团建活动、头脑风暴等，不断强调团队的共同目标，做到求同存异，和而不同。第二要避免团队成员之间缺乏认同感。咱们铁军的销售，一个比一个强，老子天下第一，谁也不服谁，想让大家去认同别人是一件特别困难的事情。所以，有些团队成员对待他人取得的成绩，不是抱着积极的态度去认可，而是嫉妒，将其归结于运气，无法客观评价他人的努力和成绩，只看到自己的战绩和辉煌，这同样不利于营造积极的团队氛围，也不利于团队成员之间相互学习和合作。团队主管应积极帮助成员发现别人的优点及其对团队所做的贡献，认识到每个人都是不可或缺的一部分。比如不定期搞'猜猜他是谁'活动，团队成员把自己认为的其他人的亮点和优点写在小卡片上，先不要注明对方的姓名，然后让大家随机抽取猜猜看，猜中的有小礼物，这样特别有利于团队成员之间相互认可和欣赏。

"第三要避免拉帮结派，我已经反复提了几次，证明其特别重要。团队中如果有小帮派存在，会使人际关系复杂化，团队成员会有防备心理，不敢坦诚表达自己的观点，或出于小帮派的利益而损害团队的整体利益。在上海有一家世界500强公司的分公司，一位销售总监带了10位经理，这位销售总监和其中9位经理都是上海人，只有另外1位经理是四川人。其实这位来自四川的经理综合考评是排在前5名的，但是年度绩效排名硬是被这位销售总监排到了最后。这位来自四川的经理一气之下辞职不干了，去了竞争对手那里，带去几十个大客户，给公司造成了巨大的损失。这是一个典型的负面案例，所以，团队主管必须做到平等对待团队的每一个成员，有意识地不断强调拉帮结派对团队和公司的危害，要增强大家的团队意识，并通过共同取得的成绩来鼓励精诚合作。

"第四要避免突出他人的缺点。有些主管和团队成员，满眼都是别人的缺点，永远看不到自身的缺点，总爱拿自己的优点和别人的缺点比，其结果是相互贬低，出现问题时就相互推诿。我建议每个季度搞一次'感恩卡'活动，让团队所有人写1～3张感恩卡，写清楚要感谢的人，为什么要感谢。团队主管自己或者安排团队内担任小政委角色的人，在团队会议上阅读这些卡片，这样可以让团队成员之间相互欣赏。

"第五要避免各人自扫门前雪。团队成员每个人都低头做自己的事情，只关注自己的业绩，不交流、不分享，都担心自己的方法被其他人学去，不愿意与其他人分享资源，这会严重影响团队的成长、业绩的增加和效率的提升。遇到这样的情况，可以分步来改善。如果团队有10个人，可以按照师徒行两两结成小组，然后让这5个小组进行业绩竞赛，在竞赛过程中，师徒之间一定会有很多交流。第二步，可以把这10个人分成两个小组，选出两位小组长，让这两位小组长带领各自的小组进行业绩竞赛，同样，在竞赛过程中，每个小组内部一定有很多交流。第三步，把各小组的成员打乱，继续进行竞赛，几次以后，团队成员之间的交流和合作一定会大不一样。第四步，选一个本区域或者外区域比自己团队稍强的团队进行业绩竞赛，这个过程一定是热火朝天的，大家的团队精神会发生天翻地覆的变化。如果最终胜出，荣誉感、自豪感、归属感就都有了，即便不慎输掉，我们的目的也达到了，下次再去参加挑战，总有赢的机会。

"最后要避免严以律人，宽以待己，这是很多团队主管的毛病。要求队员早上8点半到公司，自己9点才大摇大摆到；要求队员完不成当天的任务晚上10点不准回家，自己8点钟已经不见人影，也不陪队员一起战斗；要求队员注意仪表仪容，做到彬彬有礼，自己却不修边幅，野蛮粗鲁；要求队员看书学习，自己却从来不碰一本书……一句话，正人先正己，'身正，不令而行；身不正，虽令不从'，大家好好想想吧！

"聊完以上的几个问题，我再谈一下5P、5C、5K和5个多少，这四部分内容我不会全部展开，需要大家自己去思考和感悟。5P分别是People人员、Place定位、Purpose目标、Plan计划和Power权限。People人员要考虑6个层次的问题，即选择人、吸引人、留住人、使用人、培育人、发展人。

"选择人的关键点是能力模型，我们必须针对不同岗位的人才构建不同的能力模型，至少要包括年龄、性别、工龄、勤奋度、岗位技能、沟通能力、执行力、合作意识、抗压力、稳定性等方面。总之一句话，符合岗位能力模型条件越多的人，成功的概率也就越大，流失掉的人才往往缺失能力模型几个重要条件。吸引人的问题是，即使你有了岗位能力模型，甚至是有些人才完全符合你的能力模型，但是，人家未必喜欢你的公司，也未必喜欢你和你的团队，这就需要吸引人，把人才吸引过来。那如何做到把人才吸引过来呢？我有几个建议，也就是几个关键词：企业文化、薪资待遇、发展空间。真正的一流人才，不会特别关注和计较薪资待遇，打动他们的，一定是足以改变这个世界、改变这个社会的使命和愿景，再加上大家都能够接受和执行的行为准则，也就是价值观，这样就有戏了。那些对薪资待遇斤斤计较的人才，基本上不属于一流人才。看看咱们阿里巴巴的JOE蔡，当年放弃70万美金的年薪来阿里巴巴拿一个月500元的工资，再看看乔布斯是如何说服百事可乐总裁约翰·斯卡利加入苹果的，还有比尔·盖茨是如何让肥皂大王尼多格拉公司的营销副总裁罗兰德·汉森加盟微软公司的，这都是梦想和企业文化的力量在起作用。

"有的人才是被吸引过来了，但是我看到的现象是，有的人待几天就离开了，有的人待几个月就离开了，也就是说，吸引过来并不代表能留得住。如何留住呢？几个关键词：关心关爱、积极融入、知人善任。了解人才内心真实的想法和心态，给予足够的关心和关爱，坦诚相待；团队所有的人积极融入，支持帮助；让人才做自己喜欢的事情，做自己擅长的事情，把人才放在最适合的位置，这就是知人善任。

"人才留下来了，那就好好用。除了刚才讲的知人善任，也可以考虑一岗多职，轮岗调动，做到人尽其才。培育人才可以考虑从搭建不同的培训体系、不同的学习组织、不同的培育方式入手。发展人的关键是做好授权，给予机会，搭建好组织发展阶梯，有清晰的职业发展路径，让大家觉得公开、公正、公平、透明，这些就是我讲的企业人才建设的六个层次。

"关于 Place 定位，其核心理念是'目的地倒推航线'。先明确自己在公司期望的位置，比如在什么范围怎样的指标做到什么位置。有位经理的定位是区域年度业绩在全国进入第一梯队，这就是一个比较明确的定位。有了明确的定位，接下来就可以制定切实可行的目标和计划。至于 Power 权限建设，一个业绩特别突出，战斗力特别强的团队，在公司是可以赢得一些特权的。比如，其他团队必须严格执行公司的考勤制度，业绩特别突出的团队，公司可以给予特权，由其灵活处理；战斗力特别强的、存活率比较高的团队，公司可以适当多给人员名额；销售能力强的、转化率高的团队，可以多分配一些主动咨询的客户……所以，团队的 Power 权限是可以建设的。

"聊完 5P，我再提一下 5C，分别是 Communication 沟通、Cooperation 协作、Confidence 信任、Creation 创新、Culture 文化。

"Communication 沟通，关键在于氛围、机制、坦诚。在拥有良好的沟通氛围的基础上，我们可以创造多维度的沟通机制，每个月的回顾一定要利用好，这是最重要的沟通机会。另外，周会、月会、季会、一对一和一对多的访谈、项目研讨会、价值观案例研讨会、团队建设活动等，都是促进团队沟通，加强团队建设的重要机会。与团队的沟通必须坦诚，这是核心和原则，有些主管虚头巴脑，口是心非，这样一定是带不出卓越团队的。

"Cooperation 协作，在团队内要推进'帮让给'的文化，什么是'帮让给'？业务上帮助，冲突中退让，资源上给予，大家自己理解一下。Confidence 信任，这里有几句话送给大家，一是疑人不用，用人不疑；二是说了100句真话，说了1句假话，那100句真话也成了假话，你将失去信任；三是只有信任，才会简单，因为信任，所以简单。大家体会一下！Creation 创新，这个我想大家都明白，其实我们也在不断创新，像上海东方明珠团队的小型网商'以茶会友'活动就办得有声有色，这就是创新。大家可以搞一些激励团队创新的活动和奖项，比如'哥伦布发现奖'、'最佳金点子奖'、'最佳创新创意奖'等，可以按季度，也可以按年度，评选出一二三等奖，这样可以充分刺激团队成员去思考，去创新。至于 Culture 文化，我的态度是，咱们阿里巴巴的核心文化、使命、愿景、价值观，是全公司同仁通用的，是必须接受和执行的。那么，我们的小团队是否应该有自己的小文化？哪怕就一句话、一个理念都是可以的，但是，要有内涵，要能落地，要能考核，这才有价值。如果只是空洞的口号，就没有任何价值了。我有位朋友，在一家知名房地产公司工作，负责楼盘字典的部门，他们团队的文化就是'精兵强将，以一当十'，他们也确实做到了，20人的团队取得的绩效，是其他同类公司百人团队才能达到的业绩。这就是有内涵，能落地，能考核的价值所在。

"5C 聊完，我再聊聊 5K。5K，就是5个关键词，分别是：团、升、合、通、丰，即一个中心、两点提升、三面融合、四部打通、五项丰收。一个中心，是打造一个高度团结，有向心力，有凝聚力，上下同欲，志同道合的团队,这个是绝对的核心。实现这一点,并非易事,这跟团队负责人的领导力有直接的关系。有的负责人自以为是,觉得自己的领导力很强,其实很垃圾;有的负责人觉得自己的团队人才济济,团结友爱,其实一盘散沙;有的负责人觉得自己的决策英明睿智,其实一错再错。关于领导力,我这里只提一下'三个七',不做展开。第一个七是领导力的七个层次,分别是消防员、老好人、大管家、推磨者、演讲家、合伙人、真隐士。第二个七是领导力的七种能力,分别是:学习力,看到别人看不到,听到别人听不到,悟到别人悟不到;决策力,高瞻远瞩,果断坚毅;组织力,知人善任,人尽其才;教导力,教练引导,自发自强;执行力,决策前充分表达意见,决策后坚决执行,满足时间、数量、质量要求;说服力,相信自己不相信;激发力,做到自己做不到。第三个七是领导力的七个动作,分别是:举旗,使命比利润更重要;画饼,愿景比管控更重要;打针,激励比批评更重要;拼图,团队比个人更重要;诵经,信念比指标更重要;开窗,平等比权威更重要;授玺,授权比命令更重要。关于领导力的'三个七'我就不做展开了,大家自己先体会,我们后面再交流。

"两点提升,一是梦想的提升,二是战斗力的提升。这就是有梦想有能力,按照咱们阿里巴巴的文化来说,就是提升意愿和技能。我们对这部分内容的学习和讨论已经很充分了,我就点到为止。三面融合指团队内部融合,跨部门融合,上下级融合。实现三面融合,前提是整个团队必须深刻理解和执行公司团队协作的企业文化,我看到的现象并不乐观。有的团队成员为了争夺资源,互不相让,甚至骂爹骂娘,出口伤人。有的团队对其他部门只有借力和索取,很少主动使力和给予,稍微有点不顺心就抱怨和投诉,这样怎么可能跨部门融合?对于上下级之间的融合,上级要以身作则,帮助下级方方面面得到提升,这是融合的基础;下级要有很高的配合度、很强的执行力,懂得如何向上管理,不要做责任上交的事情,这样,上下级融合就有希望。

"一个优秀的销售团队,如果只看到自己的团队,只看到自己面前的一亩三分地，那铁定是不够的。四部打通是指销售部、培训部、市场部、服务部这四个部门一定要全面打通，做到信息互通，互相协作。对于销售部来说，培训部、市场部、服务部都是资源，善用这三个部门资源的销售团队会有更多的机会和优势。最后是五项丰收，优秀的销售团队几个核心指标往往比较均衡，不会哪个指标特别弱。这里有五个核心指标，分别是：新签客户数、续签客户数、续签客户率、新签客户金额、续签客户金额。这五个核心指标分别考验销售团队不同层面的能力，新签客户数看销售和拓展能力，续签客户数看销售团队的资源池和底盘有多大，续签客户率看服务和满意度，新签客户金额看大客户和销售方案，续签客户金额看增值服务的销售能力。这几项核心指标，大家应分别对待，平行重视，以点带面，面面俱到。

"下面再说说'5个多少'，最后布置一个任务就结束。'5个多少'分别是：多关心，少关形；多表扬，少打击；多开心，少开会；多使力，少借力；多授权，少不闲。首先是多关心，少关形，这里的关是关注的意思，就是多关注团队的心态和思想，对于团队外在的工作形式、作息时间等允许适当的个性化。有的员工，人在公司，但是心在外面；有的员工，人在外面，但是心在公司。大家好好想想是不是这样，所以要多关心，少关形。第二是多表扬，少打击。大道理就不说了，一句话，'好言一句三冬暖，恶语伤人六月寒'。看看我们在座的主管和经理，特别会鼓励人的，特别会赞美人的，特别会表扬人的，团队的氛围就特别好，团队的凝聚力也就强一些，团队的业绩自然比较突出，大家自己去思考。那些眼里揉不下沙子，说话总是带针带刺的团队主管，是带不出铁军团队的。第三是多开心，少开会。多开心，意思是多策划、多组织一些团建活动，拉近人和人心灵之间的距离，信任的前提是了解和熟悉。少开会，不是不开会，是要开高质量、高品质、高效率的会议。我反对那种从早上10点一直开到第二天凌晨的会，吃不消的。我也听说过，我们有个主管，一开会就是十几个小时，没意义的，说关键点，简单，高效。

"刚才已经说了三个'多少'，多关心，少关形；多表扬，少打击；多开心，少开会。第四个'多少'是多使力，少借力。什么是多使力？就是作为团队主管，我觉得可以适当放下一些团队的事务，可以多帮帮区域，多帮帮别的团队，多帮你的上级分担点工作，搞搞活动，搞搞主管团建，搞搞沙龙，可以邀约公司所有人参与。多使力是跨部门之间的协作，这个也很考验情商。少借力不是不借力，而是说当你真正使力到位的时候，你的借力就不费吹灰之力。我自己总结了一句话，就是'使力借力不费力'。最后一个'多少'就是多授权，少不闲。我们有很多管理者，每件事都亲力亲为，忙个不停，把自己搞的跟大 Sales 没有什么区别。这里面关于授权是个很大的话题，可以作为专门的一堂课了，以后再说。很多管理者或者老板不授权也是可以理解的，因为不放心，怕下面的人做不好；不信任，怕交给下面的人资源被拿走；还有就是不重视，可能根本就没有把下面的人当成自己人，对下面的人是否成长无所谓。总结一下，老板不授权的原因有三点：不放心、不信任、不重视。以上就是'5个多少'的全部内容。最后布置一个作业，今天的分享就结束。

"这个作业就是大家回去以后，组织各自团队成员观看一部电影，这部电影的名字叫《卡特教练》。看完这部电影后，大家思考一下，卡特教练是如何让一支屡战屡败的高中篮球队，浴火重生为一支无人能敌的常胜将军的。各位区域经理可以将主管组织起来，进行头脑风暴，充分讨论。

"最后，祝愿在座的所有主管、经理，都能打造出一支志同道合、攻无不克、战无不胜的铁军团队，谢谢大家。"

吕重庆的分享一气呵成，在分享过程中他滴水未沾，让人感动。参会的所有主管、经理都全神贯注，用脑思考，用心记录，受益匪浅。

沪苏大区季度总结大会圆满结束。

[第十七章]

《卡特教练》引发的思考

一季度管理层总结大会结束后,沪苏大区的所有经理、主管返回前线开始战斗。杨五力也不例外,他每天费尽心思推进业绩。除了操心业绩,杨五力带领的东方明珠团队还要再招一个人,以增加战斗力。

在一位老客户的推荐下,杨五力招进一个名叫向文乐的男生,此人人高马大,虎背熊腰,特别能吃苦。向文乐在一家外贸公司做过外贸业务员,对外贸的整个流程、海外的市场以及国内的出口市场都比较熟悉,很容易与客户找到共同话题,专业知识也丰富,客户都特别信服。所以,向文乐很快在团队脱颖而出。

这时,公司规定,铁军团队优秀的业务经理可以配一位助手,以协助业务经理筛选客户、与客户进行初期谈判,并处理一些行政事务。东方明珠团队的韩冬梅由于怀孕，需要在家养胎，不能出门拜访客户，幸运的是，她已经具备配助手的资格。经过多轮面试后，杨五力和韩冬梅决定录用熊惠玲，一位特别认真、细腻、有耐心的女生。因为韩冬梅没法出去开拓新客户了，她一年的业绩就全部压在50家老客户的续签上，而且年底前她只有40家老客户到期。这么多老客户的拜访、服务、续签全部交给一位新人是不可能的，而且她前面几个月还要进行系统化的培训，所以，杨五力用了20%的精力与熊惠玲合作，两个人分步拜访了韩冬梅所有的老客户，先做好客情和服务，了解困难和需求，为后期的续签工作打下了坚实的基础。

除了韩冬梅，东方明珠团队的穆易春同样具备了配助手的条件，面试了数十人，穆易春最终看中了一位团队意识特别强，也非常谦虚好学的李恩平。虽然小伙子年纪轻，但是懂事、好学、踏实。这样，东方明珠团队加上新人向文乐和两位助手，再加上杨五力自己，一共13人，可以说是兵强马壮，稳稳地抢占了大上海第一梯队。

5月份的启动会议后，赵智伟安排上海所有销售主管和政委观看了电影《卡特教练》，之后大家轮流分享了观后感。

"各位主管，这部电影《卡特教练》是咱们的大区总经理吕重庆在一季度大区管理层会议上特别强调让我们集体观看学习的。看完这部电影，我相信大家都特别佩服卡特教练在团队打造和建设方面的卓越能力。我想大家对这部电影的理解和感悟是有差异的，我们每个人都分享一下自己最大的感触吧，谁愿意第一个分享？"赵智伟作了开场白。

"我第一个分享。"杨五力自告奋勇站了起来。

"我最大的感触是：没有规矩，不成方圆。这个感触是源于卡特教练的几个做法。第一，当老教练怀特把卡特教练介绍给团队成员之后，卡特教练当天就要求每一位队员签署一份协议，这份协议有几个具体要求：一是队员的学科平均成绩要保持在2.3分以上；二是队员要去上所有课程，不能逃课；三是队员上课要坐在前排；四是在比赛日所有队员要穿西装打领带。如果队员没有做到，卡特教练将关闭训练馆，直到所有队员达到要求。这样做的好处是让队员们形成荣誉共同体，并且有法可依，违法必究，后面发生的事情也正好验证了这一点。

"第二，卡特教练不允许球员迟到，让球员学会尊重。训练下午3点开始，2点55分到就算迟到。只要有一个球员迟到，除了该队员要做250个俯卧撑，其他队员也要做20个俯卧撑，使大家形成利益共同体。卡特教练靠这种严格的制度和坚决的执行力，将里士满油井队这支懒散的高中球队打造成了一支向心力、凝聚力、战斗力超强的团队。

"我之所以有这样的感受，是因为我在自己和其他团队负责人身上看到了一些现象。第一个现象是，有的团队没有明确的、大家接受和达成共识的、成体系的规则和制度。有人经常迟到，就补一个迟到的处罚制度；有人经常完不成拜访量，就补一个完不成拜访量的处罚制度；有人因为一点小矛盾、小问题，就与同事在办公区大声喧哗，影响了公司的办公氛围，于是又出台了相关制度。一直在补缺，就是不查漏，制度不成体系。第二个现象是，我发现有些主管在没有相关规则和制度的前提下，随意对团队成员和公司员工进行罚钱和体罚，这样的行为简直就是土匪做法。员工碍于面子，表面上不说什么，内心一定是强烈反对的，满肚子的怨气。第三个现象是，有些主管一拍脑袋就出台一个制度，没有与团队成员进行充分讨论，也没有听取团队任何人的想法和建议，说句不好听的，就是一言堂。整个团队一天到晚就是主管自己在说，其他团队成员不想说、不愿说、不敢说，这绝对不利于团队成长。团队表面上风平浪静，其实是暗流涌动，一盘散沙。以上就是我最大的感触，分享完毕，谢谢。"

"刚才杨五力分享得很好，我们掌声鼓励一下，下面哪位同学分享？"赵智伟继续主持。

"下面我来分享。"超人战队主管方宝昆站了起来。

"我最大的感触是：建立权威，不卑不亢。这个感受源于卡特教练做的几件事。

"第一件事，卡特教练与团队成员第一次见面，在自我介绍的时候便遇到了挑战，几个刺头对卡特教练表现出不屑和藐视。当卡特教练介绍自己说：'我是肯·卡特，你们的新任篮球教练'时，第一个刺头沃姆说：'我们听见了，小子，不过我们看不见你，你那个又大又黑的秃头太晃眼了，哥们，妈的，你是不是拿布把它擦亮了？'卡特教练对沃姆的冒犯采用了克制的态度，巧妙化解了。

"第二件事，当卡特教练提出所有队员都需要签署一份合同，并说明这份合同要求所有队员的平均成绩保持在2.3分以上、要去上所有的课程、上课要坐在前排时，沃姆继续冒犯道：'这是个乡下蠢黑鬼，小子。'

"卡特教练继续保持克制，反问道：'打扰一下，你刚才说了什么吗，先生？'这个时候，比沃姆更加刺头的一位队员提摩·克鲁兹挑衅道：'沃姆想知道，看你打的领带还有这副派头，你是不是什么乡下教会里的黑鬼？'卡特教练在受到这样的侮辱和歧视的情况下，考虑到自己教练的身份，仍然保持克制道：'好，克鲁兹先生，还有沃姆先生，你们两个都要知道，我们是有自尊的，我们不会使用'黑鬼'这个词。'提摩·克鲁兹不依不饶，继续挑衅道：'你是传教士还是什么狗屁？因为上帝在这一带可不会给你们什么好果子吃。'卡特教练仍然克制：'我就住在这一带，先生。'提摩·克鲁兹又起哄道：'你们能相信这个傲慢的黑炭头吗？'

"卡特教练的忍耐和克制到了极限，他必须建立权威。卡特教练要求提摩·克鲁兹马上离开体育馆，当提摩·克鲁兹说：'你知道我是谁吗？'，卡特教练一语击中了他的要害：'从我看到的来说，你是一个非常慌张和害怕的年轻人'。接下来，当提摩·克鲁兹继续侮辱卡特教练时，卡特教练用武力制服了提摩·克鲁兹，并让他离开了体育馆。卡特教练维护了自己的尊严，为后面的球队管理树立了权威。

"第三件事，在卡特教练与队员家长的见面交流会上，好几位家长对合同的要求和制度提出了抗议和质疑，但卡特教练自始至终坚持自己的态度，不卑不亢。见面交流会刚开始，队员朱尼尔的母亲就抗议道：'本州规定只要队员的平均成绩达到 2 分就能打球，但是你却要他们达到 2.3 分？'卡特教练坚定而诚恳地回答道：'如果队员的平均成绩是 2 分，在高考时就至少要拿到 1050 分，才有可能获得运动员奖学金。如果队员的平均成绩是 2.3 分，那就只需要 950 分，2.3 分只不过是 C+，保持 C+ 不会那么难的，这些孩子是学生运动员，'学生'是首要的。

"当另外一位家长抗议道：'合同上还要求他们在比赛日穿西装打领带，他们连领带都没有，你打算提供领带？'卡特教练针对这个问题回应道：'离这里不到两个街区，就有一家亲善商店和一家救世军商店，他们那里有满满一箱 50 美分一条的领带。'这位家长抗议道：'老兄，你想说什么，嗯？'卡特教练略显疑惑道：'我们身份太高，不能去亲善店和救世军商店买东西，是吗？'这时，又有一位女士家长抗议道：'对，我还没穷成那样，这真是疯了！'

"朱尼尔的母亲再次抱怨和反对道：'这是打篮球啊，老兄！'但是，卡特教练坚决地回应道：'篮球是一项特权，夫人。如果你想在这个队打篮球，这就是你要遵守的简单规则，假如你要享受这种特权的话。如果你们决定遵守这些简单规则，你们和孩子们就要签这份合同，他们明天要带着合同来训练。如果他们来训练，我要谢谢你们来这里表示支持，我希望在这个赛季剩下的时间里，还能继续得到你们的支持。'卡特教练坚持自己的要求，维护了自己的权威。

"卡特教练的做法让我意识到，对于团队的刺头不能一而再、再而三的容忍，不能只考虑团队的和谐，而丢掉自己的权威和自尊，必要的时候必须向其表明立场。在维护自己权威的同时，也告诉团队成员，谁不尊重规则，谁破坏团结，必将受到惩罚。我的分享就到这里，谢谢大家。"

"好的，刚才方宝昆的分享也特别精彩。接下来的分享就按顺时针轮流吧，我就不点名了，从李慧琳开始。"赵智伟安排好后坐下来认真倾听。

"好的，我最大的感触是：坚守立场，绝不妥协。"李慧琳分享道。

"我的感受源于几件事。第一件事，里士满油井队在当前赛季已经连续赢了多场比赛，这是前所未有的，前途一片光明。但是，卡特教练发现不少队员经常逃课，而且学习成绩也没有达到合同中要求的平均 2.3 分，其中有 6 人至少一科不及格，还有 8 人有逃课现象。卡特教练按照合同规定，果断关闭了体育馆，还放弃了与甫黎莽特篮球队的比赛。

"第二件事，卡特教练关闭体育馆后，引起了队员和队员的父母、学校的领导，以及里士满球迷的强烈不满。首先，重新归队的刺头克鲁兹与卡特教练再次发生冲突，克鲁兹再次出走，其他队员也对卡特教练的做法表示不满，但是，卡特教练坚守立场，绝不妥协。其次，当庭审委员会投票四比二决定取消禁球时，卡特教练当庭表示不干了，继续坚守立场，绝不妥协。值得高兴的是，当卡特教练收拾东西准备离开，想最后一次到体育馆看看时，发现所有队员都自觉在体育馆复习功课。团队所有队员都接受了卡特教练的要求和卡特教练坚守的理念，这让卡特教练分外感动，热泪盈眶。

"通过卡特教练的坚守立场，绝不妥协，我意识到，我们坚守的原则和理念不能因外部的任何压力和变化而改变，必须矢志不渝地去坚守。好的，我的分享就到这里，谢谢。"

接下来是钦帮战队的主管程雅钦的分享。

"我最大的感触是：用心良苦，大爱无声。卡特教练自始至终都坚定一个思想，就是队员的学习最重要，只有考上大学才有希望，他三次表明自己的主场。

"第一次，卡特教练关闭体育馆，与加里森校长发生了激烈的冲突。加里森校长认为卡特教练的动机是好的，但是方法极端了点儿。而卡特教练强调，加里森校长曾说过，没有人认为这些队员能毕业，没有人认为他们能上大学。所以，卡特教练要求队员的平均分达到 2.3 分，这样高考的时候只需要 950

分就可以获得运动员奖学金。如果要求队员的平均分是 2 分，那么高考的时候就必须考 1050 分。这足以看出卡特教练是用心良苦，大爱无声。

"第二次，卡特教练关闭了体育馆，放弃了同甫黎莽特篮球队的比赛，引来很多记者的关注和采访。卡特教练对此阐明了自己的态度和想法：'你们回家后，仔细想一想你们的将来，再看看你们父母的现状，扪心自问，我想要什么样的将来？如果答案是对，明天我们这里见，我向你们保证，我会尽我的全力，让你们上大学，让你们有个美好的未来。'这再一次体现了卡特教练的用心良苦，大爱无声。

"第三次，在州庭审委员会现场，卡特教练几乎遭到了在场所有家长、球迷、社会人士的反对，大家一致要求重新开放体育馆，让球员去打球。卡特教练愤然起身，慷慨陈词：'我要告诉这些孩子们的是，遵守纪律才能有所作为，将来才会有更多的谋生机会。我之所以当这个教练，就是想改革，为了一队出色的小伙子而改革。'卡特教练的字里行间无不传递出他的用心良苦，大爱无声。好的，我的分享就到这里，谢谢大家。"

程雅钦刚坐下，所有的主管就不约而同地鼓起掌来。

接下来是金汇战队的主管王云峰分享。

"大家好，我最大的感触是：公平公正，不偏不倚。有两件事可以说明。"王云峰分享道。

"第一件事，卡特教练的儿子戴米恩从圣弗朗西斯转学到里士满，在报到的第一天，下午的篮球队集训他迟到了。卡特教练规定，篮球训练 3 点开始，2 点 55 分以后到就算迟到。卡特教练没有因为戴米恩是自己的儿子，就对他特殊照顾，而是按照篮球队的制度处罚戴米恩做 20 次'自杀'式训练。这体现了卡特教练的公平公正，不偏不倚。在我们的主管团队中，我发现有些主管对与自己关系比较好的队员，或者业绩比较好的队员，或者老乡，或者同一届百年大计的队员，会给予特殊照顾，甚至私下多分配资源。这样做，不仅有失公平公正的原则，还会阻碍团队的成长。卡特教练在这方面是我们的榜样，自己的亲儿子也不能有特殊待遇，对待所有的队员必须公平公正。

"第二件事，当朱尼尔由于逃课，被卡特教练要求停赛时，朱尼尔大发雷霆，与卡特教练对抗道：'这是在放屁！是我们赢了那些比赛，不是你。'卡特教练于是处罚朱尼尔做1000个俯卧撑。通过这件事情可以看到，虽然朱尼尔是团队的主力，但卡特教练对他的逃课事实也没有从宽处理，再一次体现了公平公正，不偏不倚。好的，我就分享这么多，谢谢。"

下面轮到的是金牛战队的主管张巧颖。

"我最大的一个感触是：巧妙关联，提高效率。卡特教练用女孩子的名字'黛安'来代替'打人盯人，紧逼防守'的战术名称，用'黛利拉'来代替'陷阱防守'的战术名称，用'琳达'来代替'挡拆进攻'的战术名称。这样做，一是容易记忆，二是在赛场上可以保守隐秘，不容易被对手识别具体战术，有暗号的作用。我就分享这么多，其他的都被你们提到了，谢谢。"

张巧颖后面是天马战队的主管马正芳。

"我最大的感触是：团队协作，攻无不克。有这样三件事。第一件事，刺头克鲁兹由于冒犯了卡特教练，被卡特教练逐出体育馆。后来，里士满油井队厚积薄发，取得多场胜利，克鲁兹就想回到篮球队。卡特教练对于克鲁兹的回归请求提出了比较苛刻的要求，必须在周五之前做完2500个俯卧撑，1000次'自杀'。克鲁兹在训练场费了九牛二虎之力，几乎虚脱，还是欠卡特教练80次'自杀'和500个俯卧撑。最后，里士满油井队的其他队员都积极为克鲁兹分担俯卧撑和'自杀'，依靠团队的力量完成了卡特教练的要求，克鲁兹顺利回归。杰森·莱尔对卡特教练说的几句话引起了大家的共鸣，'我来替他做俯卧撑，你说过我们是一支团队，有一个人拼命，我们就都要拼命，一个队员胜利，就是我们大家的胜利，对吗？'

"第二件事，卡特教练关闭体育馆，盖瑟克先生和舍曼女士牺牲休息时间为篮球队的队员补课。虽然部分队员达到了学习分数的要求，甚至取得了3.3分的高分，但是卡特教练强调，个人成绩不可能代替全队的成绩。同时，卡特教练质问有反对意见的队员：'我们是里士满油井队，你知道油井队员代表什么吗？'这里再一次强调了团队协作，攻无不克。

"第三件事，州庭审委员会通过投票，决定重新开放体育馆，让篮球队的队员们练球，但是，里士满油井队的所有队员都没有练球，而是在体育馆认真地补习功课。他们相互学习，相互交流，相互鼓励，最终都取得了平均2.3分以上的学习成绩。这又一次证明了团队协作，攻无不克。我的分享就这么多，谢谢。"

马正芳分享之后是华夏战队的主管司中华。

"我最大的感触是：共同语言，共享共担。在《卡特教练》中，有一句非常重要的共同语言，'里士满必胜！里士满必胜！里士满必胜！'我个人认为，共同语言对一个团队有特别重要的作用，可以拉近人和人之间的距离。我的分享也就这些，都被你们说完了，我是绞尽了脑汁，挖空心思，才想到这点的，谢谢。"

"好的，谢谢司中华的分享，由于时间关系，我们最后再让两位同学分享一下就结束，希望大家理解。先请苗四野分享吧！"赵智伟为了控制会议时间，做了分享人数的调整。

"好的，我最大的感触是：胸怀宽广，气度恢弘。有这样三件事。第一件事，刚开始的时候，刺头提摩·克鲁兹冒犯了卡特教练，卡特教练为了维护自己的尊严，把提摩·克鲁兹逐出了体育馆。后来，提摩·克鲁兹想回球队，卡特教练不计前嫌，接纳了他，但是处罚了他2500个俯卧撑和1000次'自杀'。再后来，卡特教练关闭体育馆，提摩·克鲁兹再次冒犯卡特教练，并再次出走，离开了球队。当提摩·克鲁兹的表哥瑞尼被一伙人枪杀街头时，提摩·克鲁兹几乎崩溃，极度悲伤和恐慌，他在深夜敲开了卡特教练家的门，卡特教练以宽广的胸怀和恢弘的气度再次接纳了他。

"第二件事，队员朱尼尔被卡特教练禁赛后，破口大骂，毅然决然地离开了体育馆。朱尼尔的母亲带着他找到卡特教练，向其道歉，期望卡特教练能够重新接纳朱尼尔。当卡特教练了解到朱尼尔的家庭情况以及朱尼尔哥哥的不幸后心生怜悯,同意朱尼尔重新归队,但坚持之前1000个俯卧撑的处罚,另外再加上1000次'自杀'。

"第三件事,里士满油井队连续赢了16场比赛,气势如虹,所有的队员都处于兴奋和骄傲之中。当晚,所有队员背着卡特教练参加了球迷苏珍的家庭派对,在派对上不少队员言行出格。当卡特教练找到队员们后,他克制了自己的愤怒和不满,巧妙灵活地处理了这次违规事件。

"以上三件事,我觉得充分体现了卡特教练宽广的胸怀和恢弘的气度。我发现我们管理层团队有些人的格局非常小。有的主管在遇到销售的反对或者是对销售的执行力不满意时,就会对这个销售怀恨在心,'另眼相待'。更让人无法接受的是,这些主管每天故意去查那些销售的拜访记录,一旦发现有不实记录,就以违背公司价值观的名义将其开除,对这样的主管我是极度鄙视的。还有的销售主管对自己不满意的销售,或不听自己话的销售,变着法儿地折磨他们,比如要求更高的拜访量、更高的电话量、周末必须加班,更甚者,要求销售去跨部门工作,其目的不言而喻的。我就分享到这里,真话说多了,我真是怕别人报复,谢谢。"

苗四野分享结束后,大家一阵沉默。

"下面我来分享,也是今天最后的机会了。"狼族战队的张英健起身说道。

"我最重大的感触是:相信团队,相信自己。我不知道大家是否注意到,卡特教练从接手里士满油井队开始,就在传递必胜的信心。卡特教练对所有队员说:'你们会成为赢家,如果说我知道什么事的话,那件事就是失败到此为止了。从现在起,你们会像赢家一样打球,像赢家一样生活。最重要的是,你们将会是赢家,如果你们肯听肯学,就会打赢篮球比赛。在这里赢,正是在外面赢的关键。'

"之后,当卡特教练告诉队员,里士满油井队被湾丘假日锦标赛邀请后,队员们齐声欢呼:'我们保持不败,我们保持不败;我们保持不败,我们保持不败；我们保持不败，我们保持不败。'这体现了相信团队，相信自己。这些就是我的感受，谢谢。"

"好了，谢谢今天分享的所有主管，谢谢大家。最后，我简单谈谈我个人的感受。"赵智伟做最后的分享总结。

"第一点，大道至简，大道相通。一个道理、一个理念、一种精神，可以有成百上千个事例去证明。所以，我想说的是，关于读书，泛读百本，不如精读一本；关于电影，走马观花一百部，不如下马看花只一部。大家如果能够真正吃透这部电影所传达的关于团队建设的核心思想与理念，我觉得比你们做 100 万的业绩收获还大，真的是这样。

"第二点，是改变的力量。我个人觉得，这部电影最大的亮点，是最大的刺头克鲁兹在后面说的一段肺腑之言：'我们最怕的不是别人看不起我们，我们最怕的是我们的前途无量。我们真正怕的是我们光明的一面，不是我们阴暗的一面。随波逐流者一世徒劳，没有努力就不会有成就。你身边的人也会因此为你自豪，我们都是前途无量的。不光是我们，所有的人都一样。让我们发挥潜能，我们身边的人自然而然也会效仿；让我们自己从恐惧中解脱出来，我们的行为也能让他人解脱。'这就是改变的力量，这就是成长的力量。所以，大家对团队成员长远发展的关注才是团队持久成功的关键。

"第三点，个人成长永远比业绩增长更重要，个人成长永远比事业发展更重要。电影的最后，在最后一场对圣弗朗西斯队比赛的时候，里士满油井队输了。卡特教练在更衣室里对队员们说：'你们和冠军没有什么两样，你们从未放弃，冠军也许会输，但是从不低头！冠军们永远都是斗志昂扬的！你们今天做的，远远比输赢重要，远远比明天报纸的体育头条重要。你们做到的，是某些人一辈子追求的，你们做到的，是超越自己。先生们，我非常为你们自豪。4 个月前，我来到里士满，我有一个计划，计划失败了。我是来训练篮球队员的，但是你们成为了学生；我是来训练男孩子的，但是你们成为了男人。为了这个，我要感谢你们。'

"团队的输赢的确很重要，但是更为重要的是在追求结果中超越自己，成长比成功更重要。里士满油井队没能在决赛中击败对手夺得冠军，但是他们后来有6个人上了大学，5个人获得了奖学金，这是该校从未有过的成绩。在这一点上，体现了卡特教练的志存高远。

"好了，我们这次《卡特教练》观后感的分享就到这里，我预告一下，我将在6月中旬咱们上海管理层的论坛上与大家分享我的独家秘籍"独孤九剑"。大家不要误会，不是我们阿里巴巴之前的九大价值观，而是我在管理方面的九大感悟。最后再说一句，我们对团队成员长远发展的关注才是团队持久成功的关键。"

所有参会人员主动起立，掌声响起……

[第十八章]

赵智伟的"独孤九剑"

5月是收获的月份,上海区域及其大部分团队的业绩都创了新高。一方面是因为阿里巴巴在上海的知名度和影响力不断提升,另外一方面是因为4月份参加广交会的一些优质客户,在阿里铁军的跟进下,5月份顺利转化为中国供应商的金牌客户。

6月份,在阿里铁军上海主管的管理论坛上,赵智伟按照之前的约定,与大家分享了自己的独家秘籍"独孤九剑"。

"感谢大家在5月份的鼎力支持和优秀表现,我们大上海的业绩再一次创了新高,而且我们有8个战队创了自己的历史新高,我们要为自己鼓个掌!"分享开始,赵智伟表扬了各位主管在5月份的优秀表现,各位主管脸上都洋溢着笑容。

"按照之前的约定,本次的主管论坛我将与大家分享我的独家秘籍'独孤九剑'。我之前也说过,我的'独孤九剑'不是我们阿里巴巴早期的九大价值观,而是我个人在销售管理方面的九大感悟,总结起来叫做'独孤九剑',兼有销售和管理思想,大家学习吸收后,要分享给各自的团队成员。我分享的内容是:一个原则、两个探寻、三步销售法、四个阶段、五大有力武器、六个稀缺资源、七个经典成功案例、八对永远不犯的错误、九大理由之购买阿里巴巴,这九个主题就是'独孤九剑'的总体结构。"赵智伟话音刚落,在座的主管便热烈地鼓起掌来。

"我首先与大家分享第一个主题:一个原则。其实,在这里,'一'不是指只有一个,而是说我们在业务中必须遵循的几个原则。第一个原则是永远把产品和服务卖成稀缺资源。有的销售总是抱怨公司没有促销资源,有了促销资源又抱怨促销资源太少,促销资源多了又抱怨促销力度不够。对这些销售我是真心看不起,业绩做不好,永远都有理由。真正出色的销售,真正的销售高手,哪怕公司没有任何促销资源,都可以自己创造促销资源,把客户掌握在自己手中。时间关系,我就不安排头脑风暴了,我抛砖引玉,给大家一些思路,大家在会后找个时间安排各自的团队进行头脑风暴,思考一下在公司没有促销资源的前提下,我们该如何创造资源?如何去签单?

"各位思考一下这几个问题:1.我们线下的小型'以茶会友'网商沙龙嘉宾分享是否是资源? 2.我们大型网商会议的嘉宾是否是资源? 3.我们阿里巴巴上海外贸精英俱乐部的创始会员、理事、副会长、会长等是否是资源? 4.参与全国十大网商的竞选机会是否是资源? 5.我们的VIP服务是否是资源? 6.我们的35秒在线视频广告是否是资源?合同里面我们承诺的是30秒。7.我们的线下外贸培训机会是否是资源? 8.去我们阿里巴巴总部参观学习,与我们阿里巴巴高层交流是否是资源? 9.咱们上海本地的年度十大明星供应商的竞选机会是否是资源? 10.我个人对你们来说,对咱们上海所有的销售来说,是否是资源?"

赵智伟连珠炮似的提问起初让大家有些瞠目结舌，但很快大家就豁然开朗，频频点头。

"我刚才提的问题只是抛砖引玉，大家在会后务必找个时间安排各自的团队头脑风暴，一定会有更多更好的答案，这一点，我深信不疑。第二个原则是永远要拥有比客户更多的选择权。这里的关键点就是预留空间，不要一次性把弓拉满。我们要努力让客户跟着我们走，而不是我们让客户牵着鼻子走，那样就特别被动。我有个'369'思路，即不管是促销资源还是产品卖点，还是我们平常拥有的非促销资源，前面的'3'起试探的作用，就是你拥有的，你能给到客户的所有东西先给3分，看对方的反应。一般情况下，客户不会那么容易被搞定，也不会那么容易满足，都是需要不断跟进和逼单的，所以，绝对不能一时冲动，把所有的资源一股脑儿全部抛出去，如果抛出所有资源还没有搞定，那我们就只能天天围着客户转了。到那个时候，急也没用，特别被动，因为你已经没有王牌可出了，只能听天由命。中间的'6'可以作为再次邀约、跟进、尝试性逼单的资源，这个阶段可以给到6分。后面的'9'就是要全力以赴逼单了，而且逼单和给出资源之前要明确客户的签约态度和付款期限，不能轻易出手。除了'369'还有最后一个'1'，就是所有的资源留1分，不能盲目给到10分，万一客户在付款方面出现问题，还有一丝补救的机会。这就是进可攻，退可守，攻守兼备，万无一失。

"刚才分享的是第二个原则，第三个原则是要在客户判断我们之前先判断客户。这一点我就不展开了，总之，选择客户比跟进客户重要。有些客户，你跟进一年甚至两年，也不一定有结果，但是有些优质的客户，你跟进两三次可能就有结果了，甚至，第一次见面就可能会给你惊喜，让你喜出望外。掌握'MAN'法则是非常重要的，要深刻理解'有钱、有权、有需'的内涵，并能够灵活运用。

"第四个原则是争取给客户答复而不是等客户答复。这个原则与第二个原则是相关联的，有三个内涵，分别是：兴趣、节奏、尺度。通过我们对产品价值点的介绍，对增值资源的介绍，让客户产生兴趣，提高客户争取资源的欲望。这个节点不宜马上承诺或者答应客户什么，要跟客户强调，要回到公司向公司领导申请，要走申请流程，看是否能申请下来，再给答复。不能回应太早，也不能回应太晚，时间在24～36小时为宜。尺度，就是第二个原则与大家分享的，我就不再重复了，大家自己体会一下。我之前分享过一个工具，叫做'AIDA'营销模式(见表9)，内涵分别是：Attention，引起客户的注意；Interest，诱发客户的兴趣；Desire，刺激客户的欲望；Action，促成客户的购买。大家可以思考一下我分享的几个原则在'AIDA'中如何巧妙、灵活地运用。

表9 "AIDA"营销模式

类别	内涵	如何做到
A	引起客户的注意	1. 巧妙的切入点 2. 让客户接触产品 3. 让客户参与过程
I	诱发客户的兴趣	1. 动人心弦的故事 2. 奇思妙想的提问 3. 独特功能的演示
D	刺激客户的欲望	1. 产品性价比的分析 2. 成功案例的刺激 3. 促销资源的使用
A	促成客户的购买	1. 假设成交的运用 2. 稀缺原理的使用 3. 客户信心的提升

"聊完一个原则，我接下来聊一下两个探寻。两个探寻即两个方面的问题，一个是客户需求挖掘的探寻，一个是如何利用好的工具的探寻。客户需求的挖掘，大家应该记得我分享过挖掘需求四步法，分别是：不满、痛苦、想要、需要。我们产品的优势和好处，我相信大家闭着眼睛也能说出十几个，但是，你不能见到客户就直接说自己产品的N个好处，那样就太没有水平了。而是要引导客户说出自己眼下的不满，比如国内贸易的坏账、三角债、招人

难、留人难、人才流失率高、产品利润低、营销成本高、产品生命周期短等。然后，你要把这些不满升级为痛苦，让客户变得想要和需要。

"至于好的工具，我们反复分享过 SPIN 模型，大家应该都记的。SPIN 模型中 S 的意思是 Situation Question，是关于企业的背景问题；P 的意思是 Problem Question，是关于企业目前存在的困难的问题；I 的意思是 Implication Question，是暗示性问题；N 的意思是 Need-Pay off Question，是关于需求回报性的问题。SPIN 模型大家也可以理解为'四个提问'，分别是：状况型提问、困难型提问、影响型提问、解决型提问。

"三步销售法非常简单，就是挖掘需求，提供方案，杠杆成交，这个也可以称之为销售三板斧。挖掘需求就是上面我提到的两个探寻；提供方案，我后面会讲到购买阿里巴巴的九大理由；杠杆成交，我会分享 6 个 Close case 的稀缺资源。

"四个阶段，指的是我们阿里 Sales 成长的四个阶段，分为两个维度，一个是时间维度，一个是成长维度。时间维度包括四个阶段：3 个月、6 个月、9 个月、1 年以后。对应时间维度的四个阶段，也有四个成长阶段（见图 7），分别是客户积累、提升专业、提高业绩、服务续约。

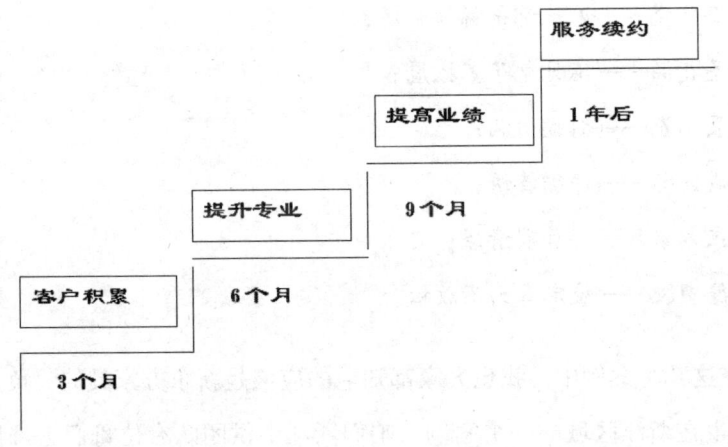

图 7 阿里 Sales 成长的四个阶段

"五大武器，指的是最能影响客户的五大武器。一是客户同行享受的服务细则；二是客户同行在阿里巴巴上的产品搜索排列结果页面和电子展厅页面；三是客户同行的合同和付款底单；四是客户同行的反馈数据和成交数据；五是客户同行的成功故事。五大武器需要注意两个问题：一是客户同行的合同和付款底单需要把客户名字遮住，这是我们对客户的尊重，这一点必须做到。二是客户同行的反馈数据和成交数据必须真实，不能造假，我们的价值观之一是诚信，必须坚守。

"六个 Close case 的稀缺资源，分别是广告、排名、培训、明星客户、展会资源、日供赠送。大家应该清楚，在六个 Close case 的稀缺资源中，最好用、最有效、最有价值的是搜索排名资源。因为这个资源具有唯一性、高曝光性、高流量性，是需要花最大的力气去卖的。在知名的展会或人气特别旺的展会中，往往出入口旁边的展位是最好卖的，也是最贵的，大家想想是不是？这就是搜索排名的价值和卖点，大家自己体会一下。

"至于七个最经典的成功案例，也是我在全国各地和'百大'分享的时候运用最多的案例。这些案例是：

博英特贸易——情、利、威、诱、义；

盛海陶瓷——遍地都是稀缺资源；

天圣礼品——不见兔子不撒鹰；

创展陶瓷——引蛇出洞；

赛威国际——循循善诱；

新东方家具——负荆请罪；

高德塑胶——咬定青山不放松。

"在这几个案例中，我想大家都知道的应该是新东方家具的'负荆请罪'。这是发生在浙江区域的一个案例，咱们浙江中供团队有位哥们去拜访新东方家具的老板沈总。拜访完后，沈总拒绝合作，他说，通过咱们这位哥们的介绍，他并不认可阿里巴巴，也没有看出阿里巴巴有什么优势和好处，所以决定不合作。这位哥们回公司后惭愧万分，反复责怪自己没有做好。过了几天，这位哥们不知得到了哪位高人的指点，也不知道在哪里找了一大捆树枝和竹子，光着膀子，背着那一大捆树枝和竹子就又去拜访新东方家具的沈总了。见到沈总，这位哥们扑通一声就跪下了，痛哭流涕，说因为自己没有介绍好阿里巴巴的服务和产品，而让新东方家具错失了这么好的发展机会，自己罪孽深重，只能过来'负荆请罪'了。沈总当时惊愕不已，大为感动，赶紧蹲下身子，要扶这位哥们起来。但这位哥们就是不起，说如果沈总不原谅自己，自己就一直不起来。最后沈总感动得热泪盈眶，原谅了这位哥们，自然，新东方家具决定投资10多万购买咱们阿里巴巴的金牌中国供应商服务，另外还购买了搜索排名广告。后来，新东方家具的沈总就把那一大捆树枝和竹子摆在了公司的大堂中央，号召公司所有员工学习阿里巴巴员工的敬业精神。这就是我们阿里铁军无人不知的'负荆请罪'的故事。"

赵智伟分享完这个故事，与会的所有人员用最热烈的掌声表达了对这个真实故事的认可和欣赏。

"至于八对永远不犯的错误，顾名思义，如果一位销售出现了下面的情况，是不可接受的，首先我们来看第一组的八个错误：

1. 放弃不问服务不问价格就拒绝的客户；
2. 约好见面的客户后出门之前不电话确认；
3. 足不出户判断客户；
4. 直接回答客户的反对意见；
5. 签了合同不收款或者定金；
6. 不了解需求直接提供解决方案；
7. 确定签单之后才提开放性问题；
8. 向前台和门卫销售阿里巴巴。

"第二组的八个错误：

1. 相信客户的态度而不是他的条件；

2. 自己喜欢吃草莓就用草莓钓鱼；

3. 只算车费不算时间成本；

4. 自己比客户着急；

5. 三棵树上吊死；

6. 把客户拒绝当成失败；

7. 遇到反对意见最快速低下头；

8. 第一时间抛出促销。

"这八对永远不犯的错误，大家一看就明白，我就不耽误大家的时间展开了。最后，我们聊一下九大理由之购买阿里巴巴，很多同学喜欢说购买阿里巴巴的九大理由，也 OK。

"购买阿里巴巴的九大理由分别是：

1. 淘汰或者增加 10 家高质量买家；

2. 选择参展和网络；

3. 选择最佳 B2B（品牌、行业、定位、成长性）；

4. 了解同行的市场方向；

5. 新产品研发；

6. 外贸人员的成长；

7. 买家看厂房；

8. 企业诚信；

9. 收益性价比。

当然，这九大理由都有各自的内涵和关键优势所在。第 1 个理由的内涵是风险控制和客户结构优化；第 2 个理由的内涵是网络渠道和传统渠道相结合；第 3 个理由的内涵是顺势和借势；第 4 个理由的内涵是知己知彼；第 5 个理由的内涵是按需研发，引领市场；第 6 个理由的内涵是基业长青的关键；第 7 个理由的内涵是提高信任，缩短谈判周期；第 8 个理由的内涵是提高黏度，吸引新客户；第 9 个理由的内涵是投入产出比。

"所以，我们在通过九大理由说服客户投资阿里巴巴的时候，一定要明白这九个理由的背景和核心内涵，要让客户心服口服才行。

"最后，我还要再强调一点，这一点的关键词是工具。作为管理人员，要善于研发一些销售工具和管理工具，这样不仅能提高效率，还能提升效果，对我们来说，就是提升业绩。人性是懒惰的，大部分人不愿意花时间去研究和琢磨这些东西，但是如果能够研究和琢磨出来，无论是对于个人还是对于团队，又或者是对于区域和公司，都是大有裨益的。我了解到，咱们东方明珠战队之前的主管周秀兰——现在杭州区域的经理，她就帮助我们大上海研究和琢磨出很多销售工具，我记得有九星提问模型、挖掘需求四步法、包装四要素、价值编码三要素、铺垫三部曲、索要承诺三步法等。这些工具好用、实用、有效，真真切切地为咱们大上海做出了巨大贡献。另外，公司的主管和高层领导，包括我，也分享了不少管理方面的工具，有七联动、销售辅导 16 字方针、情境管理四象限、PDCA 等。这些工具能够让我们的管理更系统更全面，达到事半功倍的效果。好了，关于'独孤九剑'的分享就到这里，谢谢大家。"

赵智伟分享结束后，对接下来上海区域的定位、目标、计划、人才、团队、市场、培训等，再一次做了全面的梳理，与会人员意见高度一致。接下来的大上海将会继续快马加鞭，向着成为阿里铁军最耀眼、最璀璨的明星团队的目标迈进，而且大上海还要成为输出管理人才最多，英雄辈出的"黄埔军校"，这一切，都特别值得期待。

杨五力经过近半年各种形式的培训和辅导，对管理、对团队的理解进一步加深，对自己、对团队、对未来的信心与日俱增，充满了憧憬。

正当杨五力卷起袖子，鼓足劲儿，打算带领东方明珠战队在2006年下半年大干一场的时候，突如其来的一家客户投诉前后折腾了杨五力一个月的时间。但是，他最终凭借非凡的抗压力、耐心、韧性以及对阿里巴巴六脉神剑的高度认同和执行，圆满地解决了这件事。可以说，这是一场艰苦卓绝的战斗，若想了解杨五力是如何做的，敬请关注《战斗3》。

[后 记]

在《战斗1：一位阿里巴巴销售菜鸟的逆袭》这本书出版三年后，我终于完成了《战斗2：阿里铁军销售主管养成笔记》，此刻，我百感交集，思绪万千，对众多关注《战斗2》出版事宜的读者朋友们终于有了一个交代。

有一位知名培训师说过一句话："一流的销售高手与一流的管理高手之间不存在必然的等号"，我个人特别认同这句话，也确实发现很多人在销售岗位是顶尖的高手，但被提拔到销售管理岗位后，却并没有带领团队取得和做销售时一样的成就和辉煌。甚至有的销售高手带领的团队业绩平平，团队内部冲突不断，最终团队被解散，销售主管又重新回到销售的岗位上，这样的结果让人惋惜。

作为本书的作者，也是《战斗》系列图书主人公杨五力的原型之一，我从销售岗位转到销售管理岗位之后，也与很多新销售管理者一样，犯了五个常见的错误：一是充当消防员的角色，做大 Sales，到处救火；二是管理特别强势，要求所有队员百分百按照我的制度和流程去作业；三是沟通不到位，没有做到对团队成员心态和状态的及时了解；四是管理缺乏系统性，只在点上有所建树，缺乏线性思维和面性思维；五是缺乏角色分配和有效授权。

销售高手转到销售管理岗位后，仍然会对销售业绩高度敏感，这就导致其会把销售业绩放在第一位，而把团队结构、人才培养、文化、制度等放在了次要的位置。如果把销售业绩比喻成一棵树的果实，那果实的大小、好坏则取决于整棵树的状况，最重要的是树根是否发达。而企业和团队的文化就是树根，企业和团队的制度就是树干，员工的行为就是枝叶。如果销售主管只关注树上的果实，忽略了树根，这无疑是本末倒置。

销售高手在销售岗位上获得了足够的成就感和荣誉，基于人性，他们在销售管理岗位上，当然希望得到同样的成就感和荣誉。因为这个迫切的愿望，有些新任销售主管就急功近利起来，谁有业绩就跟着谁跑，哪里有业绩就往哪里跑，无形中扮演了一个消防员的角色，成为一个大 Sales。如果销售主管长期这样是这样的状态，那团队就无法培养出足够多的优秀人才，团队的成长空间也会受限，团队的天花板也会很容易达到。

销售高手往往会有点自以为是，当他们成为销售管理者后，会想当然地认为，只要团队成员都按照自己的方法和流程去做，就会和自己一样取得优异的成绩。但人与人之间，在成长经历、性格、知识、技能等方面存在巨大的差异，这些销售高手的打法，未必适合每一个人，这就会导致团队成员与销售主管产生激烈的冲突。如果冲突发展到了不可调和的地步，那团队成员就会联合起来离开，或者抱团一起炒掉这个销售主管。

销售主管对销售业绩的过度关注，对团队成员的强势管理，会使其忽视与团队成员的沟通。这就导致销售主管很难了解团队成员的真实心理状态，往往会被团队成员的表面态度蒙蔽，以至于当团队成员提出辞职的时候，销售主管一脸诧异。有的销售主管会惊呼："我觉得你的状态蛮好的，咱们的团队不是挺好的吗？咱们的公司也很牛，你为什么想离开公司呢？"这就是销售主管与成员缺乏有效沟通，重形轻心的恶果。

优秀的新任销售主管会在几个点上做得比较好，比如销售技能、逼单能力、团队激励等，但是，想要带出一个优秀的销售团队只是做到这几点还远远不够，优秀的销售团队会在几个面做得比较好，包括文化、人才、培训、市场、方向、策略、制度等，由这些面再细分为线，由线再细分为点，再按照所有点的轻重缓急，做成相应的计划。这样的团队自然会成长很快。

新任销售主管在团队角色分配和有效授权方面也缺乏经验。优秀的团队一定是角色分配和分工都很明确的，而且是充分授权的。销售主管最大的价值，应该体现在团队架构的搭建、人才的培养和团队发展方向的确定等方面。所以说，销售主管能够利用团队力量去完成的事，要尽可能权力下放。常用的做法有，如果团队超过十个人，就可以把团队切割成两到三个小组，物色两三个小组长，一方面可以激发小组长的积极性，并使其得到锻炼，另一方面也可以让几个小组之间形成良性竞争。一个团队可以任命这样几个职位：外交委员，负责与其他团队的联络，比如邀请其他团队优秀的员工到本团队分享；学习委员，负责协助推进团队内相关知识和技能的学习、课程计划的安排和执行；文化委员，负责企业文化的宣导和培训、团队建设的安排和执行；生活委员，负责为团队成员订餐，或者协助团队购买相关的生活用品；财务委员，帮助管理团队的小金库，负责团队成员奖罚资金的执行和记录。

我真诚地期望《战斗2：阿里铁军销售主管养成笔记》这本书，能够对销售管理者有所帮助。

另外，有几点需要说明：一、书中所提到的人物只是成千上万阿里铁军的代表，不特指哪一个人，书中所提到的客户也只是成千上万阿里客户的代表，不特指哪一个客户；二、由于篇幅的限制，发生在不同人物或客户身上的案例，可能会通过一个人物或客户集中体现；三、书中所传达的更多的是思想和理念，期望阅读此书的广大朋友能够举一反三，触类旁通，如果能够做到升级改造，那是再好不过；四、本书提到的所有人、事、物以及所有的故事情节都是真实发生过的，与市面上很多拼凑的小说有本质的不同。

主人公杨五力带领的东方明珠团队，不仅一直保持着骄人的业绩，而且成为阿里巴巴企业文化执行的榜样，成长为一支名副其实的铁军团队，也成为一个英雄辈出的卓越团队。

欲知杨五力如何带领东方明珠团队成长为阿里铁军的冠军团队，敬请关注《战斗3》，谢谢大家。